KB197433

몸과 고백들

이서수 연작소설　　　　　　　몸과 고백들

H

차 례

몸과 여자들

1

저의 몸과 저의 섹슈얼리티에 대한 이야기를 해보려고 합니다. 이것은 실로 부끄러운 고백이어서 저는 단 한 번밖에 말하지 못할 것 같습니다.

그러니 가만히 들어주세요.

*

저는 1983년생입니다. 그런 탓에 이 사회가 여성의 몸에 얼마나 냉혹한 잣대를 들이댔는지 누구보다 잘 알지요. 물론 1959년생인 저의 어머니보다야 훨씬 나은 환경 속에서 자랐지만, 작금의 젊은 여성들을 볼 때마다 부조리한 억압과 불평등에 짓눌려 살아왔음을 깨닫습니다.

저는 평생에 걸쳐 매우 마른 몸으로 살았지만 제 몸을 향한 타인의 평가에서 자유로웠던 것은 결코 아닙니다. 저 역시 몸 때문에 트라우마랄까, 피해의식을 늘 갖고 있었습니다. 지금부터 그것에 대해 말해보려고 합니다.

저는 어릴 때부터 팔이며 다리가 앙상할 정도로 말랐고, 얼굴에도 살이 별로 없었습니다. 저는 이런 제 몸을 아주 이른 나이부터 객관적으로 볼 수 있었습니다. 스스로 깨달은 게 아니라 주변 사람들의 말 때문이었지요.

처음 저에게 그런 말을 했던 사람은 어머니의 친구들이었습니다. 어머니는 저를 데리고 다닐 때마다 자주 창피한 얼굴이 되곤 했는데, 어머니의 친구들이 저를 보며 죄다 똑같은 말을 했기 때문입니다.

세상에. 얘는 왜 이렇게 말랐어? 뼈밖에 없네. 누가 보면 굶기는 줄 알겠어.

어머니는 친척과 이웃에게서까지 그런 말을 들어야 했고, 그때마다 자신의 치맛단을 붙들고 서 있는 여자아이를 난처하다는 표정으로 내려보았어요. 저는 저대로 무척 놀랐습니다. 어른들의 말을 알아듣는 나이가 되면서, 제가 다른 사람의 눈에 말라빠져 보인다는 걸 깨닫게 되었던 것입니다.

어머니처럼 저 역시 그런 말을 들을 때마다 얼굴에 그늘이 내려앉았습니다. 제 몸에 대한 최초의 인식이 '불쌍할 정도로 말라빠진 몸'이라는 건 결국 이런 결론을 내리게 만들었습니다. 다른 사람들이 놀라고 걱정할 정도로 마른 몸을

　　　　　　　　　　　　　　　　　몸과 고백들

가졌다면 필시 힘이 약하고 제몫을 해내기 어려울 테니 되도록 앞에 나서지 않아야 할 것이라고요.

그 뒤로 저는 발표력이 매우 부족한 아이로 평가받기 시작했습니다. 체육 시간엔 가장 느리게 달리는 아이로 지적받았고, 팔씨름을 가장 못하는 아이로 낙인찍혔습니다. 여자아이들 사이에서도 힘겨루기가 주요 이벤트로 떠오를 때가 있는데, 저는 같은 반 여자아이들 모두에게 팔씨름으로 완패를 당했고, 남자아이들과 겨루어볼 기회조차 얻지 못한 상태로 반에서 가장 힘이 약한 아이가 되었습니다.

그리고 어떤 일이 벌어졌을까요?

저는 아이들로부터 괴롭힘을 당하기 시작했습니다. 남자아이들은 툭하면 저를 밀치며 달아났고, 제가 힘없이 쓰러지는 모습을 보고 크게 웃었습니다. 여자아이들은 저에게 자기 숙제를 대신 하라고 강요하거나, 제 물건을 강제로 빼앗아 갔습니다. 그렇게 하더라도 제가 힘이 약해서 저항하지 못할 거라고 생각한 거지요. 저는 일상적으로 반복되는 괴롭힘을 묵묵히 감내했습니다. 아무에게도 피해 사실을 말하지 않았습니다. 살이 찌기 전까진 이런 부당한 대우를 계속 받을 수밖에 없을 거라고 생각했습니다. 하지만 도저히 이해하기 힘든 일도 있었습니다.

제 앞자리에 앉은 민주라는 아이는 반에서 가장 뚱뚱했는데, 그 아이 역시 괴롭힘을 당했습니다. 그 아이는 저보다 힘이 훨씬 셀 텐데도 그런 괴롭힘을 당하는 게 처음엔 이상했습니다. 하지만 민주를 괴롭힐 땐 아이들이 저를 괴롭히지 않았기에, 저는 민주가 괴롭힘을 당해도 잠자코 있었습니다. 그러다 민주가 홀로 울고 있을 때 조용히 다가가 민주를 위로해주었지요.

민주야, 울지 마. 울지 말고 나랑 놀자. 뭐 하고 놀까?

민주는 고개를 들고 금세 미소가 번진 얼굴로 말했습니다. 우리 집에 갈래?

저는 얼결에 민주를 따라갔습니다. 민주의 집은 상가 건물 2층 구석에 자리한 작고 지저분한 곳이었습니다. 집에는 민주 아빠뿐이었습니다. 그는 러닝셔츠와 팬티 차림으로 욕실에서 이불 빨래를 하고 있었는데, 저를 보자 너무나 반가워하셨지요. 그러곤 과자와 탄산음료를 가져와 많이 먹으라고 하셨습니다. 민주는 얼른 과자 봉지를 잡아 뜯더니 한 움큼씩 집어 먹었습니다. 저는 민주가 살이 찌는 이유가 바로 이것이구나, 그런 생각을 하고는 민주를 따라 과자를 양껏 먹었습니다. 그리고 집으로 돌아가 모조리 게워냈습니다. 급하게 먹은 탓에 체하고 말았던 것입니다. 저는 사실 위장이 튼튼하지 못하여 한번에 많은 양을 먹거나, 조금이라도 급히 먹거나, 밀가루나 찬 것을 많이 먹으면 반드시 체했습니다. 그것이 제가 말라빠진 가장 큰 이유였습니다.

다음 날 저는 누렇게 뜬 얼굴로 학교에 갔습니다. 그날따

몸과 고백들

라 아이들은 제게 친절했습니다. 저를 놀리고 괴롭히는 대신 민주를 괴롭히는 데 열중하고 있었기 때문입니다. 저는 민주가 자리 비운 틈을 타 아이들에게 말했습니다. 친절하게 대해준 아이들에게 보답하고 싶다는 마음에서요. 민주 집에 갔는데, 민주네 아빠가 집에 있다. 낮에도 집에 있다. 팬티와 러닝 차림으로 빨래를 하고 있다. 거기까지만 말했는데도 아이들은 듣기 싫다는 듯 귀를 막고 고개를 저었습니다. 어떻게 그런 일이 있을 수 있나 하는 표정으로 입술을 비죽 내밀고 몹시 짜증 난다는 표정을 지었습니다. 저는 제가 말한 이야기의 어떤 부분이 그들을 그렇게 만드는지 이해하지 못한 채로 민주의 집이 작고 지저분했던 것과 민주의 아빠가 민주와 똑같이 생긴 것에 대해서 말했습니다. 아이들은 끔찍하다는 듯이 비명을 내질렀습니다. 두 손으로 양 볼을 감싼 깜찍한 자세로요. 그건 진짜 비명이 아니라 가짜 비명이었습니다. 친구들에게 보여주려는 몸짓, 그만큼 자신은 민주가 싫다는 의미였지요.

민주가 자리로 돌아오자 아이들은 민주를 놀리기 시작했습니다. 너희 아빠는 낮에 집에 있다며? 이불 빨래를 한다며? 그 당시 아이들은 이불 빨래는 어머니가 해야 한다고 굳게 믿었고, 낮에 집에 있는 아빠는 이상한 아빠라고 생각했습니다. 게다가 민주와 똑같이 생긴 아빠라니요. 세트로 놀림받아 마땅한 부녀였던 것입니다. 끈질긴 아이들의 놀림에 민주는 울음을 터뜨렸고, 책상 위에 엎드려 고개를 들지 않았습니다. 하루 종일 그렇게 있었지만, 담임은 민주에게 아무것도 묻지 않았습니다. 저는 민주의 뒷모습을 보며 이 모든 건 민주가 과자와 탄산음료를 많이 먹어서 뚱뚱해졌기 때문이지, 내가 아이들에게 민주의 가족과 집에 대해 악의적으로 말해서가 아니라고 생각했습니다.

다음 날에도 아이들은 민주를 놀렸습니다. 지치지도 않고 놀렸습니다. 아이들이 다른 곳으로 몰려간 틈을 타서 저는 민주에게 말했습니다.

민주야, 오늘 수업 끝나고 같이 놀래?

그러자 민주의 눈이 갑자기 환하게 빛났습니다. 민주는 자기 집으로 가서 놀자고 말했습니다. 너무나 외로운 나머지 제가 어떤 말을 퍼뜨렸는지도 잊고 저를 또다시 집으로 초대한 것입니다. 저는 민주에게 사죄하는 마음으로 민주와 열심히 놀아주었습니다. 민주는 제가 아이들에게 한 말을 모른 척했고, 그런 일이 없었던 것처럼 행동했습니다. 저 역시 그렇게 행동했습니다.

그 뒤로도 저는 민주의 집에 계속 놀러 갔고, 괴롭힘을 당하는 아이들이라는 우리의 정체성을 잊고 신나게 놀았습니다. 그 순간엔 민주가 뚱뚱한 것도, 제가 지나치게 말라빠진 것도 아무런 걸림돌이 되지 않았습니다. 민주는 제 몸에 대해 말하지 않았고, 저도 민주의 몸에 대해 말하지 않았습니

몸과 고백들

다. 그것 말고도 우리에겐 말할 거리가 아주 많았습니다. 주로 어떤 연예인을 좋아하는지, 그를 만나면 어떤 데이트를 할 건지 상상을 부풀리며 얘기했고 종종 같은 반 남자아이들을 대상으로 순위를 매기곤 했습니다. 그들에게서 괴롭힘을 당한 적이 없었다는 듯, 다른 여자아이들처럼 부끄러워하는 표정으로 각자 인기 순위를 매기고 서로 비교해보곤 했습니다. 그러고 나면 곧바로 평가로 이어졌는데, 우리의 입으로 인기 많은 남자아이들을 난도질하는 행위가 너무나 짜릿해서 집으로 돌아와서도 혼자 배시시 웃곤 했습니다.

민주와 마지막으로 대화한 곳은 학교입니다.

책상 위에 엎드려 울고 있는 민주의 등을 보며 저는 생각했습니다. 이제 두 번 다시 저 애와 놀지 않겠다고요. 그날, 민주는 남자아이들이 돌린 쪽지 속에서 잔인하게 유린당했습니다. 쪽지를 발견한 담임은 그 자리에서 반 아이들에게 쪽지를 읽어주었습니다. 민주와 제가 인기 순위를 매기며 난도질했던 남자아이들은 그 쪽지에서 민주에 대해 이렇게 말하고 있었습니다. '김민주의 뚱뚱한 보지는 너나 가져. 나는 더럽고 냄새나서 싫다.'

그 쪽지엔 민주의 보지에 대한 욕이 길고 상세하게 적혀 있었습니다. 요지는, 누구도 갖지 않겠다고 선언하는 것이었습니다. 남자아이들은 그걸로 일종의 연대를 만들어 저들끼리 웃고 짓까불고 있었습니다. 담임은 인상을 찌푸리며 더러운 욕설을 계속 읽어 내려갔고, 갑자기 제 이름이 나오자 읽기를 멈추고 저를 쳐다봤습니다. 저는 간절한 눈빛으로 담임을 바라봤습니다. 불쌍할 정도로 말라빠진 제 몸이 도움이 되었던 걸까요? 어쩌면 그런 이유로 담임은 측은함을 느꼈는지도 모르겠습니다. 저와 눈이 마주친 담임은 쪽지를 조용히 내려놓더니, 작성자들을 앞으로 나오게 했습니다. 그리고 손바닥을 펼치게 한 뒤 열 대씩 때렸습니다. 아주 세게 때렸습니다. 뼈가 부러지지 않을까 걱정될 정도로 힘껏 때렸습니다. 여자아이들이 놀란 소리를 냈습니다. 가장 인기 많은 남자아이 세 명이 크게 울음을 터뜨릴 때까지 손바닥을 맞는 동안 여자아이들은 민주를 노려봤습니다. 저 아이의 보지는 같은 여자가 봐도 지저분하고 갖기 싫다는 눈빛이었습니다. 저는 여자아이들의 눈빛과 담임의 붉어진 얼굴과 손바닥을 맞으며 울고 있는 남자아이들을 보며 오직 쪽지 생각만 했습니다. 담임이 읽지 않은, 나에 대한 욕은 무엇이었을까. 나의…… 보지에 대한 욕이었을까. 나의 말라빠진 보지도 저들은 갖고 싶어 하지 않을까.

저는 그 뒤로 민주와 놀지 않았습니다. 저는 반에서 혼자 노는 아이가 되었습니다. 그러나 민주 역시 혼자 노는 아이였기에 외롭지는 않았습니다. 우리는 떨어져 놀면서도 서로를 강하게 의식했습니다. 우리의 적은 반 아이들 모두였습니다. 남자아이들만이 아니라 여자아이들까지도요.

몸과 고백들

그때 우리는 모두 열 살이었습니다.

새로 만난 반 친구들은 제가 따돌림당했던 아이라는 것을 몰랐지만, 제가 품고 있는 그늘은 은연중에 알았던 것 같습니다. 저는 저에게 다가오는 친구들의 저의를 의심했습니다. 불쌍할 정도로 말라빠진 몸을 가진 나를 좋아해줄 리가 없으니, 저들에게 무슨 꿍꿍이가 있을 거라고 생각했던 것입니다. 물건을 빼앗거나, 숙제를 떠맡기려고 친절하게 행동하는 거라고 의심했습니다. 하지만 시간이 흐르면서 경계심을 차츰 풀게 되었는데, 아이들의 관심은 이제 반에서 가장 조숙한 몸을 가진 보희에게 집중되어 있었기 때문입니다.

보희는 민주와 달랐습니다. 보희는 키도 덩치도 어른만 했고, 말랐다고 할 수는 없지만 결코 뚱뚱하다고 할 수도 없었습니다. 보희의 몸은 우리가 함부로 놀릴 수 없는 몸이라는 것을 모두가 알았습니다. 척 보기만 해도 알 수 있었습니다. 심지어 담임과 나란히 서 있을 때도 보희의 몸이 더 어른스러워 보인다고 우리 모두 생각했으니까요. 자연히 아이들은 보희에게 거리를 두기 시작했습니다. 저 역시 그랬습니다. 그때까지도 여전히 말라빠진 여자애였던 저는 보희 옆에 바투 서는 실수를 해서 더욱 볼품없이 마르고 왜소한 여자애로 인식되고 싶지 않았습니다. 보희 역시 그런 우리에게 적당히 거리를 두면서도 한 번씩 다가오기도 했는데, 대부분 자신의 비밀을 알려주면서 친분을 강요했습니다. 가령 이런 식이었죠.

나 오늘 몸이 불편해. 보희가 제 팔을 잡아끌더니 한다는 말이 몸이 불편하다는 것이었습니다. 그건 몸이 아프다는 것과 명백히 다른 말이라는 걸 알았습니다. 그날 우리는 체험학습을 하러 나갔는데, 수석 전시관에 들어가 선반 위에 일렬로 놓여 있는 돌멩이를 강제로 들여다봐야 하는 날이었습니다. 보희가 제게 가까이 다가오며 연이어 말했습니다. 난 오늘 이런 데 오면 안 돼. 쉬어야 돼. 저는 보희에게 왜 그런 말을 하는지 물었습니다. 그러자 보희가 제 귀에 대고 이렇게 속삭이는 것이었습니다. 나 지금 멘스하거든.

멘스라는 단어의 뜻을 자세히는 몰랐지만 꽤 은밀한 단어라는 것은 알고 있었습니다. 여자 어른들만 쓰는 말이라는 것도요. 그런데 보희가 그 단어를 마치 자기 것처럼 쓰는 걸 보고 저는 무척이나 놀랐습니다. 보희는 몸만 어른 같은 것이 아니라 이미 어른이구나, 그런 생각이 얼핏 스쳤습니다. 얼마 전 수업 시간에 한 아이가 담임에게 멘스가 뭔지 물었고, 담임은 당황하는 기색 없이 곧바로 칠판에 둥그런 것을 그리더니 이 안에 아기가 생기는데, 아기를 안전하게 보호하기 위해 피가 차는 것이다. 한 달에 한 번 그 피가 몸 밖으로 나오는데 그걸 멘스라고 부른다. 그렇게 아무렇지 않은 얼굴로 설명하더니 다시 교과서를 읽기 시작했습니다. 아이들 역시 충격받은 얼굴과 아무것도 이해하지 못한 얼굴을 숨기고 함께 교과서를 읽어 내려갔습니다. 그 기억이 불현듯 떠오르며, 멘스라는 단어의 출현이 바로 보희에게서 비롯되었다는 걸 뒤늦게 깨달았습니다.

보희는 제 얼굴을 뚫어지게 쳐다보았습니다. 저에게 멘스 중이라는 것을 알린 그 애는 제 곁에 붙어 서서 저를 빤히 보았습니다. 제 얼굴은 점점 붉어졌습니다. 보희는 저렇게 빨리 어른이 되었는데, 나는 아직도 말라빠진 어린애구나. 그런 생각에 수치심을 느꼈습니다. 보희는 저에게 멘스를 하는지 묻지 않았고, 언제쯤 할 것 같으냐고도 묻지 않았습니다. 정말이지 아무런 말도 없이 제 얼굴과 몸을 훑어보았습니다. 저는 점점 몸이 작아지는 기분이 들었고 끝내 기체가 되어 사라질 것만 같았습니다. 그제야 보희는 저에게 말했습니다. 다른 애들한텐 비밀로 해줄래?

저는 그날 집으로 돌아가자마자 어머니에게 물었습니다. 엄마, 멘스가 뭐야? 어머니는 당황한 얼굴로 그걸 어디서 들었느냐고 물었습니다. 저는 반에서 가장 덩치가 큰 보희라는 아이가 멘스를 하고 있다고 답했습니다. 그래서 몸이 불편하대. 근데 멘스가 뭐야? 어머니는 제 얼굴을 빤히 쳐다보았습니다. 어쩐지 보희가 저를 보던 눈빛과 비슷했습니다.

넌 아직 몰라도 돼.

저는 큰 충격을 받았지만 내색하지 않았습니다. 보희는 저와 동갑이고 어머니는 어른인데, 보희와 어머니는 큰 비밀을 공유하고 있고, 저는 그들에게 아무것도 아닌 존재가 된 것 같은 기분이 들었습니다. 말하자면, 여자가 아닌 존재 말입니다.

다음 날 학교에 간 저는 보희부터 찾았습니다. 보희는 맨 뒷자리에 앉아 머리를 빗고 있었습니다. 아무리 봐도 어른처럼 보이는 보희는 멘스까지 하고 있으니 더욱 범접할 수 없는 존재 같았습니다. 보희가 어른이 될 동안 나는 무얼 했나. 저는 왠지 모르게 억울한 마음이 들어 아이들에게 귓속말을 하기 시작했습니다. 보희 지금 멘스한대. 그러나 아이들의 반응은 제가 기대했던 반응이 아니었습니다. 아이들은 전혀 놀라지 않았습니다. 너한테도 말했구나, 그런 표정이었습니다. 그제야 저는 보희가 저뿐만 아니라 다른 아이들에게도 멘스 중이라는 사실을 말하고 다녔다는 걸 깨달았습니다. 우리는 눈치로 그걸 알아채고, 의기투합하여 보희를 욕했습니다.

재는 일부러 멘스한다고 말하고 다니는 거 같지?

맞아.

재는 우리를 깔보는 거야. 자기는 멘스하니까 어른이라는 거지.

맞아.

근데 너희들, 보희한테서 이상한 냄새 나지 않아?

맞아. 멘스 냄새겠지?

몸과 고백들

우리는 보희를 돌아보며 계속 소곤거렸습니다. 소곤거리다 웃고, 보희를 돌아보다가 다시 소곤거리길 반복했습니다. 그러자 보희는 손에 들고 있던 빗을 내려놓고 우리를 빤히 쳐다보았습니다. 자길 욕하고 있다는 걸 알아챈 표정이었습니다.

보희가 의자에서 일어나더니 우리를 향해 걸어왔습니다. 우리는 말을 멈추고 보희가 무슨 말을 할지 기다렸습니다. 보희는 우리를 천천히 둘러보더니 미소를 짓고 교실 밖으로 걸어 나갔습니다. 아무런 말 없이, 눈물 한 방울 보이지 않고요.

보희의 의연한 태도에 놀란 저는 보희가 저토록 태연할 수 있는 건 보희의 어른스러운 몸, 멘스를 하는 몸에서 솟아나오는 용기 때문일 거라고 생각했습니다. 그렇게 생각하지 않으면 보희가 견딜 수 없이 밉고, 저의 볼품없이 마른 몸이 더욱 미울 것 같았습니다. 멘스를 하지 않는 저의 몸을 경멸할 것 같았습니다.

그때 우리는 모두 열한 살이었습니다.

여중에 입학했을 때, 앞으론 매우 건전한 분위기가 형성될 것이라는 기대를 품었습니다. 저는 그때까지도 여전히 불쌍할 정도로 비쩍 마른 여자애였지만, 여중에 가면 몸에서 해방되어 비로소 평화가 도래할 것이라고 굳게 믿었습니다.

저의 바람은 얼마 지나지 않아 산산이 깨지고 말았습니다. 중학생이 된다는 건 이차성징이 나타나는 시기가 왔다는 의미라고, 갑자기 어른들이 입 모아 말하기 시작했습니다. 그걸 몰랐던 건 아니지만, 그게 모두에게 절대적으로 일어나는 일로 믿어지고 있을 줄은 몰랐습니다.

저는 비쩍 마르고 왜소한 몸이었기에 이차성징이 나타나려면 한참 기다려야겠구나, 어쩌면 영영 나타나지 않을지도 모른다는 두려움을 남몰래 키우면서도 겉으론 내색하지 않았습니다. 공부에만 관심 있는 모범생인 척하면서 이차성징엔 눈곱만큼도 관심을 내비치지 않았습니다. 그러나 여학교는 저의 예상과 달리 성에 대한 관심이 매우 높은 곳이었습니다. 아이들은 수시로 서로의 가슴 크기를 비교하고 첫 키스 경험이나 생리 경험을 나누었는데, 당연히 저는 그런 대화에서 배제되었습니다. 저의 가슴은 여전히 납작했고, 초경은 할 기미도 보이지 않았습니다. 저는 아이들 사이에서 입을 다무는 시간이 길어졌고 괜스레 바쁜 척 자리를 피했습니다.

어느 날, 제 짝이 저에게 말했습니다. 나 생리통 때문에 배가 너무 아파.

저는 생리통이 얼마나 큰 통증인지 몰랐기에 적절한 대답을 찾지 못해 망설였습니다. 제가 아무런 말도 하지 않자 짝이 저에게 물었습니다. 너도 생리하지? 저는 순간적으로 거

　　　　　　　　　　　　　몸과 고백들

짓말을 할까 망설이다 결국 하지 않았습니다. 아직 안 해.

왜 안 해?

모르겠어.

그거 이상한 거 아니야? 왜 아직도 초경을 안 하지?

저는 어떻게 대답해야 할지 몰라 입을 다물었습니다. 얼굴이 점점 달아올랐습니다.

우리 반 애들 거의 다 초경을 했는데 너만 아직도 안 한 거야?

저 역시 알고 있는 사실이었지만 그런 말을 직접 들으니, 제가 중학교 교실에 앉아 있으면 안 되는 존재인 듯 느껴졌습니다. 차라리 초경을 하지 않는 여자아이들이 많았던 초등학교 교실로 돌아가고 싶은 심정이었습니다.

아직 안 하지만, 아마 곧 할 거야.

짝은 저를 의심스럽다는 듯이 쳐다봤습니다. 곧 할 거라니요. 그건 저도 절대로 확신할 수 없는 일이었지만 믿음을 담아 다시 말했습니다. 곧 할 거야. 짝은 그제야 시선을 거두더니 배가 아프다며 교과서에 얼굴을 묻고 엎드렸습니다.

수업이 끝나고 집으로 돌아와 곧바로 이불 속으로 기어들어 갔습니다. 도대체 왜 나는 아직도 초경을 하지 않나. 그러나 이미 이유를 알고 있었습니다. 저는 어릴 때부터 볼품없이 마른 몸이었으니 초경을 하는 기관 역시 그럴 게 틀림없었습니다. 볼품없이 왜소해서 제때 시작해야 하는 초경을 하지 못하고 있는 것입니다. 저는 제 몸을 탓했습니다. 왜 살이 찌지 않을까. 왜 이차성징이 나타나지 않을까. 이대로 영원히 가슴이 커지지 않으면 어쩌나. 그래도 누가 나를 좋아해줄까. 결혼은 할 수 있나. 애인은 만들 수 있나. 아무도 나를 사랑해주지 않겠지. 여자인 줄도 모르겠지. 그렇지만 나는 여자인데. 가슴이 커지지 않고 생리도 하지 않으니 여자가 아닌 건가. 그런 고민을 한 달 가까이 밤낮으로 했습니다. 하지만 겉으론 누구에게도 내색하지 않았습니다. 교과서에 밑줄을 치고, 문제집을 펼치는 모범생으로 지냈습니다. 마음속에 어떤 고뇌가 있는지 아무도 모르게 했습니다. 담임이 고민을 적어 내라고 반 아이들 모두에게 강요할 때, 당연히 진짜 고민을 적은 아이는 아무도 없겠지만 저 역시 늘 거짓 고민을 적었습니다. 수학이 어렵게 느껴져서 고민이 됩니다.

어느 일요일 아침, 저는 아랫배가 아파서 화장실에 갔다가 팬티에 묻은 혈흔을 목격했습니다. 그것은 매우 소량이었고, 붉은색이 아니라 갈색에 가까웠습니다. 저는 그걸 보고도 기다리던 초경이라는 생각을 하지 못했습니다. 방으로 돌아와 죽을병에 걸린 건 아닌지 사색이 되어 서성였습니다. 피는 붉은색인데, 팬티에 묻는 건 갈색이고, 그렇다면 이건 초경이 아니라 다른 것이라는 생각이 들었습니다. 초경이 아니라 이상한 물질이 제 몸에서 나온 거라고 생각했습니다. 저는 어머니에게 가서 사실대로 말했습니다. 어머니는 반색하는 얼굴로 저를 돌아보았습니다.

드디어 생리를 시작했구나.

이게 생리라고?

이제부터 몸조심해야 돼.

왜 조심해야 하는데?

어머니는 난처한 표정을 짓다가 이내 묘하게 슬픈 표정이 되었습니다. 이제부터 남자를 조심해야 돼. 거리를 둬야 해. 저는 왜 그래야 하는지 물었고, 어머니는 끝내 답해주지 않았습니다.

저는 짝으로부터 왜 초경을 하지 않는지 추궁을 당하고 정확히 한 달 뒤에 초경을 했습니다. 저는 초경을 했다는 사실을 알리기 위해 일부러 책상 위에 생리대를 올려두거나, 아프지도 않은 배가 아프다고 말하며 책상 위에 엎드려 있었습니다. 짝은 초경을 하지 않는 저를 다그칠 때와 달리 초경을 하는 제게 아무런 관심도 보이지 않았습니다. 저는 그런 짝이 너무나 얄미웠습니다.

생리를 시작하고 나서도 저의 가슴은 여전히 아무런 변화의 기미를 보이지 않았습니다. 멍울이 잡히고 통증이 있긴 했지만 미미한 정도였고, 가슴은 거의 부풀어 오르지 않았습니다. 그러나 이차성징에 대한 교육을 받을 때마다 가슴이 부풀어 오른다는 말을 반복적으로 들었기에 마음이 더욱 조급해졌습니다. 반 친구들의 가슴이 점점 커지는 것을 보며 아무런 반응이 없는 제 가슴을 원망했습니다. 제 몸이 친구들의 몸과 비슷하게 성장하지 않고, 심지어 교과서에 나온 설명대로 변화하지도 않았기에 저는 크게 좌절했습니다.

지금에서야 그런 생각이 듭니다. 이차성징의 속도는 저마다 다른 법인데 그땐 왜 그렇게 조급해했을까. 아마도 또래와 함께 온종일 생활하는 환경 속, 성교육조차 주입식으로 이루어지는 상황에서 개개인의 속도 차이를 떠올리기는 어려웠을 것입니다. 차이가 차별이 되어선 안 된다는 생각을 조금이라도 할 수가 없었겠지요. 무엇보다 그 시절의 우린 서로의 몸에 대해 너무나 많은 말들을 했고, 그 내용의 대부분이 지적이나 질투였고, 칭찬받아 마땅한 몸은 언제나 하나로 정해져 있었기에 다른 몸은 도무지 생각할 수가 없었던 것입니다.

올바른 하나의 몸. 올바르지 못한 그 밖의 여러 가지 몸.

지나치게 마르거나 뚱뚱한 몸. 지나치게 조숙하거나 어린 몸.

몸은 이렇듯 언제나 이것 아니면 저것으로 구별되었고, 저는 말라빠진 몸을 갖고 더디게 오는 이차성징을, 나만 지나치고 가버린 이차성징을 기다리느라 목이 빠졌습니다. 그 시절 저의 고민은 성적이 아니라 작은 가슴이었습니다. 성적은 제가 어떻게 해볼 수가 있는 것이었지만, 주민등록증을 발급받고서도 여전히 납작한 제 가슴은 어떻게 해볼 수가 없었

몸과 고백들

으니까요. 그런 고민 속에 10대가 지나갔습니다.

수능시험이 끝나고 친구의 주선으로 소개팅을 했지만, 그 남학생과는 잘되지 않았습니다. 저처럼 수줍음이 많은 남학생이었습니다. 그 애는 제가 자기를 마음에 들어 하지 않는 게 분명하다며, 그렇다면 자기 친구를 만나보는 게 어떻겠냐고 했습니다. 정말 이상한 말이지요. 자기 대신 친구를 사귀라니요. 저는 그때까지 상대방이 요구하는 걸 거의 거절해본 적이 없었는데, 그때 처음으로 거절이란 것을 해봤습니다. 문자로 이렇게 말했지요.

—저기 있잖아. 나는 너의 마음을 이해할 수가 없어. 나를 좋아한다면서 어떻게 친구를 만나보라고 권할 수가 있니. 혹시 내가 마음에 들지 않아 그러는 거라면 그렇다고 말하는 게 나아. 이건 좀 이상한 것 같아.

그러자 그 남학생은 곧바로 답문을 보내는 것이었습니다.

—미안해. 정말 미안해. 내가 미처 거기까진 생각을 못 했어. 내가 했던 말은 못 들은 것으로 해줘.

그러나 그건 더 이상한 말이었습니다. 이미 들은 말을 못 들은 것으로 해달라니요. 저는 그 남학생이 어울리던 무리를 떠올렸습니다. 인근 남고에 다니는 다섯 명의 남학생들이었지요. 그들이 저를 두고 어떤 말을 했을지 짐작이 갔습니다. 그 여자애가 너한테 미지근하게 군다는 거지? 걔는 그다지 예쁘지도 않으면서 왜 그렇게 비싸게 구는 걸까. 차라리 내가 만나서 어떻게 해볼까? 저의 상상력은 자꾸만 이런 방향으로 내달렸습니다. 저를 두고 어떤 말을 했기에, 저를 어떻게 보았기에 그런 결론을 내린 것일까, 하고요.

*

대학교. 아, 그곳을 어떻게 표현해야 할까요. 여중, 여고를 다니다 남녀공학 대학교에 입학한 저는 정글 한가운데 뚝 떨어진 기분이 들었습니다. 사방에 리비도가 넘치는 남녀 학생들이 포진해 있었고, 그들의 은밀하거나 짐짓 모른 체하는 눈빛을 읽어내는 것만으로도 어지러울 지경이었습니다. 그 와중에도 남학생들의 눈에 제가 그다지 매력적인 여성으로 보이지 않을 거라는 믿음이 있었는데, 납작한 가슴과 말라빠진 몸이 원인일 것이라는 생각을 다시금 했습니다. 10대 시절을 끝내고 20대로 접어든 시점에서도 저의 몸은 여전히 말라빠진 상태였고, 가슴도 거의 부풀지 않았습니다. 자세히 보면 부풀었다는 걸 알 수 있지만 언뜻 보면 등판이나 다름없는 상태였고, 사복을 입으면 더욱 볼품없어 보였습니다. 저는 제 가슴이 저의 미래를 배신하고 있다고 생각했습니다. 이렇게 하자 있는 가슴으로 과연 정상적인 연애가 가능할지 걱정되었습니다. 그 시기는 제가 10대였던 시절보다 올바른 몸매의 사회적 기준이 더욱 확연히 드러나는 때였습니다.

사회적 기준이라는 말은 참 이상하지요. 그러나 그땐 여성의 아름다운 가슴에 대한 기준을 사회가 제시하는 듯했습니다. 저는 그렇게 느꼈습니다. 어딜 가나 가슴이 동그랗게 솟아오른 여자들이 등장한 광고판, 광고 지면이 널려 있었으니까요. 대놓고 글래머가 되어야 한다고 말하는 분위기는 아니었지만—훗날 '베이글녀'라는 단어가 등장한 뒤엔 그렇게 된 것 같습니다만— 저는 사회가 여성의 가슴 크기에 상당한 관심을 기울이고 있다고 느꼈습니다. 이때 사회라는 것은 사회의 구성원을 가리키는 말이 될 수 있고, 저와 함께 수업을 듣는 동기와 선후배로 귀결될 수도 있습니다. 저는 그들이 저의 가슴을 평가하리라고 생각했습니다. 그것도 아주 냉혹하게 평가하리라고 생각했습니다.

제가 망상에 빠졌던 걸까요? 그 시절, 저는 사람들이 제 가슴만 보는 것 같았습니다. 마주 앉아 대화를 할 때도 그들의 시선이 제 밋밋한 가슴을 스치는 것 같았고, 지하철이나 버스를 타도 낯선 승객이 제 가슴에 시선을 두는 것 같았습니다. 어떻게 저렇게 가슴이 작을 수가 있지. 게다가 저렇게 볼품없이 말라빠진 몸이라니. 속옷 가게에 가서 뽕이 잔뜩 들어간 브래지어를 구매하는 건 당연한 수순이었습니다. 제가 구입한 브래지어는 딱딱한 컵이 위로 불룩 솟은 것이었는데, 손가락으로 꾹 눌러도 컵이 찌그러지지 않았습니다. 그걸 입으니 가슴에 철갑을 두른 것처럼 불편했지만, 저는 거의 매일 그걸 착용하고 다녔습니다. 작은 가슴에 대한 비난으로부터 보호해줄 갑옷이었던 것입니다.

첫 데이트를 하던 날에도 저는 그 브래지어를 입고 나갔습니다. 상대는 동기의 소개로 만난 남학생이었습니다. 저는 외출하기 전 거울 앞에 비스듬히 서서 인위적으로 솟아오른 가슴을 몇 번이나 쳐다봤습니다. 아무리 봐도 부자연스러운 모양이었지만 어쩔 수가 없었습니다. 뽕브라를 착용하지 않으면 제 가슴이 너무 작다고 생각할 게 분명했으니까요.

몇 번의 데이트를 거쳐 정식으로 사귀는 사이가 되었을 때, 제 고민은 다시 시작되었습니다. 키스를 거쳐 애무 단계로 진입하려는 애인의 손을 자꾸만 밀쳐냈지요. 그에게 뽕브라를 들키고 싶지 않았기 때문입니다. 결국 그는 토라졌고, 제가 자신을 사랑하지 않는 거라고 말하기 시작했습니다. 지금은 그게 터무니없는 수작이라는 걸 알지만, 그땐 그가 정말로 상처를 받았다고 생각했습니다. 그래서 어느 날, 한 시간 동안 계속된 키스 끝에 그가 제 몸을 만지도록 그냥 내버려두었습니다. 그의 손이 딱딱한 뽕브라에 닿는 건 시간문제였죠. 그러나 저는 뽕브라를 들키는 한이 있더라도 그 안에 잠들어 있는 밋밋한 가슴만은 들키고 싶지 않았습니다. 어쩌면 그는 여자의 속옷에 대해, 특히 뽕브라에 대해 전혀 모를 수도 있다고 기대하면서요. 그러나 그는 뽕브라를 정확히 알고 있었습니다. 저의 가슴 위에서 손이 멈춘 그가 갑자기 큰 소리로 외쳤습니다.

어! 너 뽕브라였어?

저는 순식간에 얼굴이 붉어졌습니다.

너 정말 뽕브라를 하고 나온 거야?

그는 갑자기 크게 웃기 시작했습니다. 그러더니 저를 빤히 쳐다보았습니다. 그 눈빛은 제 예상과 달리 매우 반짝거리고 있었습니다.

나한테 잘 보이려고 이걸 입고 나온 거란 말이지?

그는 저를 아주 사랑스럽다는 듯이 쳐다보았습니다. 그 순간, 저는 우주에서 지구로 곧장 날아온 혜성에 머리를 정통으로 맞은 기분이 들었습니다. 뽕브라를 하고 나온 나를 사랑스럽다는 눈빛으로 봐주는 사람을 어떻게 사랑하지 않을 수가 있겠습니까?

저는 그대로 그에게 안겼습니다. 그가 하는 대로 내버려두었습니다. 그날 그는 저의 상반신을 구석구석 다 만져보았습니다. 그는 제 가슴이 작다는 말을 하지 않았습니다. 저는 그가 그런 말을 하지 않을 거라는 믿음으로 그에게 애무를 허락했고, 그 순간만큼은 그가 저를 많이 사랑하고 있다고 강하게 확신했습니다. (그런 강한 확신은 그날 이후로 단 한 번도 찾아오지 않았습니다.) 우리는 두 시간 가까이 서로를 애무했지만 섹스는 하지 않았습니다. 그가 요구하지 않았고, 저는 제가 섹스를 원하는지 원하지 않는지 모르는 상태였습니다.

그걸 꼭 알아야 하나? 저는 그런 마음이었습니다. 제가 섹스를 원하는지가 중요한 게 아니라 그가 섹스를 원하는지가 중요했습니다. 만일 그가 섹스를 원한다면 할 의향이 약간 있었지만, 마음 한구석에선 그가 원하지 않기를 바랐습니다. 이 말은, 제가 섹스를 원하지 않았다는 것과 같겠지요. 그러나 그땐 저의 마음을 깊게 들여다보지 않았습니다. 애인이 섹스를 요구할 경우 거절할 수 있다는 말을 누구도 해주지 않았고, 주변에서도 첫 섹스를 애인의 강압으로 한 친구들이 있었기에 저 역시 그런 절차를 밟을 거라고만 생각했습니다. 2001년은 지금처럼 인터넷 사이트에 온갖 상세한 지식과 깊이 공유된 고민이 넘쳐나는 시대가 아니었습니다. 친구의 빈약한 조언이 거의 전부인 시대였고, 피임약을 남들 눈치 보며 먹는 시대였습니다. 콘돔을 사지 못해 애인이 자발적으로 사 오길 기다려야 하는 시대였습니다. 그런 상황에서 한 여성이 남성 애인의 결정으로 섹스를 하게 되고, 하지 않게 되는 것은 당연한 절차가 되어버렸던 건지도 모르겠습니다.

어느 날부턴가 불편하다는 생각이 피어오르기 시작했습니다. 애인이 저에게 섹스를 요구하는 순간마다 그랬습니다. 그는 자꾸만 제 바지를 벗기려 했고, 치마 속으로 손을 집어넣으려 했습니다. 저는 그때마다 잔뜩 긴장해서 몸을 움츠렸고, 그의 손을 밀쳐냈습니다. 그는 화를 내고 애원했습니다. 하루는 그의 손이 끈질기게 저의 몸을 더듬으려 해서 저는

몸과 고백들

여러 차례 강하게 밀어내길 반복했는데, 화가 난 그가 저의 양 손목을 꽉 붙들고 꼼짝도 못 하게 하더니 제 몸을 만지려고 했습니다. 저는 비명을 내질렀죠. 저도 모르게 살려달라고 외쳤습니다. 그러자 그가 행동을 멈추더니 저를 빤히 쳐다보며 말했습니다.

너 혹시 안 좋은 일 당한 적 있어?

그는 제가 과민하게 반응하는 이유가 성폭력을 당한 경험이 있어서인지도 모른다고 짐작했던 것입니다. 머릿속을 한참 뒤져볼 것도 없이 성추행을 당했던 기억이 주르륵 떠올랐습니다.

한 여성이 성추행을 당한 경험이 있다고 고백하는 것은 전혀 특별한 일이 아닙니다. 오히려 그런 경험이 없는 것이 특별한 일이죠. 저는 그런 경험이 있다고 고개를 끄덕이는 대신 가로저었습니다. 왜 그랬는지는 저도 모르겠습니다. 다만 그에게 그 많은 불쾌한 일들에 대해 어떻게 말해야 하나, 이건 마치 여성으로서의 역사 전체를 설명해달라는 요구인데, 하는 생각에 깊은 피로감을 느꼈을 뿐입니다.

그는 저의 얼굴을 빤히 쳐다보더니 마침내 손목을 놔줬습니다. 저는 그날 그가 힘으로 저를 제압할 수 있다는 걸 깨달았습니다. 그리고 그 일은 제 마음속에 무의식적인 공포심을 남겼습니다.

그는 점점 더 집요해지기 시작했습니다. 제가 섹스를 거부한다고 거의 매일 화를 냈습니다. 저는 친구들에게 고민을 털어놓았지만, 그녀들은 이미 첫 섹스를 한 뒤였기에 저의 고민을 깊게 생각해주지 않았습니다. 제가 갖고 있는 공포심의 정체가 무언지 아무도 설명해주지 못했습니다. 저 역시 저의 마음을 이해할 수 없었습니다. 그를 사랑하고, 그와 섹스를 해도 괜찮은 것은 맞지만 섹스를 꼭 해야 하나, 라는 의문이 저를 괴롭혔습니다.

저는 저의 몸을 그대로 두고 싶었습니다. 아무것에도 사용하고 싶지 않았습니다. 이상한 말인가요? 그러나 저는 그러고 싶었습니다. 저는 제 몸을 섹스에 사용하고 싶지 않았습니다. 저는 그 행위를 제 몸이 사용당하는 행위라고 내심 생각하고 있었지만, 왜 그런 생각이 드는지는 밝혀낼 수가 없었습니다. 친구는 제가 볼품없이 마른 몸을 갖고 있다는 걸 근거로 영양학적으로 균형이 맞지 않은 상태라면 성욕이 결핍될 수 있다는 제법 그럴듯하고 어른스러운 의견을 내놓았습니다. 저는 그때까지도 왜소하고 비쩍 마른 몸을 갖고 있었는데, 바로 그 점이 성욕 결핍의 원인이라는 것이었습니다. 친구는 섹스를 거부하는 저를 비정상 상태로 규정했습니다.

어느 날, 그가 한낮에 저를 지하철역으로 불러냈습니다. 왜 그곳으로 불러냈는지 모른 채로 그를 만나러 갔습니다. 그는 저를 보자마자 인상을 찡그렸는데, 무척 화가 난 상태라는 것을 멀리서 봐도 한눈에 알 수 있었습니다. 제가 원하지 않는 일이 벌어질지도 모른다는 걸 예감하면서도 그를 향해 걸어갔습니다.

왜 이렇게 늦게 왔어?

그리 늦지도 않았는데 그는 제가 늦게 왔다며 화를 냈습니다. 그는 밤새 한숨도 자지 못한 얼굴이었습니다. 저는 그의 시선을 피해 딴 곳만 쳐다봤습니다. 그는 저에게 갈 곳이 있다고 말했습니다. 어디냐 물어도 아무 대답 없이 저의 손목을 잡고 출구 쪽으로 걸어갔습니다. 저는 계속 어디로 가는 거냐고 물었고, 그는 마침내 모텔, 이라고 답했습니다. 저는 그의 손을 뿌리쳤습니다. 그리고 집으로 돌아가려고 발길을 돌렸습니다. 그러나 걸음을 떼자마자 강한 힘에 의해 힘껏 떠밀렸습니다. 바닥으로 처박힐 뻔한 상황에서 가까스로 균형을 잡고 돌아보니, 잔뜩 화가 난 그가 제 뒤에 서 있었습니다. 그가 저의 등을 들입다 떠민 것입니다.

제가 입을 열기도 전에 그가 다시 저를 출구 쪽 계단으로 힘껏 떠밀었습니다. 주변에 행인들이 많았지만 그는 전혀 개의치 않고 저를 짐짝처럼 밀기 시작했습니다. 저는 비명을 지르면서 그에게 떠밀려 계단을 억지로 걸어 올라갔습니다. 도중에 몸을 돌려세우면 그가 다시 저를 힘껏 떠밀었기 때문에, 저는 계단 모서리에 얼굴을 박을 뻔한 상태에서도 다시 벌떡 일어나 계단을 올라가야 했습니다. 그렇게 저는 역에서 멀지 않은 모텔 입구까지 그에게 떠밀려서 갔습니다.

그는 제가 소리를 지르고, 왜 이러냐고 묻고, 그만하라고 말해도 제 말이 전혀 들리지 않는 것처럼 행동했습니다. 저를 사람이 아니라 짐짝처럼 대했습니다. 행인들은 아무도 관심을 기울이지 않았습니다. 마침내 모텔 입구 앞에 선 그가 말했습니다.

아무리 생각해봐도 네가 왜 나를 거부하는지 모르겠어. 도대체 이유가 뭐야?

저는 아무런 대답도 하지 못했습니다. 그가 모텔 문을 열더니 저의 팔을 힘껏 잡아당겼습니다. 저는 카운터 앞까지 끌려갔습니다. 작은 창 너머로 아주머니의 단조로운 목소리가 들려왔습니다. 대실이에요? 그가 얼른 그렇다고 대답하며 지갑을 열어 돈을 건네주고, 키를 받았습니다. 그는 저를 엘리베이터 안으로 끌고 들어가더니 버튼을 누르고 기다렸습니다. 그러는 동안 그는 한마디도 하지 않았습니다.

저는 포기했습니다.

제 몸이 왜 섹스를 원하지 않는지 생각하길 포기했습니다. 어쩌면 이런 생각을 하는 것부터가 잘못이라는 생각이 들기 시작했습니다. 모든 연인 관계는 정확한 진도에 맞춰 앞으로 나아가기 마련인데, 제가 미지의 이유로 섹스를 거부한 것이 잘못된 태도라는 생각마저 들었습니다. 실은 뭐가 잘못되었는지 생각하지 않고 그냥 다 포기해버리고 싶은 마음뿐이었지만요.

몸과 고백들

손목시계를 보니 10분이 채 지나지 않았다는 걸 알 수 있었습니다. 저는 모든 걸 포기하고 시체처럼 반듯하게 누워 있었기에, 사실 섹스를 했다고 말할 수도 없는 상태였습니다. 저는 가만히 있었고, 그가 몸을 움직였습니다. 저는 제 몸과 저를 분리시켰고, 그가 몸을 움직였습니다. 저는 그와 함께했던 좋은 추억을 떠올리려 노력했지만 실패했고, 그는 계속 몸을 움직였습니다. 물리적 시간은 10분 남짓이었지만 저의 정신은 10년 넘게 지저분한 모텔방을 떠돈 것처럼 지쳐 있었습니다. 그러는 동안 저는 가랑이가 찢어질 것 같은 고통을 참으며 이런 통증에 대해 미리 알려주지 않은 친구들을 내내 원망했습니다.

다 끝난 거야? 저는 그렇게 물었습니다. 해선 안 되는 말이었다는 걸 곧바로 깨달았습니다. 잡지에서 본 말들이 떠올랐습니다. 정말 좋았어. 다시 태어난 느낌이야. 우리의 사랑이 더욱 깊어진 것 같아. 그런 말들을 해야 했는데, 저는 다 끝난 거냐고 물어버렸습니다. 그는 아무런 대답이 없었습니다. 천장을 바라보며 가만히 누워 있기만 했습니다. 이 지리멸렬한 전쟁을 치르고 마침내 승전했노라고 외쳐야 함에도 그 역시 지쳐버린 것 같았습니다. 저는 문득 이런 생각이 들었습니다. 그는 왜 저와의 섹스를 원하는지 깊게 생각해보지 않은 것일 수 있다고요. 어쩌면 그는 굳이 제가 아니더라도 누군가와 섹스가 너무나 하고 싶었고, 마침 제가 애인이기에 그 욕구를 해소한 것인지도 모른다고요. 그러지 않았다면 왜 섹스를 거부하는 애인을 짐짝처럼 밀어서 남루한 모텔방 위에 모든 걸 포기한 채로 누워 있게 만들었을까요.

그가 먼저 몸을 씻었고, 저는 그가 욕실에서 나온 다음에 몸을 씻었습니다. 움직일 때마다 통증이 느껴져 조심조심하면서 몸을 씻는 동안 저는 그와 섹스를 한 게 아니라 그가 저의 몸에 상처를 입혔다는 생각이 강하게 들었습니다.

그에 대한 원망이 이별하고 싶은 마음으로 번질까봐 걱정하진 않았습니다. 앞으로 첫사랑을 떠올릴 때마다 이 기억이 함께 떠올라 고통스럽겠구나, 안타깝다, 그런 마음이 들 것을 걱정했습니다. 그랬습니다. 그는 저의 첫사랑이었습니다. 저는 저에게 존재하지 않는, 누구보다 저를 먼저 생각해주는 자상한 언니의 시선으로 저를 바라보고 있었습니다. 너의 첫사랑은 너에게 상처를 입혔어. 그러니 너는 그를 잊어야 해. 저는 뜨거운 김 속에 우두커니 서서 그런 목소리를 들었습니다. 그와 그가 저지른 행동을 잊어야 한다는 목소리를요.

저는 이미 그와 이별한 마음이었습니다. 그가 혼자 몸을 움직이고, 저는 그 아래에 누워 천장만 바라봐야 했을 때 저는 이미 그와 이별을 했습니다. 저는 이 섹스가 완벽히 실패한 섹스이며, 사실 이건 섹스라고 말할 수도 없다는 것을 어렴풋하게나마 깨달았지만, 그 시절엔 사랑하는 사람에게 강간을 당할 수도 있다는 사실을 몰랐습니다. 누구도 그런 말

몸과 고백들

을 해주지 않았습니다.

앞으로 만날 애인들과의 섹스는 이것과 완전히 다르리라고 굳게 믿고 싶었지만, 이미 상흔처럼 틀어박힌 기억이 제 몸에서 사라지지 않으리라는 것을 알았습니다. 저는 울면서 몸을 씻었습니다.

욕실에서 나와 보니 방은 텅 비어 있었습니다. 그는 말도 없이 가버렸습니다. 상처 입은 사람은 저인데, 그는 돌이킬 수 없는 상처를 입은 사람이 자기인 것처럼 말도 없이 사라져버렸습니다.

저는 침대 위에 걸터앉아 커다란 화장대 거울로 저의 몸을 보았습니다. 가슴이 아주 작고 납작해서 앞에서 보면 여성의 상반신이 아니라고 착각할 만했습니다. 저는 처음으로 저의 가슴을 보며 화가 나지 않았습니다. 안타깝지도 않았습니다. 그건 그저 제 가슴일 뿐이고, 제 몸일 뿐이었습니다. 그 어느 곳에도 사용되지 않고, 그 누구에게도 욕망되고 싶지 않은 저의 몸일 뿐이었습니다.

그때, 우리는 스무 살이었습니다.

*

저는 2000년대라는 시대 속에 놓여 있던 평범한 여성으로 20대 시절을 지나 보냈습니다.

친구들은 농담처럼 이런 말을 했습니다. 10대 남자가 원하는 것은 20대 여성이고, 20대 남자가 원하는 것도 20대 여성이며, 30대 이상의 남자가 원하는 것도 20대 여성이라고요. 저는 그 말을 듣고 친구들과 함께 웃었지만 속으론 전혀 웃지 않았습니다. 이런 농담을 20대 여성인 우리가 소비하고 있다는 게 어딘가 잘못되었다고 느꼈지만 내색하지 않았습니다. 어딜 가든 우리를 반기는 남자들이 있는 건 좋은 일이라고 생각하려 했지만, 외려 불안감만 더 심해졌습니다.

그러면서도 저는 미용에 상당한 노력을 기울였습니다. 머리를 길게 기르고, 공들여 펌을 하고, 눈썹을 밀고, 보기 좋게 다시 그리고, 마스카라를 항상 지니고 다녔습니다. 팔과 다리와 겨드랑이 털을 밀고, 귀를 뚫었습니다. 몸에 구멍 내는 걸 조금도 좋아하지 않으면서 잡지에서 본 한 줄의 문장 때문에 귀를 뚫었습니다. '귀걸이를 하면 1.5배 더 예뻐 보인다는 게 과학적으로 증명되었다.' 그 기사의 내용은 이러했습니다. 귀걸이를 하지 않았을 때보다 귀걸이를 했을 때 얼굴이 더 작아 보이고, 인상도 더 선명해 보였다고요. 인터뷰한 모든 남자들이 그렇게 판단을 내렸다고요. 그러니 더 예뻐 보이는 게 틀림없다고요. 저는 그 기사를 읽고 나서 귀를 뚫었습니다. 그리고 반짝이는 귀걸이를 하고 다녔습니다. 양쪽 귓불에서 진물과 피가 계속 나왔지만, 매일 소독하고 다시 귀걸이를 했습니다. 오로지 1.5배 더 예뻐 보이기 위해서요.

저의 직업은 웨딩 플래너였습니다. 친구들이 대기업에 취업 원서를 넣거나, 공무원 시험 준비를 시작하거나, 작은 회사에 들어가 착실하게 경력을 쌓고 복지 혜택이 더 좋은 회사로 옮겨 갈 계획을 세우는 동안 저는 웨딩 플래너로 계속 일했습니다. 압구정동 로데오거리를 높은 힐을 신고 오갔습니다. 대부분 고급 차를 타고 오가는 언덕을 저와 제 동료들만 걸어다녔습니다.

우리는 웨딩 컨설팅 회사에 소속되어 있는 직원인 동시에 개인사업자였습니다. 우리는 서로 경쟁해야 했고, 온종일 채팅창을 붙들고 있어야 했습니다. 점심을 샌드위치로 때우면서도 채팅창 앞을 떠날 줄 몰랐습니다. 제 실적은 좋은 편도 나쁜 편도 아니었습니다. 저는 그때까지만 해도 웨딩드레스에 대한 동경이 있었고, 버진 로드를 걷는 신부를 바라보며 인생에서 가장 아름다운 꽃이 피는 시기라고 생각할 정도로 결혼에 긍정적인 여성이었습니다.

예비 신부들은 대체로 신경질적이었습니다. 그러나 저는 그녀들을 이해할 수 있었습니다. 신부들은 거의 모든 것에 불안을 느꼈습니다. 그중 가장 큰 불안은 웨딩드레스였습니다. 그것을 피팅했을 당시의 체형을 결혼식 날까지 유지하는 것이 그녀들의 큰 과제이자 의무였습니다. 웨딩 플래너의 가장 큰 악몽 역시 다르지 않아 살이 쪄서 드레스가 작아진 신부와 결혼식 날 마주하게 되는 것이었습니다. 신부들은 다이어트에 민감했습니다. 허리가 굵어 보이거나 팔뚝이 두꺼워 보이는 웨딩드레스를 원자폭탄처럼 두려워했습니다. 그런 상황에서 그녀들의 시선이 유독 말라빠진 저의 몸에 가닿는 것은 어찌 보면 당연한 것이었습니다. 그녀들은 저에게 말했습니다. 너무 부럽다고요. 어떤 드레스를 입든지 날씬해 보일 테니 너무나도 부럽다고요. 그러나 저는 그녀들이 부러웠습니다. 어떤 드레스를 입든지 저보다는 가슴이 풍만해 보이고 상대적으로 허리도 가늘어 보일 게 틀림없었으니까요. 그러나 그런 부러움은 아주 잠깐이었습니다.

예비 신랑들을 상대하는 일은 전혀 어렵지 않았습니다. 저는 팀장에게 교육받은 대로 신랑의 눈을 거의 보지 않았습니다. 신부만 바라보며 설명했고, 신부에게만 동의를 구했습니다. 신랑이 질문을 던지면 짧게 신랑을 쳐다보고, 다시 신부에게로 시선을 돌렸습니다. 그래야만 했습니다. 예민한 신부들에게서 오해를 사지 않으려면요. 덕분에 저는 한 번도 오해를 산 적이 없었습니다. 신부들은 극도의 불안에 시달리고 있으면서도, 무대에 올라 모두의 시선을 한눈에 받는 주인공이 될 날이 언제인지 명확히 알고 있는 배우처럼 언제나 빛이 났습니다. 자신이 수행해야 할 역할을 정확하게 알고 있어서 디데이가 다가올수록 더욱 찬란하게 빛이 났습니다. 그녀들은 실망했지만 관망하지는 않았고, 주도적이었지만 순식간에 패닉에 빠지기도 했습니다. 저는 그녀들을 다독이고, 지지하고, 주제넘지 않은 조언을 하면서 묵묵히 저의 자리를 지켰습니다.

그런 저도 어느 날 청혼을 받았습니다.

그는 제가 웨딩 플래너로 일하는 동안 월요일마다 데이트를 했던 남자였습니다. 그는 중견기업에 다니는 회사원이었고 주말마다 쉬었지만, 저는 일의 특성상 월요일에만 쉴 수 있었습니다. 그는 월요일 저녁마다 수소문해놓은 맛집으로 저를 데리고 갔습니다. 우리는 우리의 경제력에 맞는 데이트를 했고, 한 번도 비싼 돈을 들여 뭔가를 함께 해본 적이 없었습니다. 그는 아주 현실적인 사람이었고, 허황된 말이나 약속은 전혀 하지 않았습니다. 우리는 돈을 아끼기 위해 맥도날드에서 커피를 마셨고, 여행은 거의 가지 않았습니다. 가더라도 강릉에만 갔고 해외여행은 한 번도 가지 않았습니다. 저는 여권이 없었고, 그도 마찬가지였습니다. 우리는 신혼여행 때문에 여권을 발급받았고, 서유럽 패키지여행으로 신혼여행을 대신했습니다. 저는 웨딩 플래너로 일하며 완벽한 결혼에 대한 환상을 모두 버린 상태였습니다. 웨딩드레스는 재활용 드레스를 입었고, 한복은 종로 광장시장에서 한 벌에 15만 원을 들여 맞췄습니다. 서유럽 패키지여행은 초특가 할인 상품이었고, 갓 부부가 된 커플이 우리 말고도 한 쌍 더 있었습니다. 우리처럼 그들도 대체적으로 조용했고, 자기자랑을 늘어놓지 않았습니다. 결혼반지에 박힌 다이아몬드 역시 둘 다 깨알만 했고, 자세히 들여다봐야 발견할 수 있었습니다.

저는 결혼 생활에 만족했습니다. 한 달 동안은요. 그 기간 동안 그는 회사에 심각한 일이 생긴 탓에 거의 매일 야근을 했습니다. 그러다가 다시 정시에 퇴근했고, 그때부터 그는 일주일에 두 번꼴로 저에게 섹스를 요구했습니다. 저는 그제야 우리가 연애하는 동안 섹스를 거의 하지 않았다는 사실을 깨달았습니다. 반년에 한 번 정도였으니 그것을 잊고 살만도 했지요. 저는 갑자기 변한 그가 낯설었습니다. 왜 그렇게 열심히 섹스를 해야 하느냐고 물은 것은 어찌 보면 우리 사이에선 당연했지요. 그는 아주 과묵한 표정으로 앉아 있다가 말했습니다. 부부라면 일주일에 두 번 정도는 해야 하는 거 아닌가?

그는 어디선가 들은 듯한 말을 하고 있는 표정이었습니다. 저는 왜 그래야 하는지 이해할 수 없었습니다. 그가 섹스를 좋아하는 사람이었다면, 그와의 결혼을 고민해봤을 텐데 말이지요. 그러나 저는 결국 거부하지 않았습니다. 그의 말에 수긍하고 말았습니다. 그리하여 저는 원하지도 않는 섹스를 일주일에 두 번씩 했습니다. 그는 여성 상위를 선호했고, 저는 몸의 긴장이 풀리지도 않은 상태로 그의 몸 위에 걸터앉았습니다.

그것을 섹스라고 불러도 될지 모르겠습니다. 아마도 아닐 것입니다. 저는 오직 의무감으로 그의 몸 위에 앉았고, 반복

몸과 고백들

적으로 허리를 움직였지만 그러면 그럴수록 성기에 상처를 입히는 것만 같아서 기분이 좋지 않았습니다. 제가 흥분하지 않았다는 것이 그에겐 중요하지 않았습니다. 그는 흥분했으니까요. 그는 눈을 감았고, 제 얼굴을 한 번도 보지 않았습니다. 봤다면, 우리의 결혼 생활은 그보다 훨씬 더 짧았을 것입니다.

그는 제가 피임약을 먹길 원했지만, 저는 그가 콘돔을 사용하길 바랐습니다. 피임약은 어느 것을 먹더라도 저에게 맞지 않았습니다. 피부가 크게 뒤집히고, 두통과 메스꺼움, 전신 가려움증도 동반되었습니다. 그가 말했습니다. 제가 피임약을 심리적으로 거부하기 때문에 몸도 그러한 부작용을 일으키는 것이라고요. 저는 그에게 콘돔을 사용해달라고 부탁했습니다. 둘 다 아이를 빨리 갖길 원하지 않았기에 그가 결국 콘돔을 사용했습니다. 그러나 그것을 과연 콘돔이라고 불러도 될는지요.

콘돔이라는 것이 빽빽하고, 고무 냄새가 심하게 나고, 상당히 질겨 보이면서 대체적으로 멋이라곤 조금도 없는 물건이라면 그것은 콘돔이 맞습니다. 그것은 그의 성기에 끼워져서 제 몸속으로 들어왔고, 여성 상위를 선호하는 그의 취향에 맞추어 언제나 제가 자발적으로 그것을 몸속에 넣어야 했는데, 그때마다 저는 다시 소녀로 돌아가고 싶은 마음이 들었습니다. 섹스가 의무가 아닌 소녀로 돌아가서 저의 몸을 아무 곳에도 사용하고 싶지 않았습니다.

그랬습니다. 저는 또다시 그런 마음이 들기 시작했습니다. 결혼 전 친구가 저에게 절벽에 매달려 절박하게 섹스하는 남녀의 영상을 보내준 적이 있는데, 그때 저는 친구에게 이렇게 말했습니다. 이제 내게 그런 영상은 보내지 마. 결혼하면 섹스가 일상이 될 텐데 왜 벌써부터 그걸 알려고 하니. 저는 어느 정도는 그렇게 믿었기에 결혼 후 일주일에 두 번씩 정기적으로 섹스를 했지만, 오래전 그날 분명히 깨달은 것처럼 제 몸을 아무 곳에도 사용하고 싶지 않은 사람이었습니다. 여전히 그랬습니다. 하지만 그에게 사실대로 말할 수는 없었기에 저는 싫은 마음을 감추고 기계적으로 섹스를 했습니다.

그러던 어느 날, 시가에서 저녁을 먹다 언제쯤 아이를 가질 계획이냐는 말을 처음으로 들었습니다. 결혼한 지 반년이 지난 때였습니다.

저는 너무나 놀란 나머지 아무런 대답도 하지 못했습니다. 그건 시부모로부터 들을 수 있는 수백 가지의 평범한 말들 중 하나일 것입니다. 그러나 저는 그런 말은 누구에게서 듣든지 매우 실례되는 말이라는 생각이 들었습니다. 사실 이 표현은 매우 순화한 것입니다. 솔직히 말하면 그런 말은 실례되는 말인 정도가 아니라, 저의 삶 속으로 장검을 깊숙하게 찔러 넣은 뒤 좌우로 획획 돌려서 내장 기관을 엉망으로

몸과 고백들

만들어버리는 말이라고 생각합니다. 그 말을 처음 들었을 때 제 기분이 그랬습니다.

그런 말에 그 정도로 큰 충격을 받았다는 것이 이상한 일일까요? 저는 저의 몸을 또다시 강탈당하는 기분을 느꼈습니다. 대를 이어야 할 며느리라고 말할 수 있겠지요. 대를 끊기게 할 속셈이냐 물을 수도 있겠지요. 하지만 저는 섹스에 제 몸을 사용하고 싶지 않은 것처럼 아이를 낳는 일에도 제 몸을 사용하고 싶지 않았습니다. 아이를 갖는 일은 온전히 저의 선택과 열망으로 결정되어야 할 일이라고 굳게 믿었습니다.

저는 그날 집으로 돌아와 남편에게 말했습니다. 아이를 낳는 일은 제 몸이 허락해야 하는 일이라고요. 그러나 저의 몸은 그 일을 도저히 허락할 것 같지가 않다고요. 저는 마치 제 몸에 분리된 인격이 존재하는 것처럼 그렇게 말했습니다. 남편은 요상한 표정을 지으며 콘돔을 꺼냈습니다. 저는 그 구역질 나는 고무 껍데기를 빼앗아 쓰레기통에 넣으며 다시 말했습니다. 이번에는 조금 다르게 말했습니다.

내 몸은 인격이 있어. 내 몸은 존중받아야 해. 내 몸은 나조차 함부로 할 수 없어.

남편은 제 말을 조금도 이해하지 못했습니다. 제 몸은 저의 것이며, 나아가 자신의 것이기도 하다고 말했습니다. 자신의 몸 역시 자신의 것이며, 나아가 저의 것이기도 하다고 말했습니다. 그런 게 부부라고 말했습니다. 하지만 저는 저의 몸이 그의 것이라고 생각하지 않았고, 마찬가지로 그의 몸이 저의 것이라는 생각도 하지 않았습니다. 우리의 몸은 각자의 것이며, 결코 섞일 수 없다고 말했습니다. 섹스는 일시적인 교합일 뿐이지 영원한 결박은 아니라고요. 그는 제 말을 믿을 수 없다는 표정으로 들었습니다. 한참을 침묵하던 그가 마침내 말했습니다.

그러면 나는 부모님한테 뭐라고 말씀드려야 하지? 너의 생각을 절대로 이해하시지 못할 거야.

그는 다행히 화를 내지 않았습니다. 그렇다고 저를 이해하지도 않았지만, 이해하려고 부단히 노력했습니다. 그는 저의 손을 잡고 침대에 나란히 누워 이 모든 엉킴의 시작이 어디인지 하나씩 짚어가기 시작했습니다. 그는 자신과의 첫 섹스가 어떠했는지 물었고, 예식장에서 얼굴이 어두웠던 게 혹시 이걸 예감해서였는지, 신혼여행지에서 행복해 보였던 게 자신의 착각이었는지 물었습니다. 저는 결혼 자체엔 아무런 불만이 없지만, 정기적인 섹스는 구독 거절한 신문이 우편함에 계속 꽂혀 있는 것처럼 아주 지겨운 일이라는 것을 고백하고 말았습니다. 서른이 넘은 성인 여성이지만 섹스에 나의 몸을 사용하는 것이 어렵고 어색한 일이라고도 말했습니다. 사실은 싫고 불쾌한 일이었지만 순화해서 말했습니다. 그는 제 말을 잠자코 듣기만 했습니다. 좀 더 말해보라고 다독이

몸과 고백들

기도 했습니다. 저는 저의 첫 섹스를 털어놓았고, 그때 얼마나 비참한 기분이 들었는지 상세히 설명했습니다. 이제 와서 안 사실이지만 그건 섹스가 아니라 강간이었다고요. 그는 자신의 첫 섹스를 떠올려보는 눈치였지만, 어쨌는지 저에게 말해주지는 않았습니다.

우리는 밤새 침묵 속에 누워 있었습니다. 그가 가끔씩 한숨을 내쉬었기에 잠들지 않았다는 것을 알았습니다. 저 역시 한숨을 내쉬며 간간이 몸을 뒤척였습니다. 동이 트자 그가 마침내 이렇게 말했습니다.

나는 네가 어떤 사람인지 모르겠어. 아무리 생각해도 이해가 안 돼.

저는 무척 실망했지만, 이미 돌이킬 수 없는 선택을 한 뒤였습니다. 저는 담담한 마음으로 말했습니다.

너는 너와 즐겁게 섹스하고, 기쁘게 아이를 낳을 수 있는 여자를 만나는 편이 낫겠어.

저는 눈물을 흘리면서 그의 행복을 빌어주었습니다. 그건 슬픔의 눈물이 아니라 미안함의 눈물이었습니다. 그가 어떤 사람인지 모르고 덜컥 결혼해버린 미안함에서 비롯된 눈물이었습니다. 그는 슬픔의 눈물을 흘렸습니다. 그는 저를 자신이 꿈꾸던 여성이라고 멋대로 착각해버린 것을 무척 슬퍼했습니다. 그런 의미의 눈물을 흘렸습니다.

우리의 이혼은 전혀 예상하지 못한 곳에서 반발에 부딪혔습니다. 그와 그의 부모님은 자신들의 입장에선 합당한 이유가 있느니만큼 이혼에 찬성했지만, 뜻밖에도 저의 어머니가 이혼을 반대했습니다. 절대로 안 된다고 못을 박았습니다. 어머니는 이렇게 말했습니다.

이혼한 여자의 몸으로 어떻게 살아가려고 그러니.

저는 어머니의 입에서 나온 말들 중에서 유독 '몸'이라는 단어에 귀가 열렸습니다. 저는 어머니에게 이런 문자를 보낸 뒤 이혼을 감행했습니다.

—엄마, 나는 내 몸이 아니라 그냥 나야. 나는 내 몸으로 말해지는 존재가 아니라, 내가 행하는 것으로 말해지는 존재야.

그는 이혼 서류를 작성할 때조차 그다웠습니다. 정갈한 그의 글씨체를 바라보며 이런 생각이 들었습니다. 이 사람은 이 글씨체처럼 알아보기 쉬운 인생을 살고, 정갈한 가족을 꾸릴 거야. 저는 진심으로 그의 미래를 축복해주었습니다. 그는 저와 마지막으로 포옹하며 말했습니다.

언젠가 네가 진심으로 섹스를 즐길 수 있길 바라.

그는 제가 그런 파트너를 만날 수 있을 거라고, 너는 좋은 사람이니 그럴 수 있을 거라고 담담한 목소리로 말했습니다. 저는 저에게 좋은 사람이라고 말해주는 그에게 고마움을 느꼈습니다. 비록 섹스에 대한 저의 생각은 끝까지 이해하지 못한 것이 분명했지만요. 저는 그의 얼굴을 오랫동안 마주보았고, 마침내 발길을 돌렸습니다.

그때 우리는 서른셋이었습니다.

2

제 이야기를 하지 않을 수가 없네요. 모두 저를 오해하고 있는 것 같기에 지금부터 그것을 바로잡으려고 합니다. 다만, 이것은 매우 내밀한 고백인지라 단 한 번밖에 말할 수 없을 것 같습니다.

그러니 귀 기울여 들어주세요.

저는 1959년에 태어났습니다. 하지만 그건 사실이 아닐 가능성이 큽니다. 그땐 출생신고를 제때 하지 않는 부모들이 많았고, 저의 부모 역시 그랬다는 말을 들은 기억이 있습니다. 저는 제가 1957년생일 거라는 생각으로 살아왔습니다. 1958년생인 남편에겐 그런 말을 한 적이 없지만요. 이제 와서 누나라고 부르라고 할 수는 없지 않겠습니까.

살아오는 동안 저는 수많은 일을 겪었습니다. 당연하지요. 반세기 넘게 살면서 아무런 일도 겪지 않거나 매우 적은 경험만 할 수는 없으니까요. 저는 스물세 살에 결혼했고, 두 딸을 낳았습니다. 첫째는 저를 닮아 예민하고, 둘째는 남편을 닮아 어떤 일에든 둔감한 편입니다. 첫째와 둘째는 연년생입니다. 연이은 출산으로 저는 몸이 많이 망가졌습니다. 아직도 완전히 회복되지 않았습니다. 그러나 딸들에게 그런 말을 한 적은 한 번도 없습니다.

어릴 때 살던 고향을 생각할 때마다 한 남자가 동시에 떠오릅니다. 그는 저의 아련한 첫사랑 같은 존재가 아닙니다. 그는 그 작은 시골 마을의 폭군이자 사냥꾼이었습니다. 그의 직업이 사냥꾼이었다는 게 아닙니다. 그는 농사를 짓는 사람이었고, 엽총을 한 자루 갖고 있었습니다. 물론 그 총으로 사냥도 했지만, 그가 총을 들고 주로 뒤쫓았던 건 여자였습니다. 마을의 젊은 여자들이요.

어떻게 그런 일이 가능한지 놀라셨나요? 그땐 1960년대였고, 작은 산골 마을엔 파출소가 없었습니다. 총을 갖고 있는 사람은 드문 편이었고, 그처럼 심한 폭력성을 가진 남자는 마을에서 그밖에 없었습니다. 그는 도무지 통제가 되지 않는 남자였습니다. 마을의 젊고 아름다운 여자를 보면 겁탈하지 못해 안달이 나는 그런 범죄자였습니다. 지금은 범죄자라는 단어를 당당하게 쓸 수 있지만 그땐 아무도 그렇게 말하지 않았습니다.

그 당시 저는 어린아이였기에 마을 사람들이 왜 그렇게 그 남자를 무서워했는지 자세히 기억나지는 않습니다. 법의 바깥에서 살 수 있는 사람은 없을 것임에도 마을 사람들은 그를 신고하는 대신 너무나 두려워했습니다. 아마도 이런 이유겠지요. 그땐 남자가 여자를 겁탈하는 것을 범죄가 아닌,

몸과 고백들

본능에 충실한 남자의 성 충동으로 해석해버리기도 하는 시대였으니까요. 게다가 피해자들이 수치심을 느끼며 신고하지 않고 도망쳐버렸기에 범죄자는 더욱 기세등등하게 마을을 휘젓고 다녔습니다.

그 남자에게 희생된 여자들의 얼굴이 지금도 떠오릅니다. 그녀들은 모두 소리 없이 마을을 떠났습니다. 술에 취해 총을 들고 사냥감을 찾아다니는 괴물을 피해서요. 저의 아버지는 결단을 내렸습니다. 저는 언니가 한 명 있고, 여동생이 한명, 오빠가 한 명 있는데, 도합 세 명의 딸을 지키기 위해 아버지는 짐을 꾸려 낯선 타향으로 떠났지요. 저는 사냥꾼을 두 번 다시 보지 않아도 된다는 게 너무 기뻐서 이사하는 내내 노래를 불렀습니다.

새로 자리 잡은 동네엔 사냥꾼이 없었습니다. 동네마다 한 명씩 있을지도 모른다는 불안감은 곧바로 해소되었지요. 그곳은 지리산 아래에 자리한 고요한 시골 마을이었습니다. 아버지는 땅을 좋아하는 사람이었고, 열심히 농사지은 돈으로 여기저기에 땅을 사두었습니다. 먹고살 걱정은 없었지요. 아주 유복한 편은 아니었지만 가난하게 자란 것도 아니었습니다. 오빠는 공부만 할 수 있었고, 언니는 얌전히 시집갈 준비를 했고, 저와 동생은 학교를 무척 좋아했습니다.

국민학교 시절부터 저는 키가 무척 컸습니다. 반에서 가장 컸지요. 무용 시간이 되면 늘 선생님께 칭찬을 들었습니다.

몸이 예쁘다고요. 길쭉하고 날씬해서 무용을 하기에 아주 적합한 몸이라는 말을 들었습니다. 아이들 앞으로 불려 나가 동작을 시범 보인 적도 수차례 있었습니다. 그런 경험을 통해 저는 저의 몸에 대해 새로운 인식을 하게 되었습니다. 제 몸은 누구나 탐낼 만한 몸이고, 또래 앞에 모범으로 불려 나갈 만한 몸이며, 성인 여성인 무용 선생조차 부러워하는 몸이구나, 하고요. 무용 선생은 제 피부가 희고 깨끗하다는 것도 무척이나 강조했습니다. 제가 어떤 남자에게 시집갈 것인지 벌써부터 궁금해진다고도 했지요.

저는 아주 우쭐해졌습니다. 그때부터 저는 아무 데서나 뛰어다니며 노래 부르는 걸 그만두었습니다. 몸이 더욱 예뻐 보이기 위해 항시 노력했습니다. 바느질 솜씨가 뛰어난 언니를 졸라서 새 원피스를 지어 입고 학교에 갔습니다. 괜스레 남자아이들에게 새침하게 굴었습니다.

무용 선생님뿐만 아니라 다른 선생님들도 모두 저를 좋아했습니다. 모범생인 데다가 얼굴도 예쁘고 키도 크고 날씬하다고요. 선생님들은 저의 외모를 자주 칭찬했습니다. 저는 점차 저 자신을 아이가 아닌 아름다운 몸을 가진 여자로 착각하기 시작했습니다.

어느 날 수업이 끝난 뒤, 담임선생님이 저에게 교실에 혼자 남으라고 말했습니다. 어떤 이유로 남으라는 것인지는 알 수 없었지요. 친구들이 모두 돌아가고, 저는 혼자 의자에 앉아 담임을 기다렸습니다. 소란스럽던 복도가 점점 조용해지다가 마침내 아무런 소리도 들리지 않게 되었을 때, 앞문이 드르륵 열리더니 담임이 들어왔습니다. 그는 순한 성품을 가진 노총각이었고, 언제나 저의 외모에 대한 칭찬을 아끼지 않는 사람이었습니다.

담임은 제 앞으로 걸어오더니 아무런 말도 없이 저를 가만히 내려다보았습니다. 저는 약간 불안해지기 시작했습니다. 마침내 담임은 맞은편 의자에 털썩 앉더니 말했습니다.

잠깐만 일어나볼래?

저는 의자에서 일어났습니다.

이리 앞으로 와봐.

저는 그렇게 했습니다. 그의 앞에 섰습니다. 그러자 그가 손을 뻗더니 저를 가만히 끌어당겨 안는 것이었습니다. 그리고 오랫동안 그 자세로 멈추어 있었습니다.

실제론 2, 3분 정도의 짧은 시간이었는지도 모릅니다. 그러나 저에겐 한 시간처럼 길게 느껴졌습니다. 담임의 숨소리와 체취가 너무나 가까이서 느껴졌습니다. 불쾌했고, 두려웠습니다. 제가 알고 있는 사람이 아니라 전혀 모르는 사람이 저를 끌어안고 있는 기분이 들었습니다. 심장이 두근거렸습니다. 몸이 떨려오기 시작했습니다. 그게 잘못된 일이라는 건 누군가 알려주지 않더라도 본능적으로 알 수 있었습니다. 이 사람은 내 몸을 안고 있다. 나를 안고 있는 게 아니라, 내 몸을 안고 있다. 저는 그런 생각을 했습니다. 저를 안고 있는 것보다 제 몸을 안고 있는 게 더욱 잘못된 일이라는 듯이요. 저는 그 순간 저와 제 몸을 분리했던 것입니다.

마침내 담임이 저를 놓아주며 그만 집에 가보라고 말했을 때, 저는 도망치듯 교실을 빠져나왔습니다. 얼굴이 붉게 달아오른 걸 담임에게 들키지 않으려고 재빨리 교실을 빠져나왔지요. 그 뒤로 담임은 한 번도 그 일에 대해 언급하지 않았습니다. 교실에 남으라는 말도 두 번 다시 하지 않았습니다.

도대체 그건 뭐였을까요.

그는 왜 열세 살짜리 제자를 말없이 안고만 있었을까요.

여러분들이 대답하지 않으시더라도, 이제 저는 그 답을 알고 있습니다.

중학교에 입학한 뒤에도 저는 여러 분야에서 눈에 띄는 학생이었습니다. 몸이 예쁘다는 말은 그때도 많이 들었습니다. 얼굴이 하얗다는 말도요. 저는 콧대가 아주 높아져 있었지요. 공부도 매우 열심히 했습니다. 그러던 차에 아버지로부터 더 이상 학교에 갈 필요가 없다는 말을 들었을 때, 저는 심장이 돌처럼 굳고 사지가 찢기는 심정이었습니다.

여자는 교육받을 필요가 없다고 굳게 믿는 사람이 나의 아버지였습니다. 누구도 그 말을 거역할 수 없었습니다. 어머니도 아버지의 결정에 따랐고, 오빠도 반대하지 않았습니다. 큰언니는 일찍이 시집을 갔지만, 여동생은 어머니에게 끈질기게 매달렸습니다. 학교에 보내달라고 밤낮으로 울었습니다. 저는 식음을 전폐하고 방 안에 틀어박혔습니다. 여고 교복을 입은 친구들이 찾아올 때마다 방 안 깊숙이 숨어서 밖으로 나가지 않았습니다. 너무나 창피했습니다. 저보다 공부를 못하는 아이들이 교복을 입고 나타나 제 이름을 조심스레 부르는데, 저는 그대로 죽어버리고 싶은 심정이었습니다. 친구들이 아무렇지 않게 입고 있는 교복이 저에겐 너무나 절실했기 때문입니다.

그렇게 방 귀신이 되어가던 어느 날, 제 고개가 저절로 돌아가기 시작하더군요. 제 고개를 제가 어떻게 해볼 수가 없었습니다. 분명히 감나무를 보려 했는데 고개가 저절로 장독대 쪽으로 돌아갔습니다. 대문을 보려 했는데 고개가 저절로 방문 쪽으로 돌아갔습니다. 저는 놀라서 울음을 터뜨렸고, 끝내 기절하고 말았습니다.

여러분, 저는 결코 지어낸 말을 하는 것이 아닙니다. 한 사람의 간절한 의지가 폭압에 의해 꺾였을 때, 말이 통하지 않는 논리에 의해 무참히 짓밟혔을 때, 우리의 육신은 우리의 혼과 분리됩니다. 저는 그것을 몸으로 직접 겪었습니다.

제가 원하는 방향으로 고개가 돌아가지 않는 것을 시작으로 저의 몸은 말을 듣지 않았습니다. 두 팔과 두 다리, 심지어 입술과 눈동자까지도요. 학창 시절 내내 모두가 아름답다고

찬양했던 몸이 제 의지대로 움직이지 않았던 것입니다. 그러면 그것은 도대체 누구의 의지였을까요. 누가 자꾸 저의 고개를 제가 보고 싶지 않은 쪽으로 돌리고 있었던 것일까요.

가족들은 제가 귀신에 씌었다고 판단했습니다. 무당을 불렀지요. 굿을 했습니다. 아주 성대하게 했습니다. 너무 시끄러워서 두 귀를 틀어막고 싶었지만 사람들이 저를 가만히 내버려두지 않았습니다. 늦은 밤, 동네 성황당 나무 아래 저 혼자 버려두고 가버리기도 했습니다. 무당은 그렇게 해서라도 저를 고쳐야 한다고 했습니다. 아주 고장이 나버린 상태인 것처럼 말했습니다.

굿을 세 번이나 했지만 증상은 조금도 나아지지 않았습니다. 결국 오빠가 시내에 나가 약을 지어 왔습니다. 두툼한 약봉지를 건네주면서 이것을 다 먹으라고 말했습니다. 저는 그게 뭔지도 모르고 몇 년간 그 약을 먹었습니다. 매일 그 약을 먹고 종일 잠만 잤습니다. 내처 잤습니다. 현실을 잊고 계속 잤습니다. 그리고 어느 날 눈을 떴을 때, 마침내 제 몸은 제 의지대로 움직여주기 시작했습니다.

저는 기뻐하는 대신 얼른 짐을 쌌습니다. 지박령이 그 집에 저를 묶어두기 위해 제 몸을 마음대로 조종했다는 듯이, 마침내 그 혼령에게서 풀려났다는 듯이, 다른 곳으로 도망가야 살 수 있다는 듯이 정신없이 짐을 쌌습니다.

우리 가족은 나를 무참히 짓밟고 결국 죽일 것이다.

몸과 고백들

저는 그런 마음으로 집을 나왔습니다. 버스를 타고 굽이굽이 산길을 떠나올 때 멀미를 심하게 했습니다. 몸속에 든 모든 걸 토해냈습니다. 두 번 다시 집으로 돌아가지 않겠다고 결심하고, 서울로 향했습니다.

그때 저는 열아홉 살이었습니다.

실밥을 정리하는 옷 공장에 취직했습니다. 제가 구할 수 있는 일은 그것뿐이었습니다. 서울에서 사귄 친구와 이른 새벽부터 밤늦게까지 실밥을 정리했지만 월급은 정말이지 형편없었습니다. 두 발 뻗고 잘 수 있는 방 한 칸 구하기가 힘들었습니다. 친구와 저는 그곳에서 저임금 노동을 하는 몸일 뿐이었고, 인간으로 취급받지 못했습니다. 우리의 미래는 캄캄했습니다.

우리는 다른 일자리를 찾으려고 노력했습니다. 단지 먹고 살기 위해 그렇게 했습니다. 부자가 되기 위해서가 아니라 저임금 노동을 하는 몸에서 벗어나고 싶어서 다른 일거리를 찾아 헤맸습니다. 중개인은 우리를 데리고 어딘가로 갔습니다. 그곳은 방마다 남자들이 가득 들어차 있는 요릿집이었고, 우리는 한복을 입고 그들의 술 시중을 들어야 했습니다. 속았습니다. 친구와 저는 중개인에게 속아서 그곳으로 팔려온 것이었습니다. 그곳에서 만난 여성들은 모두 비슷한 처지였습니다. 학벌이 낮고, 고향에서 도망치듯 서울로 왔거나,

고향으로 매달 생활비를 보내줘야 하는, 한마디로 다른 곳으로 가려야 갈 수가 없는 여성들이었습니다.

우리는 그곳에서 자매처럼 어울려 지냈습니다. 서로가 유일한 버팀목이었습니다. 함께 울고 함께 웃었습니다. 다들 엇비슷한 환경에서 자라 같은 상황에 처해 있었습니다. 임금을 많이 받는 일을 하고 싶어도 학벌 때문에 할 수 없고, 학원에 다니려 해도 학원비를 벌 수 있을 정도의 직업을 가질 수 없고, 모든 걸 포기한 채로 실밥을 정리하는 일만 했다간 입에 풀칠하기도 힘든 상황의 연속 말입니다. 그러나 자매들은 저와 달리 강했고, 비위가 좋았고, 술 시중을 요령껏 잘 들었습니다. 술 취한 남자들의 말과 함부로 내뻗는 손길을 잘 참아냈습니다. 우리는 그곳에서 술 시중드는 몸이었고, 남자들의 집요한 시선을 받는 몸이었고, 끔찍한 일을 참아내야 하는 몸이었습니다. 고향에 돈을 보내야 하는 몸이었고, 사회와 가족의 도움 없이 스스로 돈을 벌어야 하는 몸이었습니다.

저는 자매들을 믿고 따르며 열심히 해보려고 노력했지만 저에겐 도무지 맞지 않는 일이었습니다. 그러나 한복과 화장품을 사고, 미용실에서 머리를 하기 위해 사장에게 빚을 졌고, 그 빚을 갚기 전까진 가게를 떠날 수 없었습니다. 사장이 중개인에게 지불한 돈까지 제가 갚아야 하는 착취 구조에 놓여 있었지만, 그게 부당하다고 대들지 못했습니다. 사장은

몸과 고백들

항상 저를 감시했고, 제가 남자들 곁에 앉아 술을 따르고 웃음을 팔아야 한다고 강요했습니다. 저는 얼마 지나지 않아 병이 났습니다.

자매들이 둥글게 모여서 의논한 뒤 하나의 결론을 내렸습니다.

저렇게 두면 저 아이는 죽을 거야.

자매들은 사장에게 찾아가 울면서 사정했습니다. 제발 저 아이를 병원에 데려가달라고요. 그러나 그렇게 해서 가게 된 병원에서도 제가 무슨 병에 걸렸는지는 밝혀낼 수 없었습니다. 온몸에 기운이 없었고, 잘 일어서지도 못했고, 매일같이 울었습니다. 그런 상태로 술 시중을 들 수는 없었지요. 남자들은 죽상을 하고 앉아 있는 저에게 술맛이 떨어진다고 고함을 내질렀습니다. 호출을 받고 달려온 사장은 저를 방에서 끌어낸 뒤 욕설을 한 바가지 퍼부었습니다. 자매들만이 저를 다독여주고, 제 말을 끝까지 들어주었습니다. 참을성 있게 모두 들어주면서 말미에 이렇게 덧붙였습니다.

너도 알잖아. 우리는 여기 아니면 갈 데가 없어. 다시 옷 공장으로 돌아갈 수는 없지 않니?

그 말이 저를 더욱 절망하게 했습니다.

어느 날, 저를 진찰하던 의사가 말했습니다.

아가씨, 차라리 결혼을 하세요. 그게 유일한 탈출구입니다.

저는 그 말을 손안에 꽉 움켜쥐었습니다. 계절이 바뀌고,

다시 바뀌고, 한 번 더 바뀔 때까지요.

　그는 술 상자를 나르던 인부였습니다. 늘 지저분한 옷을
입고 다니는 잔심부름꾼이었습니다. 술 상자를 나른 뒤 가게
앞에 앉아 오가는 손님들과 술 시중드는 여자들을 쳐다보며
시간을 때우던 놈팡이였습니다. 그가 저를 알아보았습니다.
제가 아픈 걸 알아보았습니다. 그가 저에게 말했습니다.

　미복아, 나와 함께 도망치자.

　자매들은 득달같이 그에게 달려가 따졌습니다. 도대체 무
슨 능력으로 저 아이를 먹여 살릴 것인지 계획을 말해보라
고 윽박질렀습니다. 그녀들은 저를 보호해야 한다는 마음이
너무 강해서, 어떻게 해서든지 저에게서 그를 떼어내려고 했
습니다. 자기들을 설득하지 못하면 결혼은 절대로 이루어질
수 없다는 듯이 굴었습니다. 그는 무척 난감해했습니다. 자
매들은 그를 볼 때마다 불같이 화를 냈고, 저를 거지에게 시
집보내느니 함께 죽는 한이 있더라도 끝까지 붙잡고 있겠다
고 말하기도 했습니다. 저는 그런 그녀들에게, 나의 친언니
이며 친동생 같은 그녀들에게 이렇게 말했습니다.

　그만들 해. 나, 저 남자를 따라가야겠어. 여기 더 있다간
내가 죽을 것 같아.

　그 뒤에 제가 어떻게 살았는지는 저의 아버지밖에 모릅니
다. 아버지는 저를 찾아 서울로 수차례 올라왔고, 마침내 혼

인신고도 하지 않고 엉망으로 살고 있는 저를 찾아냈습니다. 아버지는 그에게 큰소리로 호통을 쳤습니다. 부끄러운 줄 알라면서요. 그는 저를 붙잡지 못했습니다. 그는 성실하게 돈을 버는 사람이 아니었고, 그땐 이미 다른 여자에게 빠져서 집에 거의 들어오지 않았습니다.

아버지는 저를 고향 집 대신 서울의 어느 다방으로 데려갔습니다. 그곳에서 저는 화장도 안 하고, 투피스 양장도 입지 않은 상태로 선을 봤습니다. 아내와 사별한 남자였습니다. 그는 첫 만남에서 제 눈이 무척 맑아 보인다고 말했고, 반년 뒤 우리는 식을 올렸습니다. 이듬해 저는 첫딸을 낳았습니다.

서울에 갔던 제가 어떻게 살았는지 두 눈으로 확인한 사람은 아버지밖에 없습니다. 하지만 아버지도 제가 요릿집에서 술 시중을 들었던 것은 몰랐습니다. 제가 식모로 일한 줄 알고 계셨고, 끝내 진실을 알지 못한 채로 돌아가셨습니다. 어머니 역시 그렇게 알고 돌아가셨습니다.

물론 그분들이 모든 걸 아실 필요는 없습니다.

하지만 이젠 그들이 알았어야 했다는 생각이 듭니다. 이제 와서야 그런 생각이 듭니다. 충분히 교육받지 못한 상태로 사회로 떠밀리듯 나가야 했던 어린 여성이 어떤 선택을 할 수 있고, 어떤 인생을 살게 되는지를요. 결혼이 유일한 탈출구임에 절망하면서도 결국 그걸 행한 여성이 어떤 인생을 살았는지를요.

저는 저의 두 딸이 좋습니다. 때로는 싫기도 하지만 전반적으론 좋습니다. 그러나 좋다고 하여 이해할 수 있는 것은 아니고, 싫다고 하여 이해가 되지 않는 것도 아닙니다. 큰딸에게서 자신의 몸에 관한 내밀한 고백을 들었을 때—사실 그건 섹스에 대한 고백이기도 했지만— 저는 큰딸을 이해할 수 없는 동시에 이해할 수 있었습니다. 저 역시 살아오면서 섹스를 즐겼던 적은 한 번도 없으니까요. 그러나 우리가 그런 이야기를 허심탄회하게 나누기는 어려울 것입니다. 저는 딸이 저처럼 실패하지 않길 간절히 바랐습니다. 그래서 이혼하겠다는 큰딸에게 온갖 악담을 퍼부으며 결정을 철회하게 말렸습니다. 그러나 큰딸이 보낸 문자메시지 한 통을 보고 나선 더 이상 그 애를 말릴 수가 없었습니다.

저는 딸들을 역할을 수행해야 할 몸으로 보고 싶지 않습니다. 더군다나 그것이 사회와 가정이 정해준 역할이라면요. 저는 뒤늦게 저의 행동을 후회했습니다. 하지만 사과는 하지 않았습니다. 마음 한구석엔 여전히 그 아이가 이 잔혹한 사회를 혼자 헤쳐 나가긴 쉽지 않을 거라는 생각이 있기 때문입니다.

저는 지금 성당에서 만난 친구들과 가장 많은 시간을 보냅니다. 그녀들은 오래전 요릿집에서 저를 거지에게 시집보내지 않겠다며 울음을 터뜨린 자매들을 떠올리게 합니다. 그

몸과 고백들

녀들, 나의 자매들은 지금 어디에서 무엇을 하며 어떤 모습으로 살아가고 있을까요.

가끔 잠이 오지 않는 밤이면 저는 자매들의 얼굴을 하나하나 떠올리다가 남몰래 눈물을 흘립니다. 그리워해선 안 되는 시절을 종종 그리워하는 나는 참으로 어이없는 사람이기도 하다고 생각하면서요.

딸은 이런 저의 마음과 저의 과거를 까맣게 모르고 있을 것입니다.

하지만 모르는 편이 더 낫겠지요.

3

이혼 후 혼자 지내는 삶은 결코 적적하지 않았습니다. 저는 혼자 지내는 일에 매우 능숙할뿐더러 자주 평온해지기까지 하는 사람이라는 걸 얼마 지나지 않아 깨달았습니다. 하지만 혼자 지낸다고는 하여도 퇴근 후 집에서 그런 시간을 보낼 수 있다는 것이지, 회사에서조차 혼자일 수는 없는 법입니다. 회사에선 늘 타인과 함께 어울려야 하고, 마음에 들지 않는 타인에게도 웃으며 이야기할 줄 알아야 합니다. 특히 회식 자리에서는요.

그날 저는 팀장의 옆자리에 앉아 맥주를 마셨습니다. 팀장은 유독 술자리에서 흥이 넘치는 사람이었는데, 한 명이라도 잔을 비우지 않으면 눈을 부라리며 자리에서 벌떡 일어나 대놓고 성질을 냈습니다. 우리는 그의 눈치를 살피며 빠르게 잔을 비웠습니다. 이혼 후 몇 년 뒤 직장을 옮긴 저는 어떻게든 안정적인 경력을 쌓고 싶었기에 웬만하면 한 회사에 오랫동안 다닐 생각이었습니다. 그곳에 저를 괴롭히는 사람이 있다고 하더라도요. 하지만 술이 약한 제가 슬그머니 술잔을 내려놓을 때마다 그가 벌떡 일어나 저를 지목하는 바람에, 저는 회식 자리에서 적지 않은 스트레스를 받았습니다.

그는 술만 마시면 섹스에 대해 말하는 사람이었습니다. 그것이 성희롱이 될 수도 있다는 걸 그땐 몰랐습니다. 나중엔 알았지만, 그렇다고 해서 그에게 성희롱하지 말아달라고 요청하기도 애매했습니다. 그는 주로 자신이 좋아하는 영화 이야기를 꺼내며 그 영화에서 가장 인상적인 장면을 말하곤 했는데, 그건 거의 다 정사 신이거나 여배우가 옷을 벗는 신이었습니다. 그는 자신이 한때 영화감독을 꿈꿨으며, 대학 시절엔 에로 영화 시나리오를 써서 큰돈을 번 적도 있다고 자랑스레 말했습니다. 그리고 쓰리썸 장면이 나오지 않으면 진정한 예술영화가 아니라는 이상한 말을 자주 했습니다. 그때마다 저는 정신과 몸을 분리시켜서 그 자리가 아닌 다른 곳에 있는 상상을 했습니다. 저 역시 영화를 좋아했기에 그가 영화 좋아하는 취향을 내세우며 은밀한 방식으로 음담패설을 하는 것이 너무나 꼴 보기 싫었습니다. 하지만 참았습니다. 꾹 참았습니다.

웨딩 컨설팅 회사에서 일할 땐 회식이 거의 없었고, 있더라도 참석자가 모두 여성이었기에 성희롱이나 성차별적 발언이 발생할 일은 없었습니다. 그러나 회사를 옮기고 난 뒤 기괴한 팀장 밑에서 일하기 시작하면서 그런 일은 불시에 일어났습니다. 점심을 먹다가도 그는 저의 지나치게 마른 몸을 지적하며, 고기 좀 많이 먹어라, 여자가 그렇게 말라서 어떻게 아이를 갖겠느냐고 말하곤 했습니다. 제가 고기를 기피하는 사람이라는 걸 누차 말했음에도 불구하고요. 그는 제가 이혼했다는 사실 역시 알고 있었습니다.

업무 회의를 하다가도 그는 저를 콕 찍어서 묻곤 했습니다. 여성의 성욕은 언제 가장 강해지는가? 그런 질문은 그날의 회의 안건과 아무런 상관이 없었습니다. 저는 아무렇지 않은 척하며, 되도록 담담하고 딱딱하게 답하려고 노력했습니다. 인간으로서 느낄 수 있는 감정은 모두 배제하고, 통계적 사실만 전달하자 그런 마음이었지요. 하지만 그런 저의 태도를 그는 마음에 들어 하지 않았습니다. 늘 탐탁지 않은 표정을 지었습니다. 나중에서야 그가 원하는 반응은 얼굴을 붉히며 대답을 회피하는 것이었다는 걸 깨달았습니다.

저와 비슷한 처지에 놓여 있던 선배가 어느 날 저에게 말했습니다.

팀장이 왜 유독 우리한테만 그러는 줄 알아? 요즘 신입들은 잘못 건들면 난리가 나거든. 어찌나 똑 부러지게 자기 생각을 말하는지 살벌해서 말문이 막힐 정도야. 근데 우리처럼 80년대 초반에 태어난 여자들은 말이야, 나도 그렇지만, 우리는 그런 농담에 수줍은 반응을 보이게끔 학습되어 있잖아. 자기는 안 그랬어? 나는 이제까지 15년 동안 직장생활을 하면서 수줍은 척 웃고 넘긴 적이 너무 많아. 자기도 그러지 않았어?

저는 어떻게 대답해야 할지 몰라 입을 다물었습니다.

과거에 일했던 웨딩 컨설팅 회사는 수줍은 미소 같은 것은 전혀 필요 없는 곳이었습니다. 여성들 사이에서 그런 태도는 좋은 평가를 받지 못하는 법입니다. 저는 그제야 여성들만 근무하는 직장에선 누구도 학습된 여성으로서의 역할을 서로에게 강요하지 않았다는 걸 깨달았습니다. 우리는 모두 '직원'일 뿐이었지, 누구도 '여성 직원'이지는 않았습니다.

저는 매일 아침 출근할 때마다 바다로 도망치는 상상을 했습니다. 지하철을 타고 회사로 향하면서 누군가 지하철을 통째로 납치해주었으면 하는 상상까지 했습니다. 그러나 그건 일어날 수 없는 일이었기에 현실적인 해법을 찾아보기 시작했습니다. 팀장으로부터 받는 스트레스를 풀 만한 적당한 취미가 필요했습니다. 저는 혼자 지내는 주말마다 요리를 해볼 생각으로, 더불어 회사에 점심 도시락을 싸 가서 팀장의 괴상한 잔소리에서 해방될 생각으로 밑반찬 요리반에 등

몸과 고백들

록했습니다. 여성취업지원센터에서 운영하는 강좌였기에 대부분의 수강생이 여성이었고, 수강료가 매우 저렴한 편이었습니다.

저는 그곳에서 같은 조에 속해 있던 두 명의 언니와 친해졌습니다. 언니들은 서로 상반되는 성격과 말투를 갖고 있었습니다. 소연 언니는 수강생들 중에서 키가 가장 컸는데, 성량은 지나치게 작고 말투가 나긋나긋해서 귀 기울이지 않으면 목소리가 잘 들리지 않았습니다. 소연 언니는 요리 과정이 복잡한 메뉴를 만들 때에도 결코 서두르는 법이 없었으며, 행여 실수라도 하면 얼굴을 붉히며 작게 웃을 뿐이었습니다. 영석 언니는 소연 언니와 정반대였습니다. 목소리가 지나치게 컸고, 매사에 툴툴거렸습니다. 실수를 해도 자기 방식이 옳다고 끝까지 우겼습니다. 그러나 저는 어쩐지 잘 웃고 크게 떠드는 영석 언니가 좋았기에 자주 말을 붙였습니다. 소연 언니가 우리의 대화를 가만히 듣고 있다는 걸 알아챈 뒤엔 소연 언니에게도 말을 자주 걸었습니다. 영석 언니는 개명을 했다는데, 원래 이름이 뭔지는 알려주지 않았습니다. 무척 마음에 들지 않았다는 말만 했습니다. 소연 언니와 저는 개명 전 이름이 뭔지 짓궂게 묻는 사람들이 아니었습니다.

우리가 친해진 계기는 술자리였습니다. 회식 자리에서의 스트레스를 풀기 위해 요리반에 등록한 저는 뜻밖에도 언니들과의 술자리에서 큰 위로를 받았습니다. 언니들은 저보다 그리 나이가 많지 않았지만, 저를 어린 동생 대하듯이 했습니다. 특히 영석 언니가 저를 그렇게 대했습니다. 나중엔 소연 언니에게도 언니 시늉을 했습니다. 둘은 동갑이었지만 소연 언니가 매사에 소극적인 태도를 보여서 그랬던 것 같습니다.

영석 언니는 소주를 좋아했고, 소연 언니는 막걸리를 좋아했습니다. 저는 어떤 술이든지 간에 금세 취해버려서 좋아하는 술이 없었습니다. 저는 안주를 좋아했습니다. 일주일에 한 번씩 요리반 수업을 들었는데, 그때마다 우리는 약속이나 한 듯 수업이 끝나면 다 함께 술집으로 갔습니다. 나중엔 저렴한 민속 주점을 발견해 그곳만 갔습니다. 처음엔 예의를 차리느라 그랬는지 아무도 취하지 않았지만, 나중엔 점차 서로에게 느끼는 거리감이 좁혀지면서 자기 주량대로 마시고 취하기 시작했습니다. 영석 언니는 프리랜서였고, 소연 언니는 직장인이었습니다. 알고 보니 소연 언니는 결혼을 앞둔 예비 신부였습니다. 저는 이혼했다는 사실을 언니들에게 말하지 않았습니다. 그러다 보니 결혼한 적이 있다는 사실도 숨기게 되었습니다.

어느 날, 술에 취한 영석 언니가 자기는 남자가 싫다고 말했습니다. 갑자기 그런 말을 해서 우리는 깜짝 놀랐습니다. 우리는 남자가 왜 싫은지 묻는 대신 잠자코 이어질 말을 기

몸과 고백들

다렸습니다. 영석 언니가 말했습니다.

내가 오랫동안 짝사랑했던 사람이 있는데, 어릴 때부터 친한 친구 사이였어. 고백하고 싶어서 같이 여행을 가자고 했지. 그랬더니 얘가 아무 생각 없이 단박에 그러자고 하는 거야. 방을 하나만 잡을 건지, 두 개 잡을 건지 묻지도 않고 여행을 가자고 하는 거야. 그래서 내가 방을 하나만 잡아놓고 얘를 통영으로 데리고 갔어. 낮엔 실컷 놀고, 저녁엔 생굴을 안주 삼아 술을 잔뜩 마시고 둘 다 취해서 숙소로 갔지. 근데 얘가 바닥에서 자겠다고 하는 거야. 나보고 침대에서 자라고 하면서. 내가 그 말을 듣고 얼마나 실망했는지 알아?

저는 크게 웃었습니다. 영석 언니가 저와 참 다른 사람이라는 생각이 들었지만 언니의 건강한 태도가 부럽기도 했습니다. 그렇다고 섹스를 싫어하는 제가 건강하지 못하다는 건 아닙니다. 절대로 그렇게 생각하지 않습니다. 영석 언니가 너왜 웃니? 하고 묻더니 자기도 크게 웃다가 다시 말을 이어갔습니다.

내가 자려고 침대에 누웠는데, 잠이 오겠니? 정말 잠이 하나도 안 오는 거야. 그래서 새벽까지 말똥말똥한 정신으로 누워 있었어. 근데 걔는 금방 잠드는 거야. 어떻게 그렇게 금방 잘 수가 있지? 지금 생각해도 신기해. 조금도 설레지가 않았다는 거잖아. 내가 방을 하나만 잡았다는 걸 걔도 아는데, 그것에 대해선 일언반구 없이 그냥 잠만 자는 거야. 내가 진짜 그 밤에 침대에 누워서 오만가지 비관적인 생각을 다 했어. 내가 그렇게 매력이 없나. 별로인가. 내 가슴이 작아서 그런가.

저는 그 지점에서 저도 모르게 손뼉을 치고 말았습니다. 그러자 언니가 아주 쾌활한 말투로, 그래, 너는 내 마음을 이해하겠다, 이렇게 말하고 와하하 웃었습니다. 저는 언니에게 한 번만 더 가슴 얘기를 하면 가만두지 않겠다고 말하는 대신 응, 언니. 우리는 비슷한 몸인데 그것에 대해선 얘기하지 않기로 해, 그렇게 말한 뒤 언니를 빤히 쳐다보았습니다. 언니는 미안, 이라고 얼른 답하더니 다시 말을 이어갔습니다. 소연 언니가 어떻게 되었느냐고 재촉했기 때문이지요. 평소엔 지나치게 작던 소연 언니의 목소리가 그땐 갑자기 커졌습니다.

어떻게 되긴. 아침까지 내내 누워만 있었지. 그러고 있으려니까 걔가 일어나더라고. 개운하다는 얼굴로 일어나더니, 해장하고 돌아가자, 이러는 거야. 내가 얼마나 화가 났는지 몰라. 그래서 이불을 휙 걷고 일어나서 말했지. 너 왜 내가 여행 가자고 했는지 몰라? 그러니까 걔가 한참 가만히 있다가, 왜? 이러고 묻는 거야. 얼굴을 보니까, 얘는 알아, 아는 거야. 내가 왜 여행 가자고 했는지 아는데도 시침을 딱 떼는 거지. 그래서 내가 포기했어. 자존심을 포기했어. 그리고 말했지. 내가 너랑 따로 자려고 여기까지 온 줄 알아? 이럴 거

　　　　　　　　　　　　　　　　몸과 고백들

면 서울에서 술 먹고 각자 자기 집으로 가서 잘 것이지 뭐 하러 통영까지 왔어? 넌 정말 나한테 아무런 감정이 없어?

영석 언니는 거기까지 말하고 말을 멈췄습니다. 소연 언니가 안달하며 물었습니다.

그래서? 그래서 어떻게 됐어?

영석 언니는 그게 뭐가 궁금하냐는 듯이 손을 휘휘 젓더니 소주를 한 잔 들이켰습니다.

어떻게 되긴. 잤지. 잤어. 그날 아침에.

우리는 동시에 놀란 표정을 짓다가 소리 없는 박수를 보냈습니다. 영석 언니는 뒤늦게 씁쓸한 표정을 지으며 말했습니다.

근데 별거 없더라. 너무 별것 없었어. 진짜 아무렇지도 않았어.

그러자 소연 언니가, 그게 왜 아무렇지도 않아? 하고 물었습니다. 아주 무구해 보이는 얼굴로요. 영석 언니는 한숨을 푹 내쉬었습니다.

내가 생각했던 게 아니었어. 그냥 그건…… 너무 싱거운 일이더라.

저는 영석 언니의 이야기가 이렇게 끝날 줄 몰랐기에 약간 놀랐습니다. 어쩌면 영석 언니가 저와 비슷한 부류의 사람인지도 모르겠다는 생각이 뒤늦게 들었습니다.

그래서 언니는 남자가 싫다는 거야?

영석 언니는 씁쓸하게 웃더니 고개를 천천히 저었습니다.

말하고 보니까 남자가 싫은 게 아니라, 연애하고 싶은 마음이 들지 않는 게 문제 같아.

저는 연애하고 싶은 마음이 들지 않는 건 결코 문제가 아니라고 했지만, 영석 언니의 표정은 내내 어두웠습니다.

그 뒤로도 우리는 요리 수업이 끝나고 자주 어울려 술을 마셨습니다. 우리의 주량은 술자리 횟수에 비례해 빠르게 늘어갔습니다. 저는 팀장의 강요로 마신 맥주 두 잔만으로도 숙취를 느끼는 사람이었는데, 언니들과 술을 마시면 소주 반병을 마셔도 두통 없이 말짱한 아침을 맞이하기도 했습니다.

영석 언니와 소연 언니 모두 엄청나게 취해버린 날이었습니다. 소연 언니는 결혼을 두 달 앞두고 불안한 마음을 내비쳤는데, 오랫동안 웨딩 플래너로 일했던 저는 예비 신부의 마음이 어떠한지 너무나 잘 알기에 언니를 열심히 위로해주었습니다.

언니, 신혼여행을 생각해. 결혼의 지난한 과정은 떠올리지 마. 그냥 신혼여행만 생각해. 그러다 보면 결혼식 끝나고 홀가분하게 비행기 타고 떠나는 순간이 금방 올 거야.

소연 언니는 저의 말에 약간 감동받은 얼굴로, 정말로 그럴까? 하고 물었고, 저는 열심히 고개를 끄덕여주었습니다. 영석 언니는 음흉하게 웃으며 장난기 어린 말투로 말했습니다. 그래, 얘 말이 맞아, 신혼여행을 생각해. 첫날밤을 생각해

몸과 고백들

봐. 얼마나 좋겠냐?

그러자 소연 언니가 갑자기 고개를 푹 숙이더니, 얘들아, 그건 진짜 첫날밤이 아니야, 하더니 어머! 내가 왜 이런 말을 하지? 친한 친구들한테도 이런 말은 한 적이 없는데 너무 부끄럽다, 라고 말하면서 얼굴을 붉혔습니다. 저와 영석 언니는 이렇게 순진한 여자는 처음 봤다는 눈빛으로, 당연한 거지, 그게 왜 부끄러운 일이야? 그렇게 말했고, 영석 언니는 짓궂은 표정으로 물었습니다. 너 솔직히 말해봐. 신랑이 네 첫 남자 맞지?

어머! 그걸 어떻게 알았어? 맞아. 그 사람이 내 첫 남자야.

소연 언니는 그렇게 말하더니 얼굴을 더더욱 붉히며 웃기 시작했습니다. 영석 언니는 그런 소연 언니를 연민의 눈빛으로 바라보았습니다. 저는 그런 눈빛 역시 폭력이라는 생각이 들어 시선을 거두었습니다.

소연 언니가 예비 신랑의 전화를 받은 뒤 다급하게 술집을 나가면서 저와 영석 언니는 단둘이 술잔을 기울이게 되었습니다. 시간은 새벽 세 시를 향해 가고, 술집 주인은 복고풍 댄스음악을 틀어놓고 분주히 주방과 홀을 오갔습니다. 손님은 우리를 포함해 두 테이블밖에 없었습니다. 영석 언니가 저를 지그시 보다가 말했습니다.

너, 나랑 어디 좀 갈래?

택시를 타고 낯선 동네에서 내렸습니다. 온통 불이 꺼진 거리에 점포 한 곳만 환하게 불이 켜져 있었습니다. 간판을 보니 어덜트 숍이었습니다. 오후 여섯 시부터 익일 네 시까지 영업을 한다는 표시가 되어 있는 유리문 앞으로 언니가 저를 이끌고 갔습니다. 저는 언니를 따라 얼결에 가게 안으로 들어갔습니다.

직원은 우리의 얼굴을 보더니 밝은 표정으로 카운터에서 걸어 나왔습니다. 그녀는 영석 언니를 아는 눈치였습니다. 그러나 적극적으로 알은체를 하진 않았는데, 영석 언니를 위한 배려일 수도 있고, 함께 온 나를 의식한 행동일 수도 있었지요.

너 뭐 필요한 거 없어?

언니가 저를 돌아보며 대뜸 물었습니다. 저는 진열대 위에 놓인 물건들을 둘러보았지만 도무지 무엇이 필요한지 알 수 없었고, 앞으로도 영원히 이곳에서 파는 물건들이 필요할 것 같지 않았습니다. 제 몸을 섹스에 사용하지 않기로 결심한 뒤부터 섹스를 연상하게 하는 일체의 것들과 교류를 끊고 있었으니까요. 언니는 그런 제 마음을 몰랐기에 저의 팔을 잡아끌더니 진열대 위에 있는 물건을 가리켰습니다.

이것 좀 봐.

그것은 콘돔이었습니다. 안에 물을 가득 채워서 마치 줄기에 매달려 있는 가지처럼 진열대 프레임에 매달아놓은 그것은 투명한 콘돔이었습니다. 저는 저도 모르게 손을 뻗어 콘돔의 표면을 만져보았습니다. 결혼 생활을 하는 동안 자주 봤던 콘돔과 사뭇 달라 그동안 기술이 이렇게 발전했단 말이지, 감탄하며 콘돔을 구경했습니다. 역한 고무 냄새가 나지 않았고, 빽빽해 보이지도 않았습니다. 한없이 부드러워 보였습니다. 일정한 거리를 두고 우리를 지켜보기만 하던 직원이 가까이 다가왔습니다. 그녀는 공작새의 화려한 깃털 같은 속눈썹을 붙이고 있었는데, 커다란 눈을 천천히 깜빡이며 입을 열었습니다.

가장 많이 팔린 상품이에요. 보시면, 나선형 돌기가 있죠? 남성이 피스톤 운동을 할 때 질에서 나오는 윤활액이 밖으로 계속 빠져나오는 구조인 거 아세요? 그럼 질이 마르기 때문에 질염에 걸리기가 쉬워요. 이 콘돔을 사용하면 돌기가 윤활액을 머금고 있기 때문에 질이 건조해질 염려가 없어요.

저는 성행위에 대한 노골적인 설명을 듣고 창피한 마음이 들어 얼굴을 붉혔지만, 직원은 너무나 자연스럽고 당당한 태도로 우리에게 설명을 계속 해주었습니다. 그곳에 진열된 여러 가지 콘돔의 특징과 장점, 그리고 핑거돔에 대한 설명이 이어졌습니다. 영석 언니와 저는 직원의 설명을 계속 듣기만 했습니다. 다 듣고 나니, 여성의 입장에서 어떤 콘돔을 골라야 하는지 알 것도 같았습니다. 이제까지 콘돔은 피임을 위한 도구일 뿐이었는데, 직원의 설명을 듣는 동안 그것은 원만한 성생활을 위한 도구로 바뀌어 있었습니다. 저는 파트너도 없으면서 나선형 콘돔 한 상자를 집어 들었습니다.

영석 언니는 어느새 바이브레이터와 딜도 코너를 서성이고 있었습니다. 직원이 그쪽으로 가서 사용법을 설명해주는 사이, 저는 진열대 위에 놓인 물건을 천천히 살펴보았습니다. 저에겐 아무런 쓸모가 없는 물건이라는 것도 잊은 채로요. 어쩌면 그런 물건들이 원만한 성생활을 되찾아줄지도 모른다는 기대 같은 걸 품은 건 아니었습니다. 단순한 호기심이었지요. 이런 물건들이 여성의 몸을 배려한 디자인으로 만들어졌을 거라는 생각은 이제껏 한 번도 해보지 않았기에 저는 조금 놀란 상태였습니다.

갈색 유리병에 담긴 오일을 구경하고 있을 때, 직원이 곁으로 다가와 자세한 설명을 해주었습니다. 유기농이라서 먹어도 되는 오일이에요. 전신에 사용 가능하고요.

그러나 그것은 상당히 비싼 가격이었고, 저의 시선은 진열대 아래쪽에 있는 저렴한 오일로 향했지요. 직원이 곧바로 말했습니다. 남성 자위용 오일이에요. 고객님한테는 맞지 않아요.

직원은 피부가 예민한 편인지 물었고, 저는 그렇다고 답했습니다. 그러자 향이 없고, 오가닉 원료로 만들어진 오일을 재차 권했습니다. 그리 많지도 않은 용량이었는데 값은 5만 원이었습니다. 저는 망설이다가 그것을 바구니 안에 넣었습니다. 어느새 제 손엔 바구니가 들려 있었고, 저는 그 안에 콘돔이며 오일 같은 것을 담고 있었습니다. 이것을 무엇에 써야 하나 그런 생각도 조금쯤 하면서요. 그러나 저는 그곳에서 섹스에 꽤 많은 관심이 있고, 그것을 당당하게 드러낼 줄 아는 여성으로 행동하고 싶은 마음이 들었습니다. 그것이 거짓이라는 건 중요하지 않았습니다. 어덜트 숍이라는 공간이 저에게 그런 태도를 요구하고 있었으니까요. 섹스를 주체적으로 즐기는 여성이요.

영석 언니는 딜도 앞에서 한참 동안 고민에 빠져 있었습니다. 저는 언니의 곁으로 다가가 난생처음으로 딜도를 구경했습니다. 색상과 사이즈가 다양했습니다. 그것이 어떤 용도로 사용되는 것인지는 알았지만 너무나 많은 딜도가 제 앞에 일렬로 놓여 있는 광경을 보았더니 시각적인 공격을 당하는 기분이 들었습니다. 언니의 눈길이 오랫동안 머문 것은 핑크색 딜도였습니다. 크기가 적당했고, 색상 때문인지 덜 위협적으로 보였습니다. 딜도뿐만 아니라 딜도가 담겨 있는 상자도 핑크색이었고, 큐빅과 귀여운 일러스트로 장식되어 있었습니다. 외설적으로 보이지 않게끔 각별한 노력을 기울였다는 것을 한눈에 알 수 있었습니다.

사려고?

고민 중이야.

영석 언니는 딜도를 만지작거리더니 다시 제자리에 놓아

두었습니다. 저는 옆 코너로 걸어가 수갑이며 채찍을 구경하고, 가랑이 사이에 구멍이 뚫려 있는 보디 스타킹을 구경하다가 얼결에 남성 전용 존에 발을 들이게 되었습니다. 한 평 남짓한 그 공간은 부스를 세워서 외부와 차단해놓았고, 입구가 매우 작았습니다. 허리를 숙여야 안으로 들어갈 수 있는 구조였는데, 안에 있는 손님의 얼굴을 가려주려는 의도처럼 보였습니다.

부스 안의 벽면은 애니메이션 여성 캐릭터로 장식되어 있었습니다. 제 눈엔 성인 여성으로 보이지 않는 캐릭터들이었습니다. 가슴이 부푼 어린 여자아이들로 보였습니다. 노출이 심한 속옷을 입은 캐릭터가 다수였습니다. 저는 그곳을 서둘러 빠져나오려다 아래쪽 선반에서 여성의 엉덩이와 성기를 본뜬 실리콘 인형을 발견했습니다. 다른 신체 부위는 없었습니다. 아무리 찾아봐도 존재하지 않았습니다. 오로지 성행위만을 위해 만들어진 인형이라는 것을 알고 깜짝 놀라서 얼른 그곳을 빠져나왔습니다. 1, 2분 정도의 짧은 시간이었지만, 남성 전용 존에서 본 것들은 어덜트 숍에서 파는 모든 물건에 부정한 기운이 담겨 있는 것 같은 기분이 들게 만들었습니다.

직원은 카운터 안쪽에서 분주하게 뭔가를 정리하고 있었습니다. 저는 카운터 앞에 크게 쓰여 있는 안내문을 뒤늦게 발견했습니다.

몸과 고백들

—사용법을 묻는 질문을 빙자한 성희롱을 금지합니다. 판매 직원의 성 경험에 대해 묻는 것을 금지합니다. 그 밖의 모든 신체적 접촉을 무조건 금지합니다.

금지합니다. 금지합니다. 금지합니다. 저는 금지합니다, 라는 단어를 읽을 때마다 그곳에서 일하는 직원들이 얼마나 많은 성희롱을 당했을지 짐작되어 가슴이 답답해졌습니다.

영석 언니가 제 바구니 안에 든 상품을 보더니 그만 가자고 말했습니다. 저는 콘돔을 진열대 위에 다시 내려놓은 뒤 오일만 들고 카운터로 걸어가 계산을 마쳤습니다. 직원은 적립 카드를 만들겠느냐고 묻지 않았습니다. 환불이나 교환 규정에 관해서도 설명해주지 않았습니다. 저는 오일을 핸드백 안에 넣은 뒤 영석 언니와 함께 그곳을 빠져나왔습니다.

거리는 한산했습니다. 새벽 네 시가 넘어가는 때에 거리가 한산한 것은 너무나 당연한 것이었지만, 저는 아직 밤이 끝나지 않은 기분이 들어 영석 언니에게 잠깐만 앉아 있다가 가자고 말했습니다. 거리에 벤치가 없었기에 우리는 연석에 걸터앉아 드문드문 오가는 차량을 바라보았습니다. 이윽고 언니가 말했습니다.

사실 나는 구경만 했지 사본 적은 한 번도 없어.

부끄러워서?

내가 저런 게 필요한 사람이라는 걸 인정하기가 싫어서.

언니는 저에게서 듣고 싶은 말이 있는 것 같았습니다.

언니, 누구나 죄책감 없이 자기 몸을 기쁘게 해줄 수 있어. 그렇지만 기쁘게 해줄 의무가 있는 건 아니야. 그러고 싶지 않으면 그러지 않아도 돼.

언니는 자기 몸에 대해 너무 많은 생각을 하는 것 같았습니다. 문득 언니가 파괴적 자괴감에 흔들리는 10대 소녀처럼 보였습니다.

저는 언니의 손을 잡고 힘주어 말했습니다. 섹스는 중요하지 않다고요. 섹스 없이도 잘 살 수 있다고요. 굳이 우리의 몸을 섹스에 사용하지 않아도 괜찮다고요. 그러나 언니는 한참 고심하는 표정을 짓더니, 자기는 좋아하는 사람과의 좋은 섹스를 늘 꿈꾼다고 말했습니다. 그런 생각이 강해질 때는 한숨도 자지 못할 정도로요.

저는 언니의 마음을 이해할 수 없었기에 아무런 대답도 해줄 수가 없었습니다. 그러자 언니가 이번에는 저의 손을 꼭 잡더니 물었습니다.

너, 혹시 불감증인 거야?

저는 그런 게 아니라고 말하려다 언니의 표정을 보고 입을 다물었습니다. 언니는 어쩐지 절박해 보이는 얼굴로 말했습니다.

종이에 그림을 그려봐. 네 몸을 종이 위에 그리고, 어디가 성감대인지 알아내서 표시해봐. 색연필로 칠도 해보고, 메모도 덧붙이고. 그렇게 놀이를 하는 것처럼 너의 성감대를 알아내는 거야. 진짜 좋은 방법이야. 혼자 못 하겠으면 내가 도와줄게.

저는 언니의 말이 우습게 느껴져서 소리 내 웃었지만 언니는 아주 진지한 표정으로 말했습니다. 그런 방식으로라도 자신의 성감대를 반드시 알아야 한다고요. 파트너가 있다면 파트너와 함께 해보는 게 좋지만, 없다면 혼자서 해도 괜찮다고요. 인간은 모두 자신의 성감대가 어디인지 알아야 하고, 그것을 어떤 방식으로 자극해야 하는지도 빠삭하게 알고 있어야 한다고요. 저는 언니의 그런 말들이 귓등을 스쳐 지나가기만 한다는 것을 알리지 않은 채로 잠자코 듣고만 있었습니다. 간간이 속으로 비웃기도 하면서요. 불감증이면 어떻고, 아니면 또 어때. 저는 그런 말을 속으로만 했습니다. 언니가 성감대에 집착한다는 게 갑자기 싫어졌고, 이런 상황에 놓인 제 자신도 싫었습니다. 저는 앞으로 이런 식의 잔소리는 절대로 듣지 않겠다고 결심하며, 마침 지나가는 빈 택시를 향해 팔을 번쩍 들어 올렸습니다. 언니는 제가 인사도 없이 택시에 오르는 것을 멀거니 바라보기만 했습니다.

언니에게 미안한 마음이 들었지만 저는 그 시간을 견디고 싶지 않았습니다. 동의를 구하지도 않고 어덜트 숍으로 저를 데리고 들어가, 저에겐 시각적 폭력이나 다름없는 상황을 겪게 한 것이 뒤늦게 싫어졌습니다.

하지만 그런 장소를 모르고 살았더라면, 그건 그것대로 억울한 일이었겠구나 하는 생각이 들어 결국 그 밤의 외출과 언니와의 대화는 제 기억 속에서 지우지 않기로 결정했습니다. 만일 지우기로 했더라도 지울 수 없었을 테지만요.

집으로 돌아와 밤새 한숨도 자지 못했다는 사실은 모두 잊고, 노트를 펴서 영석 언니에게 하고 싶은 말을 적었습니다. 저에겐 그런 습관이 있었습니다. 누군가 싫고 밉고 이해할 수 없을 때마다 그 사람에게 직접 말하는 대신 노트에 적어놓는 습관이요. 주변 인물들이 모두 실명으로 언급된 그 노트는 언젠가 반드시 소각될 운명이었습니다. 저는 영석 언니에게 미처 다 말하지 못했던 속마음을 적어 내려갔습니다.

—영석 언니, 사람들은 섹스를 마음껏 즐기는 게 건강한 삶이라고 말하지만, 나처럼 섹스가 싫은 사람도 존재해. 나 같은 사람에게 그런 말은 폭력으로 느껴져. 섹스에 내 몸을 사용하고 싶지 않으니까. 좋아하는 사람들을 만나 대화하고, 맛있는 것을 먹고, 아름다운 풍경을 보고, 시원한 맥주를 마시고, 깊은 잠을 자는 것엔 내 몸을 실컷 사용하고 싶지만 섹스엔 사용하고 싶지 않아. 나는 그런 사람이야. 만일 내가 섹스를 한다면, 나하고만 하고 싶어. 내 몸에 상처 입히지 않고, 내 마음을 깊이 짐작할 수 있는 유일한 사람은 나밖에 없으니까.

저는 펜을 내려놓은 뒤 제가 쓴 글을 반복해 읽었습니다. 그리고 그 옆에 '포비아'라는 단어를 슬그머니 적었습니다.

저는 섹스 포비아일까요?

　　　　　　　　　　　　　　몸과 고백들

다시 펜을 들어 떠오르는 말을 적어 내려갔습니다.

— 영석 언니, 억압과 해방은 하나로 연결되어 있는 뫼비우스의 띠인지도 몰라. 억압이 계속되다가 어느 날 전복되어 해방으로 향하지만, 어떠한 종류의 해방은 그것을 원하지 않는 사람에겐 결국 억압으로 작용해. 나에겐 섹스에 대한 모든 것이 그래. 해방을 어디까지 해방이라고 말할 수가 있는지, 어떤 사람에게 해방이라고 말할 수 있는지, 억압을 어디까지 억압이라고 말할 수가 있는지, 어떤 사람에게 억압이라고 말할 수 있는지, 그런 걸 따지다 보면 해방이 결국 억압과 이어져 있다고 느껴. 언니는 내 말을 이해할 수 있겠어?

저는 그럴 리가 없다는 듯 고개를 저었습니다. 영석 언니는 저를 이해할 수 없을 것입니다.

어쩌면 저는 단지 소통의 불가능성을 믿는 사람인지도 모르겠습니다.

*

천변을 걸었습니다. 이사한 집 근처에 한강까지 길게 이어진 하천이 있었고, 저는 거의 매일 그곳을 걸었습니다. 회사를 그만두고, 영석 언니와 소연 언니를 잠시 멀리하게 되면서 저는 대부분의 시간을 혼자 보냈습니다. 도서관에서 빌려 온 책을 읽거나 천변을 걸으며 하루를 보냈습니다. 그 시간들은 적적하고 고요했지만 후회스럽거나 슬프지는 않았습니다.

재충전의 시간 같은 건 아니었습니다. 저는 충전되고 싶지 않았습니다. 비어 있고 싶었습니다. 주변 사람들은 저에게 재충전의 시간을 갖는 것도 좋다고 말했지만, 저는 충전되지 않은 채로 시간을 보내고 싶었습니다. 그러나 그런 말은 하지 않았습니다. 그들이 저를 이해할 것 같지 않았습니다. 저 역시 그들을 이해하지 못하긴 마찬가지였으니까요.

천변을 걸으면 저처럼 혼자 걷는 사람들과 마주칩니다. 그들은 팔을 흔들며 열심히 걷거나, 핸드폰에 코를 박고 걷거나, 주머니에 손을 집어넣고 걷습니다. 저는 주머니에 손을 넣고 천천히 걷는 사람이었습니다. 사냥하는 왜가리와 백로, 해오라기와 오리를 구경하며 걸었습니다. 몹시 추운 날에도 물새들은 물속을 걸으며 먹이를 사냥했습니다. 저는 성실한 새들을 볼 때마다 부끄러운 마음이 들었습니다. 목적 없이 하루를 보내는 삶이 갑자기 걱정되었습니다. 그러나 그런 감정은 찰나였습니다. 저는 곧 아무렇지도 않아져서, 이렇게 느슨한 방식으로 살아가는 것도 나쁘지 않겠다고 생각했습니다. 언젠가는 다시 취업 전선에 뛰어들어야겠지요. 그걸 너무나 잘 알기에 이 무용한 시간이 저에겐 참으로 소중했습니다.

약간의 거리를 두고 함께 걷는 부부를 볼 때가 있었고, 팔짱을 끼고 걷는 젊은 남자와 젊은 여자를 볼 때도 있었습니다. 손을 잡고 걷는 젊은 여자와 젊은 여자를 볼 때도 있었습

몸과 고백들

니다. 서로의 몸을 밀치며 웃는 젊은 남자와 젊은 남자를 볼 때도 있었습니다. 여자인지 남자인지 알 수 없는 사람들이 같은 방향으로 눈길을 주면서 걷는 걸 볼 때도 있었습니다. 저는 쌍쌍으로 걷고 있는 사람들을 볼 때마다 외롭다는 생각 대신, 아름다운 것은 모두 순간적인 것이라는 생각을 했습니다. 순간적으로 스치고 지나가는 것들이 가장 아름답다고요. 사랑 역시 순간적으로 스치고 지나가는 과정 같은 것이라는 생각도 했습니다. 사랑은 어떤 이의 일생 전체에 걸쳐서 유지되는 감정이 아니라, 메타세쿼이아 길을 걸을 때, 거품이 풍성하게 올라간 커피를 마실 때, 명동 시내 한가운데 아름답게 꾸며놓은 크리스마스트리를 볼 때 곁에 가까이 있는 사람과의 사이에 스치고 지나가는 찰나의 것이라고요.

그러나 혼자 있을 때 자신의 내면에서 발생하는 사랑은 그렇지 않습니다. 그것은 스치고 지나가는 것이 아니라 잔잔하게 고입니다. 그러므로 저는 기꺼이 혼자가 되는 편을 선택했던 것입니다.

저는 이제 마흔을 앞두고 있고, 섹스 경험은 너무나 미천합니다. 다양한 섹스를 해본 적도 없고, 그런 욕구도 거의 느끼지 못했습니다. 연인 사이엔 강간이 일어날 수 없다는 생각이 만연해 있던 시절에 애인에게 강간을 당한 적이 있고, 회식 자리에서 선정적인 영화 얘기를 꺼내며 은근한 성희롱을 일삼는 상사의 얼굴에 맥주를 끼얹은 적도 있습니다. 그리고 쓰리썸이 나오지 않더라도 훌륭한 예술영화가 많다고 큰 소리로 외쳤으며, 오랫동안 그날만을 꿈꾸며 외우고 다니던 명화 제목을 줄줄이 말해주기도 했습니다. 예상하지 못한 저의 모습에 모두가 당황했고, 저는 그 다음 날 사직서를 제출했습니다. 팀장은 제가 신경쇠약증에 걸린 것 같다며 정신과 치료를 권했습니다. 마지막 출근길엔 열차에서 성추행을 당했습니다. 신고를 하려는데 곁에 서 있던 남자가 성추행범에게 거친 욕설을 퍼부었고, 성추행범은 사색이 된 얼굴로 열차에서 내려 도망쳤습니다.

저의 어머니 역시 열차를 타고 다니던 젊은 시절에 집요한 성추행을 겪은 적이 있습니다. 젊은 박미복 씨가 옆 칸으로 도망치면 얼른 뒤따라가는 남자가 있었습니다. 젊은 박미복 씨가 기겁하며 다시 옆 칸으로 도망치면, 또다시 끈질기게 따라가서 손을 내뻗는 남자가 있었습니다. 젊은 박미복 씨가 사색이 된 얼굴로 열차에서 내리면, 빠른 걸음으로 뒤따라오며 그녀의 뺨에 입김을 내뿜는 남자가 있었습니다. 젊은 박미복 씨는 늘 도망만 다녔습니다. 이제 젊지 않은 박미복 씨는 도망을 다니라고 말하는 대신, 호통을 치고 화를 내고 경찰에 신고하라고 말합니다. 그러면 도와주려는 사람들이 나타난다고요. 저는 그렇게 하기 전에 도움을 받았습니다. 저를 도와준 남자는 금세 핸드폰으로 눈길을 돌렸고, 고맙습니다, 라고 말하는 저에게 고개를 살짝 저었습니다. 고마워할 일이 아니라는 듯이요.

산책을 마치고 돌아오니 택배 상자가 현관문 앞에 놓여 있었습니다. 발신인은 영석 언니였습니다. 저는 언니가 보낸 크리스마스 선물이겠지 짐작하며, 상자를 품에 안고 집 안으로 들어갔습니다.

퇴사 후 생활비를 아끼기 위해 이사한 집은 여섯 평 남짓한 크기이고, 방과 주방이 분리되어 있지 않습니다. 냉장고는 보일러실에 놓여 있고, 화장실 환풍기 안엔 죽은 바퀴벌레가 누워 있습니다. 그것은 제가 이 집을 처음 보러 온 날부터 지금까지 그곳에 그대로 있습니다. 저는 환풍기를 작동시킬 때마다 서서히 말라가는 바퀴벌레를 떠올립니다. 그것은 언젠가 가루가 되어 파삭, 하고 무너지겠지요. 흔적도 없이 사라지겠지요. 모든 나쁜 일이란 그렇게 사라지기 마련이라고 생각합니다. 손을 대지 못하는 사이에 서서히 풍화하면서 느린 속도로 사라진다고요.

이른 저녁으로 계란 두 개를 삶아 먹고, 오이와 당근을 초장에 찍어서 먹었습니다. 식빵을 두 조각 먹고 나자 어느 정도 허기가 가셔서 그제야 영석 언니가 보낸 택배 상자를 열어보았습니다. 낯설지 않은 핑크색 상자와 손수 제본한 듯 보이는 얇은 시집이 들어 있었습니다. 언니가 보낸 카드도 있었습니다. 펼쳐보니 이런 메모가 적혀 있었습니다.

─환상의 조합. 우리는 몸과 정신 양쪽 다에게 기쁨을 줄 의무

가 있어. 너의 말과 달리 우리에겐 그런 의무가 있어.

저는 카드를 접어서 내려놓고 조악한 만듦새의 시집을 펼쳐보았습니다. 첫 줄부터 참 이상했습니다.

'어느 날 혀 위에 클리토리스가 자랐다 나는 그것을 자극하지 않기 위해 조심했지만 결국 그것을 자극해버리면 아무 데서나 황홀경에 빠졌다 이걸 슬퍼해야 하는지 기뻐해야 하는지.'

표지엔 분홍색 혀 위에 돋아난 보라색 제비꽃이 그려져 있었습니다. 제본 방식이 엉성해 몇 번 펼쳐보면 낱장이 모두 분리될 것 같은 책이었습니다. 지은이의 이름은 소영선. 저는 그게 언니의 본명일 거라고 짐작했습니다.

시집을 침대 옆 책꽂이에 꽂아두었습니다. 핑크색 상자는 열어보지 않았습니다. 그대로 옷장 서랍 안에 넣어두었습니다. 그리고 다시 식탁 앞에 앉아 초장을 포크로 찍어서 흰 접시 위에 그림을 그렸습니다. 비쩍 마른 사람을 그리고, 가슴에 불이 붙은 폭죽을 그렸습니다. 얼핏 보면 그것은 연기를 내뿜는 담배처럼 보였습니다.

폭죽이 터지면, 심장은 박살이 날까요. 힘차게 뛰기 시작할까요. 연기를 내뿜으며 서서히 타들어갈까요.

영석 언니는 우리가 의무를 갖고 태어난 존재라고 믿고 있는 것 같습니다. 도대체 우리에겐 어떤 의무가 있는 것일까요.

어쩌면 끝없이 혼란스러워질 의무가 있는지도 모르겠습니다. 끝없이 생각하고 결론을 내릴 의무가 있는지도 모르겠습니다. 끝없이 반박할 의무가 있는지도 모르겠습니다. 끝없이 연결되어야 할 의무가 있는지도 모르겠습니다.

이 모든 의무가 끝나면, 삶도 함께 끝나는 걸까요.

아마 그럴지도 모르겠습니다. 그러나 그 삶은 시원치 않게 작동되는 환풍기 아래에서 천천히 말라갈 것이기에 아직 저에게는 시간이 남아 있습니다. 어쩌면 파삭, 하고 무너진 뒤에 다시 태어나게 될지도 모르고요. 그럴 거라고 착각하며 살아갈 수 있을지도 모르고요. 제가 그렇게 될 가능성이 있는지는 아직 모르겠습니다.

몸과 우리들

저에겐 비밀이 있습니다.

커다란 비밀은 아닙니다. 하지만 당신은 그렇게 느낄지도 모르겠습니다.

당신은 여성인가요, 남성인가요. 혹은 저처럼 그런 구별이 무의미한 사람인가요.

지금부터 제가 오랫동안 고여 있었던 대화의 순간들로 당신을 데려가겠습니다. 우리를 기다리고 있는 것은 선명한 시각적 장면이 아니라 소곤거리는 이야기 소리입니다. 그러니 가만히 귀 기울여주세요.

*

저는 아홉 살 때 처음으로 사랑에 빠졌습니다. 소련이 해체된 그해에 첫사랑을 경험한 것이지요.

상대는 친구의 오빠였습니다. 우리는 동네 골목에서 매일 함께 어울려 놀았지요. 저는 롤러스케이트를 신은 채 쪼그리고 앉아 오빠가 이끄는 대로 끌려갔습니다. 이따금 친구가 서운했는지 훼방을 놓기도 했어요. 친구는 집으로 들어가자며 오빠에게 칭얼거렸습니다. 그들이 집으로 돌아가면 저는 골목에 혼자 남아 일몰을 구경했습니다.

아홉 살 아이가 일몰을 바라보며 무슨 생각을 했을까요. 저는 조숙하게도 죽음에 대해 생각했습니다. 지는 해를 보며, 붉게 물들어가는 구름을 보며 저의 생 역시 언젠가 사그라질 것임을 어렴풋이 깨달았습니다. 어른들이 말해주지 않더라도 알았지요. 이것은 한정된 생이며 서서히 소멸할 거라는 사실을요. 저는 슬픔 대신 갈증을 느꼈습니다. 해가 지기 전에 더 많이 놀아야겠다고 결심했어요. 해는 매일 지는 것이기에 저는 매일같이 그런 감정을 느꼈습니다. 오늘도 충분히 놀지 못했다는 아쉬움이 늘 마음속에 남았지요.

일몰을 보고 집으로 돌아가면 서둘러 어머니의 치마폭에 안겼습니다. 그 품 안에선 죽음에 대한 공포가 희미해졌습니다. 영원히 계속될 안온한 세계가 있다고 믿었어요.

어머니는 거의 집에만 있었고 이웃과 잘 어울리지 않았습니다. 온종일 미싱을 돌려 잡지에 나온 디자인을 변형한 원피스를 만들었지요. 한 달에 한 번씩 완성된 옷을 커다란 가

방에 넣어 외출했고, 이틀쯤 지나 빈 가방을 가지고 돌아왔습니다. 그때마다 저는 홀로 집에 남아 어머니가 사놓고 간 빵과 과자를 먹으며 얌전히 기다렸습니다. 혼자 집을 지키더라도 외롭거나 무섭지 않았습니다.

가난한 사람들이 모여 사는 산동네에서 저는 나름대로 풍족하게 살았습니다. 이웃 어른들이 어머니를 가리키며 수군거렸지만, 아버지가 없는 것에 대한 뒷말이란 걸 알았기에 크게 신경 쓰지 않았습니다. 어머니의 일본인 애인이 부산과 일본을 오가며 옷 장사를 했다는 것과 어머니가 샘플 옷을 들고 부산과 서울을 오갔다는 것은 나중에야 알았습니다. 그 시절 저는 어머니의 애인을 한 번도 보지 못했습니다.

어머니가 집을 비울 때면 저는 오빠와 친구를 초대해 과자를 나누어 먹었습니다. 저는 오빠가 예쁘다고 생각했고, 친구의 오빠가 아니라 제 오빠가 되어주길 바랐지만 한집에 사는 모습을 그려보면 당혹스러워지곤 했습니다. 제가 진정으로 원하는 게 뭔지 알 수 없었습니다. 사랑을 받는 건 미안했고, 사랑을 주는 건 한없이 저를 비워가는 일처럼 느껴졌습니다. 그러나 텅 비게 되더라도 도저히 멈출 수가 없는 감정이었지요. 저는 아홉 살 무렵에 이미 사랑을 알았던 것입니다.

어느 날 오빠가 저에게 말했습니다. 어머니가 보고 싶다고요. 저는 어머니를 만나러 가면 된다고 가벼이 대꾸했습니다. 오빠는 그럴 수 없다고 말했습니다. 어머니와 함께 살고 있는 새아빠가 자신을 싫어한다고요. 이유를 물었더니, 자기가 아들이기 때문에 그렇다고 했습니다.

아들을 왜 싫어하는데?

아들은 아빠를 닮으니까. 돌아가신 우리 아빠를 닮은 내가 싫은 거야.

어머니와 단둘이 사는 세계에선 아들이 어떤 의미인지 생각해볼 기회가 없었습니다. 저는 제 성별에 대해서도 깊게 생각해본 적이 없었습니다. 어머니의 몸이 여자의 몸이라는 것도 인지하지 못했습니다. 성별을 의식하며 관심을 기울이기보다 타인이 갖고 있는 본래의 아름다움에 눈길이 갔습니다. 오빠를 좋아했던 것도 그늘진 분위기의 얼굴이 마음에 들고, 늘 자신감 없게 말하며, 저를 볼 때마다 귀엽고 소심한 장난을 치기 때문이었습니다. 오빠가 남자여서 오빠를 좋아하진 않았습니다. 저는 갑자기 그런 생각이 드는 것이 두려웠습니다.

어머니에게 제가 느낀 혼란스러운 감정에 대해 말하려 했지만 결국 실패했습니다. 저부터 제 감정을 이해하지 못했기에 횡설수설하고 말았습니다. 어머니는 제 말을 알아듣지 못했고, 귀담아듣지도 않았습니다. 그러다 제가 이렇게 묻자 비로소 저를 돌아보았지요.

엄마, 나는 여자야?

어머니의 입장에선 너무나 당연한 이야기였겠지요. 그러나 어머니는 대답하지 못하고 머뭇거렸습니다.

왜 그런 걸 물어?

내가 여자여서 오빠를 좋아하는 거야? 저는 그렇게 묻고 싶었지만, 정리되지 않은 생각 속을 헤매다 눈물만 흘렸습니다.

아마도 당신은 좋아하는 사람의 성별을 깨달은 뒤 자신의 성별을 자각하고 발밑이 크게 흔들렸던 경험은 하지 않았을 것입니다. 저는 그런 경험을 했고, 그것은 일몰이 가져다주는 울적함에 비할 수 없는 커다란 슬픔이라는 걸 깨달았습니다. 제가 여자여서 남자를 좋아한다는 것은요.

저는 이성애에 근거하여 저의 성별을 정의 내렸습니다. 남자인 오빠를 좋아하는 저는 여자일 수밖에 없다고요. 하지만 그 생각은 주변을 둘러보고 학습한 것일 뿐, 저에 대한 진지한 고민 끝에 내린 결론은 아니었습니다. 남과 여의 조합은 심지어 만화영화에서도 강박처럼 반복되고 있었으니까요. 과정은 잘못되었지만, 그렇더라도 제가 얻은 깨달음은 유효했습니다.

저는 제가 여자인 것이 싫었고, 오빠가 자신을 남자로 생각하는 것도 싫었습니다. 저는 제가 여자도 남자도 아닌 그냥 저이기를 바랐고, 오빠도 자신을 그렇게 느끼는 줄 알았습니다. 착각이었지요.

어머니는 울고 있는 저를 조용히 바라보았습니다. 성별로 인한 혼란스러움을 느껴본 적이 없는 어머니는 저에게 진심으로 공감하기 어려웠을 것입니다. 하지만 어머니의 애인이 어머니에게 해준 말들이 도움이 되었을지도 모르지요. 어머니는 저를 토닥이며 말했습니다.

미지야, 너는 네가 원하는 사람으로 살면 돼.

유미지이면서 동시에 여자일 수는 없는 사람, 저는 그런 사람이었습니다. 모두가 성별과 이름을 동시에 갖고 살아가지만 저는 그게 불가능했습니다. 여자라고 생각하는 순간 저를 둘러싸고 있던 태양과 별이 순식간에 사라지며 온 세상에 어둠이 내려앉는 기분이 들었습니다. 그물 속에 저를 가두어두고 어디로도 갈 수 없게 옥죄는 것 같았습니다. 그 정도로 저에겐 두렵고 불가해한 일이었습니다. 유미지는 유미지이면서 동시에 여성이다, 라는 것은요. 만일 유미지는 유미지이면서 동시에 남성이다, 라고 말했더라도 비슷한 감정을 느꼈을 것입니다.

문제는 어떤 성별인지가 아니라 성별 그 자체에 있었습니다.

*

혹시 『규화보전』이라고 알아?

몸과 고백들

처음 만난 날, 그 아이가 저에게 물었습니다. 저는 가만히 고개를 끄덕였지요. 그것이 뭔지 알고 있었습니다.

처음 만난 날이라고 했지만, 엄밀히 말해 그 아이를 처음 본 날은 아닙니다. '보다'와 '만나다'는 저에겐 상당히 다른 의미이지요. 본다는 것은 그저 지켜본다는 것이고, 만난다는 것은 대화를 나눠봤다는 의미입니다. 저는 그 아이를 첫날부터 지켜보고 있었습니다. 흑단 같은 긴 머리, 창백한 얼굴과 짙은 눈썹, 붉은 입술을 가진 그 아이를 저는 개학 날부터 지켜보고 있었습니다. 눈에 띄었지요. 그 아이는 제가 푹 빠져 있던 홍콩 무협 영화의 주인공과 무척 닮아 있었습니다.

열다섯 살의 봄, 새 학기가 시작된 지 두 달이 지난 즈음이었습니다. 우리는 운동장에 앉아 체육 선생을 기다리고 있었습니다. 아이들 앞에서 구르기 동작을 시연한 뒤 연습을 명령하고 사라진 선생이 도무지 나타나지 않아 우리는 삼삼오오 모여 시간을 흘려보내고 있었어요. 저는 그 아이가 혼자 운동장 바닥에 앉아 있는 것을 지켜보다가 근처로 다가갔습니다. 그 아이는 나뭇가지로 모래 위에 낙서를 하고 있었습니다. 저는 그 아이의 체육복에 붙은 기다란 머리카락을 떼어주었습니다. 그러자 그 아이가 저를 돌아보았지요.

머리카락이 붙어 있어서.

그 아이는 고개를 살짝 끄덕이다 나뭇가지로 모랫바닥을 몇 번 쓸더니 다시 저를 돌아보며 말했습니다.

내가 아는 애 이름도 미지인데. 김미지.

옆 반 반장의 이름이 김미지였습니다. 저와 성만 다르고 이름은 같았지요. 1학년 때 같은 반이었기에 저는 김미지를 잘 안다고 말했습니다. 그 아이는 시큰둥한 표정으로 제 말을 듣다가 갑자기 자기 이름을 아느냐고 물었습니다.

류은하잖아.

저는 개학 첫날부터 류은하의 이름을 알고 있었지만 시침 뗀 표정으로 그 아이의 가슴에 붙은 명찰을 가리켰습니다. 류은하는 고개를 끄덕이더니 저에게 대뜸 물었습니다. 혹시 『규화보전』을 아느냐고요.

저는 즉시 안다고 답했습니다. 그것은 홍콩 무협 영화 〈동방불패〉에 나오는 무림기서였지요. 저는 그 영화를 여러 번 보았고, 주인공 임청하가 출연한 다른 영화도 거의 다 보았다고 덧붙여 말했습니다. 그러자 류은하가 물었습니다.

청불도 있을 텐데?

엄마한테 부탁해서 빌리면 돼. 우리 집에 놀러 오면 보여 줄게.

류은하는 모호하게 고개를 끄덕였습니다. 놀러 오겠다는 건지, 오지 않겠다는 건지 감을 잡을 수가 없었습니다. 저는 초조해지려는 마음을 억눌렀습니다. 그날 처음으로 대화를 나누었는데 집으로 초대해 함께 노는 광경을 상상하긴 이른 것 같았습니다. 긴 침묵이 흘렀습니다. 마침내 류은하가 저

몸과 고백들

를 돌아보더니 말했습니다.

오늘 가도 돼?

수업이 끝난 뒤 집으로 함께 걸어가며 류은하는 〈동방불패〉에 대해 계속 말했습니다. 저 못지않게 그 아이도 임청하의 열성 팬이었습니다. 우리는 영화 속 임청하의 어떤 모습이 우리를 설레게 하는지, 잠 못 들게 하는지에 대해 솔직하게 말했지요.

일단 눈빛. 눈빛이 너무 깊어.

저는 언제나 눈빛이 사람을 잡는다고 생각했습니다.

나는 표정. 표정이 너무 슬퍼.

류은하는 그렇게 말하며 미간을 찡그렸습니다. 가슴에 보이지 않는 화살을 맞은 것처럼요.

몸짓도 너무 섬세해.

남자를 사랑할 때나 여자를 사랑할 때나 다 멋있어.

남자인지 여자인지 헷갈려.

맞아. 그래서 나는 『규화보전』이 갖고 싶어.

류은하의 말에 저는 걸음을 멈추었습니다. 그리고 물었습니다.

그게 실제로 있다고 믿어?

류은하는 약간의 망설임도 없이 곧바로 말했습니다.

어, 믿어. 임청하는 정말로 여자도 남자도 아닐 거야. 영화에선 남자였다가 여자가 되지만 그 반대도 가능할 거야. 원할 때마다 원하는 성별이 될 수 있을 거야.

『규화보전』은 무림 고수들이 탐내는 무술의 비기가 담긴 책입니다. 그것을 연마하면 강호의 일인자가 될 수 있었지요. 그러나 남성의 몸으론 익힐 수가 없는 무술입니다. 반드시 여성의 몸이어야만 합니다. 영화 〈동방불패〉에선 그렇게 설정되어 있습니다. 임청하는 남성으로 등장했다가 『규화보전』의 신공을 얻기 위해 성기를 자른 뒤 무공이 강해지며 점차 여성으로 변합니다. 그에 따라 임청하가 사랑하는 대상도 여성에서 남성으로 바뀌지요.

류은하는 영화의 내용을 이해하지 못했던 걸까요. 아니면 잘 알면서도 『규화보전』의 신비로움에 빠져들어 원하는 대로 성별을 바꿀 수 있다고 상상했던 걸까요. 하긴, 그 시절 우리가 찾을 수 있는 것은 『규화보전』뿐이었습니다. 우리의 고민을 비슷하게나마 그린 것이 홍콩 무협 영화에 나오는 전설의 무림기서뿐이었다니 지금 생각해보면 쓸쓸한 일이지만 그땐 그것조차 고마웠습니다.

저는 진지한 표정으로 말하는 류은하를 빤히 쳐다보았습니다. 류은하는 정말로 그렇게 믿고 있는 것 같았습니다. 임청하는 여자인 동시에 남자일 수 있다고요. 류은하는 영화 내용을 잘못 이해했을뿐더러 현실과 혼동하고 있었습니다. 저는 류은하가 가엽게 느껴졌습니다. 왜 그런 말을 하는지 짐작할 수 있었기 때문이지요.

　　　　　　　　　　　　　　　몸과 고백들

우리는 타고난 성별에 의구심을 갖고 있다는 점에서 비슷한 사람들이었습니다. 저는 류은하에게 깊은 친밀감을 느꼈습니다. 그래서 저도 모르게 손을 뻗었지요. 류은하는 제 손을 바라보다 고개를 옆으로 돌리더니 말했습니다. 그만 가봐야겠다고요. 친구를 만나기로 했는데 깜빡 잊었노라고 했습니다. 저는 류은하가 늘 혼자 하교하고, 점심시간에도 홀로 운동장을 걸으며 김밥을 먹는다는 걸 알고 있었습니다. 그 아이에겐 친구가 없었지요. 저는 고개를 천천히 끄덕이며 알겠다고 말했습니다. 류은하는 재빨리 길을 건넜습니다. 그리고 어디론가 씩씩하게 걸어갔습니다.

집으로 돌아와 저는 류은하에게 짧은 편지를 썼습니다. 그 아이를 저만큼이나 잘 알게 되었다고 확신했기 때문입니다.

—은하야, 너의 외로움을 나는 누구보다 잘 알아. 우리는 여학교에 다니고 있지만 진정한 의미에선 이 학교에 다니기 힘든 사람들이라는 걸 나도 느끼고 있어. 나는 내가 여자인 것이 싫은 게 아니라 여자 아니면 남자를 택해야 한다는 게 싫어. 둘 중 어느 것도 선택하고 싶지 않아. 그런데 너는 여자이면서 남자도 되길 원하는 것 같아. 은하야, 『규화보전』은 핑계일 뿐이잖아. 정말로 그게 필요하니? 그게 없더라도 너는 여자이면서 남자도 될 수 있어. 마음만 먹으면 충분히 그럴 수 있어.

다음 날 저는 편지를 들고 학교에 갔습니다. 그러나 류은하에게 전해주진 못했습니다. 용기가 나지 않았습니다. 저는 류은하의 아름다움이 하나의 성별로 정의 내리지 않으려는 마음에 있다고 생각하진 않았습니다. 그것은 류은하 자신의 투쟁일 것입니다. 저의 마음은 투쟁과는 거리가 멀었습니다. 저는 류은하 자체를 사랑했습니다. 저는 타고나기를 사랑을 아는 사람이었기에 류은하에게 사랑받는 것이 미안했고, 사랑을 줄 땐 저 자신이 비워지는 것 같았습니다. 류은하에게 떼어주느라 마음의 크기가 점점 줄어든다고 느꼈습니다. 그 마음을 조금일지라도 돌려받고 싶었습니다.

용기 내 류은하에게 다가갔습니다. 류은하는 처음엔 화난 듯이 굴다가 차츰 마음을 열었습니다. 여전히 『규화보전』에 대해 자주 말하며 제가 어떤 생각을 갖고 있는지를 궁금해했습니다. 그래서 말했습니다. 저에겐 어떤 성별을 갖는지는 중요하지 않다고요. 성별 없는 세계를 꿈꾼다고요. 류은하는 제 말을 이해하지 못했습니다. 류은하에게 성별은 자아만큼이나 중요한 것이었습니다. 성별이 없는 것은 자아가 없고, 정체성이 없는 것이나 마찬가지라고 생각했습니다. 우리는 생각이 달랐지만 그 때문에 불화하지는 않았습니다. 생각이 다르더라도 다른 아이들에 비하면 비슷한 생각을 하는 축에 속했기 때문입니다.

일요일 오후, 우리는 〈동방불패〉를 함께 보았습니다. 우리

몸과 고백들

만의 팬클럽 행사였지요.

그날 저는 비디오테이프를 준비해놓고 류은하를 기다렸습니다. 어머니의 등을 떠밀어 집을 나서게 해놓고도 혹시나 다시 돌아올까봐 마음 졸이면서요. 어머니가 류은하를 본다면 대번에 알아챌 것 같았습니다. 제가 류은하를 깊이 사랑한다는 것을요. 들키고 싶지 않았습니다. 어머니의 애인이 어떤 사람인지 몰랐던 것처럼, 어머니 역시 제가 어떤 사람을 사랑하는지 모르길 바랐습니다. 그것이 공평하다고 생각했습니다.

거실로 들어선 류은하는 집을 대충 둘러보다가 소파에 앉아 멀뚱히 앞만 쳐다보았습니다. 급하게 채비를 하고 온 것인지 정수리 부분 머리칼이 비죽 솟아 있었지요. 저는 주방으로 도망쳐 간식을 챙기면서 시간을 벌었습니다. 빠르게 뛰는 심장이 진정되길 기다렸지요. 그러나 별다른 소용이 없어서 거실로 돌아가 곧바로 영화를 틀었어요. 어색한 기류가 흘렀습니다. 우리는 말없이 영화를 보기 시작했습니다.

화면에 임청하가 등장하자 차츰 긴장이 풀렸습니다. 류은하도 그제야 외투를 벗고 경직된 어깨를 내려뜨렸습니다. 우리는 점점 말이 많아졌고, 중요한 장면은 되감기 버튼을 눌러 여러 번 보았어요. 길게 감탄했고, 함께 웃었고, 혼자 울었습니다. 사랑하는 남자를 차마 죽이지 못하고 임청하가 절벽에서 추락하는 장면을 보며 저는 계속 훌쩍였습니다. 류은하는 저를 돌아보더니 휴지를 건네주었습니다. 저는 코를 풀고 자세를 고쳐 앉으며 말했지요.

무협 영화인 줄 알았는데 이제 보니 로맨스 영화네.

류은하는 고개를 끄덕였습니다. 저는 그런 류은하를 물끄러미 보다가 대뜸 말했습니다.

너, 왕조현이랑 닮았어.

류은하는 얼굴을 붉혔어요.

왕조현은 속편에 나오잖아.

우리는 연달아 속편을 보았습니다. 속편도 제 기준으론 로맨스 영화였습니다. 임청하는 모두가 탐내는 무공을 익혀도, 남성의 몸에서 여성의 몸으로 바뀌어도 여전히 사랑 때문에 고뇌했습니다. 남성의 몸으로 사랑한 여자와 여성의 몸으로 사랑한 남자 모두를 잊지 못했어요.

영화가 끝난 뒤 우리는 영화에 대한 감상을 나누었습니다. 이유는 모르겠지만 작게 소곤거리며 말했지요. 그러느라 우리는 가까이 붙어 앉아 서로를 향해 머리를 기울여야만 했습니다. 류은하가 제게 물었습니다.

임청하가 남자였을 땐 여자만 사랑했을까? 여자로 변하고 나서야 처음 남자를 사랑한 걸까?

우리는 그것에 대해 길게 이야기했습니다. 여자로 변하고 나서야 남자를 처음 사랑했다는 것을 받아들일 수 없었지요. 몸이 바뀐다고 마음까지 그렇게 쉽게 바뀔 수는 없다고 생

　　　　　　　　　　　　　　　　　　몸과 고백들

각했습니다. 그러나 답을 알 순 없는 일이었습니다. 우리는 임청하가 지나치게 사랑에 연연하는 사람이라는 결론을 내렸고, 그런 사람이 어떻게 강호를 통치하는 일인자가 될 수 있는지 의아해했지요. 류은하는 『규화보전』 때문일지도 모른다고 말했습니다. 여성의 몸이 되어야만 익힐 수 있는 무공이기에 누군가를 사랑하는 마음 역시 강렬해진 것인지도 모르겠다고요. 저는 그 말이 이상하게 느껴졌습니다. 여성의 몸과 사랑하는 마음이 연관 있는 것이라고 생각하지는 않았지요. 그러나 류은하는 여성만이 진정한 사랑을 할 수 있다고 주장했습니다. 남성의 사랑은 쉽게 변하며 충동적인 것이라고도 했습니다. 저는 류은하가 그런 말을 하는 것이 이상했습니다. 여성과 남성 모두 되고 싶은 사람이 그런 생각을 갖고 있다는 것 자체가요.

1편에 나온 아저씨, 우리 아빠랑 닮았어.

류은하의 말에 저는 어떤 아저씨를 말하는 것이냐고 물었습니다.

흡성대법으로 힘을 빼앗는 아저씨 말이야. 꼭 우리 아빠 같아.

저는 류은하가 말한 장면을 떠올렸습니다. 손바닥으로 상대의 얼굴을 뒤덮은 뒤 기력을 모두 빼앗는 흡성대법. 그런 사람이 류은하의 아버지라는 의미 같았습니다. 저는 어떤 말을 해야 할지 몰라서 침묵했습니다. 그러자 류은하가 말했습니다.

그런 사람은 차라리 없는 게 나아.

류은하는 자리에서 일어나며 이제 그만 가봐야겠다고 말했습니다. 저는 배웅하겠다는 핑계로 류은하를 따라 집에서 한참 떨어진 놀이터까지 걸어갔습니다. 류은하가 저에게 말했지요. 둘만 있을 줄 몰랐다고요. 저는 둘만 있고 싶어서 어머니를 밖으로 내보냈다고 말했습니다. 어디서 그런 용기가 났는지 모르겠지만 은근슬쩍 고백 비슷한 것을 해버린 것이지요. 그러자 류은하가 제 손을 슬며시 잡았습니다.

우리는 손을 잡고 늦게까지 동네를 배회했습니다. 아주 멀리 가고 싶었지만 어디로 가야 할지 몰랐고, 남의 눈에 띄고 싶지 않았지만 어떻게 해야 그럴 수 있는지 몰랐습니다. 우리는 가로등 아래 멈추어 서서 서로의 표정을 잠시 살피다가 다시 어둠 속으로 들어가 함께 걸었습니다.

그날부터 우리는 매우 가까워졌습니다. 쉬는 시간마다 서로의 자리로 찾아갔고, 매일 점심을 함께 먹었습니다. 류은하는 늘 김밥을 싸왔는데, 단무지와 햄 두 가지 재료만 들어 있는 김밥이었습니다. 제 도시락을 류은하와 나눠 먹고 싶었지만 차갑게 거절당한 뒤로는 두 번 다시 권하지 않았습니다. 류은하에게 애써 감추려는 것이 있다는 걸 깨닫고 나선 항상 조심했습니다. 그러나 어느 날 류은하가 팔에 멍이 든 채로 나타났을 때, 저는 진실을 듣고 싶은 마음에 그 아이를

몸과 고백들

집으로 데려왔습니다. 이전에도 멍과 상처를 몇 번 보았지만 그때마다 류은하는 대화를 피하며 도망쳤기 때문입니다.

전날 밤, 저는 어머니가 마시는 소주를 훔쳐서 침대 아래에 숨겨놓았습니다. 류은하는 제가 따라주는 소주를 거절하지 않고 마셨습니다. 연거푸 세 잔을 마시더니 허공을 바라보다 갑자기 엉뚱한 소리를 했습니다.

『베르사유의 장미』 봤어?

당연히 봤지.

거기 나오는 오스칼이 꼭 나 같아. 아들을 원했던 오스칼의 아버지는 오스칼을 아들로 키우잖아. 우리 아빠도 내가 아들로 태어났어야 했다고 생각해.

오스칼은 아들로 자라 왕비의 근위대장이 되는데, 류은하는 아들로 자라고 있는 것 같지는 않았습니다. 그런데 왜 자기와 비슷하다고 한 것일까요. 류은하가 연이어 말했습니다.

오스칼은 열네 살 때 여자의 삶을 버리고 남자를 택해. 우리보다 한 살 어릴 때 그런 선택을 한 거야. 그 뒤로 남자보다 더 남자 같다는 말을 들으면서 살아갔어. 오스칼의 친구들도 오스칼은 여자가 아니라 남자라고 말해. 나는 그걸 보면서, 여자 아니면 남자를 선택해야 하는 게 정말 지겹다고 생각했어. 그냥 인간이면 안 되냐는 말이야.

맞아. 나도 그렇게 생각해.

너는 흡성대법을 하는 아빠가 없으니까 그런 생각으로 계속 살 수 있는 거야. 나는 이제부터 아들이 되어야 해.

뭐?

선택해야 한다고. 이렇게 계속 맞고 살 수는 없어.

류은하는 바닥에 눕더니 천장을 보며 말했습니다. 머리를 자르겠다고요. 일단 기다란 머리부터 짧게 자르고 나서 남자로 살아가겠다고요. 저는 여중을 다니고 있는 것부터 어떻게 해야 하는 문제가 아닌가, 그 전에 이차성징 때문에 점점 더 여성의 몸으로 변해가는 것은 어떻게 대처할 것인지 궁금했지만 묻지 않았습니다. 류은하가 마침내 남성이 되길 선택한다면 저와 멀어지게 될 것이라고 예감했을 뿐이지요.

류은하가 저를 돌아보았습니다. 그 눈빛은 이미 아득해지고 있었습니다. 저는 류은하를 붙잡는 심정으로 말했습니다.

은하야, 나는 여자라는 건 없고, 남자라는 것도 없다고 생각해. 너도 그렇게 살면 되지 않을까?

류은하는 제가 어떤 생각을 갖고 있는지 잘 안다고 내꾸했습니다. 그러나 이어지는 말은 제가 기대했던 것은 아니었습니다.

너는 너를 폭력으로 대하는 사람을 만난 적이 없잖아. 운이 좋은 거야. 누구도 너한테 어떠한 사람이 되어야 한다고 강요하지 않으니까. 대다수는 그런 강요 속에 살아. 성별만이 아니라 다른 모든 것도 그래.

저는 아무런 대답도 하지 못했습니다. 류은하의 시선이 책장으로 향했지요. 류은하는 팔을 뻗어 중학생 필독서인 『변신』을 집어 들더니 책장을 휘리릭 넘기며 말했습니다.

너는 이 소설이 싫다고 했지? 가족들이 너무 나쁘다는 생각이 든다고. 근데 나는 여기 나오는 벌레가 원래 사람이었다고 생각하지 않아.

그러면?

자기가 인간의 자식이라고 믿는 정신 나간 벌레 같아. 자기가 어떤 존재인지 판단을 내리는 순간 자기가 아니라 세계가 변하는 거야. 그래서 너의 세계와 나의 세계는 다른 거고.

류은하는 바닥에서 일어나 제 얼굴을 길게 응시하더니 말했습니다.

나는 선택을 할 거야. 그러니까 너도 그렇게 해.

나는 아무 선택도 안 할 거야.

그것도 실은 선택이야. 그리고 너는 누가 보더라도 여자로 보여.

너도 그래.

우리는 수치스럽다는 듯이 자신의 몸을, 연이어 서로의 몸을 쳐다보았습니다. 명백하게 보이는 것이 있음에도 부인하려는 우리는 자기가 인간의 자식이라고 생각하는 벌레와 비슷했던 것일까요.

그날 이후로 저는 류은하에게 다가가지 않았습니다. 류은하 역시 저에게 다가오지 않았습니다. 우리는 서로를 무척

이나 신경 쓰면서도 아무런 관심이 없는 척했습니다. 저에게
말했던 대로 류은하는 머리를 짧게 자르고 나타났습니다. 그
러나 반 아이들 아무도 놀라지 않았습니다. 머리 긴 류은하
와 짧은 류은하는 동일 인물이었으니까요. 여중생 류은하일
뿐이었으니까요.

류은하는 늘 외따로 떨어져 있었습니다. 도통 말이 없는
그 아이는 서서히 응축되어가는 것처럼 보였습니다. 다가가
말을 걸고 싶었지만 그렇게 하지 않았습니다. 남자로 살아
가겠다니, 그런 선택을 곧 후회할 거라고 생각했습니다. 류
은하는 인상을 찌푸리며 팔자걸음으로 걷고, 바닥에 침을
뱉고, 소각장에서 몰래 담배를 피우고, 교복 치마 아래에 체
육복 바지를 받쳐 입었지만 아무리 노력한다 한들 도무지
남자처럼 보이지 않았습니다. 저는 류은하가 마침내 항복을
선언할 거라고 생각했습니다. 그러나 그 예상은 빗나갔지요.

류은하는 집을 떠나 가출 청소년이 되었습니다. 저는 류
은하의 아버지를 원망했어요. 그는 류은하의 삶을 어두운 장
막으로 뒤덮고 모든 기력을 빼앗았습니다. 류은하는 그에 저
항한 것이고요. 하지만 아무런 말 없이 사라질 줄은 몰랐습
니다. 우리가 나누었던 대화, 주고받은 눈길, 땀을 닦고 다시
잡았던 끈적한 손은 아무런 의미가 없었던 것일까요.

저는 몹시 궁금합니다. 류은하는 지금 어떤 모습으로 살아
가고 있을까요. 남자가 되었을까요, 아니면 여자로 살아가고

　　　　　　　　　　　　　　　　　몸과 고백들

있을까요. 어쩌면 『규화보전』을 손에 넣고 여자든 남자든 원하는 모습으로 바꿔가며 살고 있을지도 모르지요.

어쩌면 무림기서는 그것을 믿는 자만이 손에 넣을 수 있는 것인지도 모릅니다.

*

어머니의 애인을 만났습니다.

대학 입학식 날이었습니다. 어머니는 아무런 예고 없이 그를 데리고 와 저에게 소개해주었습니다. 관계에 대한 설명은 일절 하지 않았습니다. 이미 알고 있을 거라고 생각하는 눈치였지요. 어떤 말은 발화되지 않을 때 더욱 명확해집니다.

이언주 씨야. 인사해.

이언주 씨는 재일교포였습니다. 얇게 그린 눈썹, 마스카라를 짙게 덧바른 속눈썹, 치렁치렁한 귀걸이, 반다나로 멋을 낸 헤어스타일, 롱스커트와 모카신. 저는 화려한 스타일에 가려진 이언주 씨의 성별을 알아내려 애쓰지 않았습니다. 그저 이 사람이 어머니의 애인이구나, 하고 생각했지요.

우리는 중식당에 갔습니다. 그는 기름진 음식을 좋아하지 않는 것 같았습니다. 아니면 저 때문에 긴장했는지도 모르지요. 그는 음식에 거의 손을 대지 않고 엷은 차만 마셨습니다. 한국어를 잘했고, 저에게 몇 가지 질문도 했지만, 저를 깊게 알고 싶어 하는 마음은 느껴지지 않았습니다. 이언주 씨의 시선은 저를 보고 있을 때도 어깨 너머 먼 곳을 보는 것 같았습니다. 그러나 어머니를 볼 땐 확실히 어머니를 보고 있었지요. 어머니의 속마음을 꿰뚫어 보는 것처럼 집요한 시선으로 어머니를 보았습니다. 오래 달인 탕약 같은 눈빛이었어요. 그것으로 충분했습니다. 저는 이언주 씨에 대해 더 많이 알고 싶지 않았습니다. 이언주 씨의 삶이 무척 궁금했지만, 궁금해하지 않기로 마음먹었습니다. 이언주 씨의 투쟁은 류은하의 투쟁과 다르고, 저의 투쟁과도 다를 것입니다. 물론 저의 투쟁은 제 마음속에서만 진행되고 있었기에 아무도 모를 게 분명했지만요.

류은하와 멀어진 뒤 저는 좋아하는 것을 찾기 위해 노력하며 10대 시절을 보냈습니다. 너무나 외로웠다는 말입니다. 그러나 고독이 나쁜 것만은 아니었습니다. 저는 도서관에 틀어박혀 책을 읽었고 결국 책을 좋아했으며 나중엔 소설을 필사하기 시작했습니다. 여전히 영화를 즐겨봤지만 홍콩 무협 영화에선 완전히 벗어났습니다. 한번은 영화 잡지에 소개된 〈쿤둔〉을 보기 위해 극장에 갔다가 매표소 직원의 냉소를 받았습니다. 그는 이 영화를 어떻게 아는지 물었고 저는 붉게 상기된 얼굴로 영화 잡지에서 본 내용을 줄줄이 말했습니다. 그러자 그가 결국 표를 내주었습니다. 저는 그 일을 계기로 예술영화를 더욱 열심히 보았습니다. 감상평도 성실히 기록했습니다. 두툼한 기록 노트 열 권으로 10대 시절을 마

몸과 고백들

무리한 뒤 대학에 들어갔습니다. 취업이 쉬울 거라고 예상한 학과였지요. 그러나 특정 학과에 갔다고 해서 모두가 그쪽 분야의 전문가가 되기 위한 과정을 밟는 것은 아니었습니다. 그것은 본인의 선택에 달렸고, 무엇을 우선순위로 둘 것인지는 저마다 달랐습니다. 제 우선순위는 우정이었지요.

저는 최주연과 가장 가깝게 지냈습니다. 최주연은 학교를 졸업하고 어느 회사에 들어가 어떤 사람과 결혼해 어디에 살지까지 미리 계획을 세워놓는 타입이었습니다. 저는 최주연에게 인생은 뜻대로 흐르는 법이 없다고 말했지만, 최주연은 끝까지 포기하지 않으면 인생은 결국 뜻대로 흐르는 법이라고 받아쳤지요. 최주연은 열과 성을 다해 과제를 했고 시험 기간엔 밤을 새웠습니다. 방학 때마다 외국어 학원에 다녔고 성형수술을 조금씩 했습니다. 눈에 띌 정도로 멋진 옷차림으로 학교에 왔고, 학과 선배나 동기 몇 명과 사귀거나 사귈 뻔한 관계에 이르기도 했습니다. 최주연은 인기가 많았습니다. 남학생들에게 특히 그러했습니다. 여학생 몇몇은 뒤에서 최주연을 험담했습니다. 최주연의 외모가 변할 때마다 그걸 농담의 소재로 삼았습니다. 그러나 최주연은 험담을 조금도 신경 쓰지 않고 자기 일만 열심히 했지요. 그러던 어느 날 학교에 이상한 소문이 퍼지기 시작했습니다.

걔, 돈 받고 남자 선배랑 여행 간 거 알아?

동기는 남학생들 사이에 퍼지는 소문을 저에게 알려주었

습니다. 저는 사실이 아니라고 잘라 말했지만 동기는 그건 중요하지 않다고 말했습니다.

우리는 최주연을 믿지만 다른 애들은 안 믿으니까. 걔 방학 끝날 때마다 얼굴이 바뀌어서 오잖아.

그게 어때서?

그런 여자라는 거지, 최주연은.

어떤 여자?

동기는 그게 무슨 의미인지 모르냐는 듯 한숨을 내쉬었습니다.

여하튼 최주연하고 같이 여행 다녀온 선배 집이 엄청 부자야. 그래서 최주연이 따라갔다는 소문이 난 거야.

설마 너도 그 말을 믿는 거야?

동기는 어처구니없다는 표정으로 저를 보았습니다.

당연히 안 믿지. 난 최주연 편을 들어줬다고. 근데 소문이 걷잡을 수 없이 퍼지니까 주연이가 위험해질까봐 말해주는 거야.

주연이가 왜 위험해진다는 거야?

동기는 저의 얼굴을 빤히 보더니 답답하다는 표정을 지었습니다.

뭔데 그래. 말해봐.

최주연이 술만 마시면 남자한테 안긴다는 소문이 돌고 있어. 그래서 남자애들이 최주연을 노리는 거야.

　　　　　　　　　　　　　　　몸과 고백들

주연이는 그런 애 아니야.

알아. 근데 최주연이 술을 마시면 그런 여자가 된다고 생각들을 한다는 게 문제라고. 나쁜 일이 일어날 수도 있어.

나쁜 일? 누가 그런다는 거야?

누군지 말해줄 순 없어.

왜?

걔도 진심으로 그런 말을 한 건 아닐 테니까. 그냥 농담으로 그랬겠지. 근데 혹시 진짜로 나쁜 생각을 하는 놈이 있을까봐 걱정이 되는 거야.

무슨 나쁜 생각?

동기는 더 이상 자세히 말하지 않고 인상만 찡그렸습니다.

강간?

저는 그 단어를 내뱉은 저에게 놀랐습니다. 동기도 놀란 표정을 지었습니다. 우리는 그것에 대해 빙빙 돌려 말하다 갑자기 정곡을 찔리고 동시에 상처받았습니다. 이상했습니다. 동기는 계속 그것을 암시하려 노력했고, 저 역시 그것을 깨달았는데 우리는 왜 동시에 상처를 받았을까요. 저는 최주연에게 실제로 나쁜 일이 일어난 것만 같아서 손이 떨렸습니다. 동기 역시 괴로운 표정을 지었습니다. 우리는 서로에게서 시선을 거뒀습니다. 동기가 말했습니다.

우리가 최주연을 보호해줘야 해. 친구잖아. 오늘부터 너는 최주연이 다른 애들하고 술 마실 때 무조건 따라가. 나도 그럴 테니까. 최주연이 취하면 확실히 마크하라고.

저는 고개를 끄덕이지도 젓지도 못했습니다. 최주연이 없는 자리에서 이런 이야기를 한다는 건 최주연에게 너무나 미안한 일이었습니다. 정수리 위에 철근을 올려놓은 것처럼 묵직한 두통이 몰려왔습니다. 동기는 근처로 모여드는 비둘기를 신경질적으로 내쫓으며 말했습니다.

지저분한 것들이 꼬이지 않게 우리가 내쫓자고. 지키자고, 주연이를.

최주연은 우리가 나눈 대화를 까맣게 몰랐습니다. 그러나 소문에 대해선 어느 정도 알고 있었던 것 같습니다. 최주연은 점점 학과 술자리에 나타나지 않았습니다. 저는 동기에게 들은 말을 최주연에겐 숨겼습니다. 동기와 선후배들이 자신을 어떤 시선으로 바라보는지 안다면 학교에 다니기 힘들 거 같다고 생각했습니다. 그러면서도 어떻게 이런 상황이 되었는지 어리둥절했습니다.

시간이 흐를수록 더더욱 안 좋은 소문이 퍼져갔습니다. 최주연은 결국 우리 앞에서 무너져 내렸습니다. 저와 동기 앞에서 울면서 술을 마셨습니다. 저는 최주연이 소문의 진원지를 알고 있다는 생각이 들었습니다. 최주연과 사귀었다가 헤어진 남자들 혹은 최주연에게 고백했다가 거절당한 남자들이었지요. 그러나 최주연은 그런 말을 하지 않았습니다. 자기를 믿어주는 우리에게 고맙다고 말했을 뿐이지요. 최주연이 눈물을 흘릴 때마다 동기는 함께 괴로워했습니다. 붉어진 얼굴로 주먹을 꼭 쥐고 앉아서 누군가를 두들겨 팰 것 같은 분노를 내비쳤습니다.

동기가 저 대신 최주연을 집으로 데려다주기로 했습니다. 자정이 넘은 시각이었기에 동기는 저의 안전을 염려하며 얼른 집으로 가라고 말했습니다. 최주연은 동기의 부축을 받고 택시에 탔고, 작별 인사를 알아듣지도 못할 정도로 취해 있었습니다. 저는 동기에게 최주연을 잘 데려다주라고 말한 뒤 서둘러 집으로 왔습니다.

그날이 최주연을 본 마지막 날입니다.

최주연은 학교에 나오지 않았습니다. 연락도 받지 않았습니다. 저는 소문을 통해 뒤늦게 최주연이 자퇴했다는 사실을 알았습니다.

저는 동기에게 그날 밤 무슨 일이 있었는지 묻지 않았습니다. 최주연이 저에게 아무런 말도 해주지 않았기에 묻지 않았습니다. 동기는 몇 주 동안 괴로운 얼굴로 혼자 캠퍼스를 배회했지만 곧 다른 무리와 어울려 예전 모습으로 돌아갔습니다. 저와 마주쳐도 짧게 인사만 할 뿐 최주연에 대해선 아무런 말도 하지 않았습니다. 저도 묻지 않았습니다. 끝까지 참았습니다. 최주연이 저에게 알리고 싶어 하지 않는다면, 저도 진실을 알고 싶지 않았습니다. 회피는 아니었습니다. 포기도 아니었습니다. 단지 최주연의 의사를 한 명쯤은 존중해주는 사람이 있어야 한다고 생각했습니다.

최주연이 자처하지 않으면 저는 최주연을 섣불리 피해자로 여기고 싶지 않았습니다. 그것은 정의 구현 이전에 친구로서 취하고 싶은 태도였습니다. 사회가 어떤 정의를 구현하길 원하는지에 대해 저는 아무런 관심도 갖고 싶지 않았습니다. 저는 사회를 죽이고, 최주연을 살리고 싶었습니다. 학과에서 단 한 명이라도 최주연이 보여주었던 모습만으로 그를 기억하는 사람이 있어야 한다고 생각했습니다. 그 사람이 저이길 바랐습니다.

제가 정의롭지 못했던 것일까요.

하지만 최주연을 설득해 다시 학교로 데려오고 가해자를 응징한다고 한들, 저는 저일 뿐입니다. 저는 최주연이 아닙니다. 고통의 무게는 최주연 혼자서 오롯이 감당해야 합니다. 제가 최주연은 그런 사람이 아니라고 백 번 넘게 말한들 아무도 그걸 믿어주지 않았을 것입니다. 저는 최주연을 피해자 최주연이 아니라, 낙관하는 성실한 인간 최주연으로 마음속에 남겨두는 것 외엔 아무것도 하지 않았습니다. 한 사람일지라도 그렇게 생각한다면 최주연은 다시 그런 사람이 되어 어딘가에서 계속 본연의 모습으로 살아갈 수 있을 것 같았습니다. 저는 그렇게 믿었습니다.

어쩌면 여성과 여성의 몸은 동의어인지도 모르겠습니다. 저는 최주연을 떠올릴 때마다 그런 결론을 내리게 됩니다.

　　　　　　　　　　　　　　　몸과 고백들

성별이라는 테두리 밖에서 살고 있는 저에게도 그것은 상당히 절망스러운 일입니다.

최주연이 계획했던 삶은 이루어졌을까요.

끝까지 포기하지 않으면 결국 인생은 뜻대로 되는 법이라고 강하게 믿는 사람을 저는 이제껏 만나보지 못했습니다. 최주연이 유일했지요. 그런 점에서 최주연은 특별한 사람이었습니다. 저는 그 특별함이 여성이라는 성별 속에서 불타 사라졌다고 생각하지만, 지금도 여전히 회색 재를 뒤적거려 보고 있습니다. 불씨가 남아 있으면 후후 불어 다시 지피면서요. 그러나 그런 저의 마음이 최주연에게 가닿을 수 있을지는 모르겠습니다.

지금에서야 그런 생각이 듭니다. 최주연을 동굴 속에서 억지로 끌고 나왔어야 하지 않을까. 그러나 그런 행동이 최주연에겐 폭력이 될 수도 있을 것입니다. 아무런 행동을 하지 않은 것도 폭력이 될 수 있겠지만요.

둘 중 무얼 선택했어야 했을까요.

저는 지금까지도 그에 대한 해답을 찾지 못했습니다.

*

그는 아르바이트를 하던 곳에서 만난 사람이었습니다. 우리는 같은 홀에 배치되어 접시를 날랐고 손님을 안내했습니다. 일을 마치고 돌아가는 길에 그가 먼저 말을 걸어 왔고,

그날부터 거의 매일 지하철역까지 함께 걸어갔습니다. 알고 보니 그도 저처럼 첫 직장을 그만둔 뒤 아르바이트를 하며 다른 일을 찾고 있었습니다. 우리는 많은 공통점이 있었고, 결국 연인 사이가 되었습니다.

어느 날 저는 그에게 저의 비밀을 털어놓았습니다. 그 어떤 성별도 받아들이지 않으며 살아온 것에 대해서요. 그는 제 이야기를 귀담아듣더니 눈빛을 반짝이며 말했습니다.

네가 했던 이야기들 중에서 가장 이상하고 흥미로워.

그의 표정이 밝았기에 저는 그가 제 비밀을 받아들였다고 생각했습니다. 하지만 계속되는 제 말에 그는 표정이 점점 어두워지더니, 그런 생각을 얼마나 자주 하는지 물었습니다. 여자도 남자도 되고 싶지 않다는 생각을 얼마나 자주 하느냐고요.

저는 그 질문이 참으로 이상하다고 생각했습니다. 생각을 자주 하다니요. 생각을 자주 하는 게 아니라 저는 그런 사람이라고 다시 말했습니다. 생각할 것도 없이 그냥 그런 사람이라고요. 그는 당황한 눈빛으로 빈 술잔을 쳐다보다가 맥주를 가득 따르더니 한 번에 들이켰습니다. 그리고 한숨을 길게 내쉬고 언제부터 그런 상태였는지 물었습니다.

저는 아주 어릴 때부터 그랬고, 이제까지 생각이 변한 적은 한 번도 없다고 했습니다. 그러자 그는 약간 화를 내며 갑자기 그런 말을 왜 하는 거냐고 물었습니다.

몸과 고백들

나는 너에 대해 잘 안다고 생각했는데 이젠 전혀 모르겠어. 왜 나한테 그런 말을 하는 거야?

그는 연거푸 술을 마시며 모르겠다는 말만 반복해서 했습니다. 저의 상태와 생각을 전부 다 모르겠다고요. 그런 이상한 생각을 자연스레 갖게 된 것은 아닐 테니 모호한 성별 관념을 심어준 사람이 누군지 생각해보라고 다그치기도 했습니다. 범인을 색출하려는 태도 같았습니다. 저는 그런 사람은 없고, 혼자 깨달은 것이라고 분명하게 말했습니다. 그리고 그를 설득하기 위해 덧붙였지요.

누구나 자신에 대한 깨달음을 얻을 때가 있잖아. 나는 사람들과 어울리는 것보다 혼자 있는 걸 좋아하는 사람이구나, 나는 한 번 싫은 사람은 영원히 싫은 사람이구나, 그런 깨달음과 비슷한 거야.

그는 제 말을 이해하지 못했습니다.

미지야, 너는 너 자신이 특별하다고 생각하는 사람일 뿐이야.

이번엔 제가 그의 말을 이해하지 못했습니다.

그게 무슨 뜻이야?

그런 사람이 있어. 자기는 남들과 다르다고 생각하는 사람. 네 경우엔 그게 성별인 거지. 나는 여자도 아니고 남자도 아니다, 그런 생각이 너를 특별하게 만들어주는 것 같지?

그런 거 아니야.

너도 너한테 속고 있는 거야. 사실 우린 다 특별해지고 싶잖아. 주목받고 싶잖아. 남과 다르고 싶잖아. 그런 마음인 거지?

그게 아니라니까. 나는 주목받기 싫고, 남과 다른 걸 원하지도 않아. 그냥 내가 그렇다는 것뿐이야.

자신한테 속고 있는 거라니까. 난 이해해. 그런 생각을 갖고 살면 세상이 얼마나 달라 보일지도 궁금하고. 이 세계에서 너만의 규칙을 갖고 있다는 거잖아. 나도 그런 게 있어. 나만의 규칙이 있어.

너도 비밀이 있다고?

있지, 그럼. 누구나 다 있어. 내 비밀을 알고 싶어?

저는 대답하지 않았습니다. 어쩐지 아주 시시한 비밀일 것 같았습니다. 그것을 알게 된다면 그가 아주 시시한 사람처럼 보일 것 같았습니다. 저는 고개를 저었습니다. 그는 말없이 술만 마시더니 갑자기 저에게 물었습니다.

여자도 남자도 아닌 채로 남자인 나를 사랑하는 건 도대체 어떤 기분이야?

뭐?

내가 어떤 기분을 가져야 할지 모르겠어. 내 정체성도 도미노처럼 바뀌는 건가? 너에게 밀려 쓰러져서 내 정체성도 바뀌어야 하는 건가?

저는 그의 얼굴에서 진심으로 궁금해하는 기색을 발견하

고 크게 실망한 마음을 담아 말했습니다.

너의 정체성은 네가 생각해봐야 하는 문제야. 내가 알 수는 없어. 그리고 너를 사랑하는 것과 나의 정체성은 다른 문제야. 사랑은 그냥 사랑이야.

저는 이미 그를 사랑하지 않게 되어버린 것 같았지만 그렇게 말했습니다. 여전히 사랑하는 것처럼요. 제가 털어놓은 비밀에 대한 그의 반응에 실망했지만 한편으론 그가 충격으로부터 자신을 보호하기 위해 자신의 믿음을 강요한 거라는 생각도 들었지요. 그는 끈질기게 물었습니다.

여자도 남자도 아닌 상태로 나랑 잘 땐 도대체 어떤 기분이었던 거야?

여자도 남자도 아닌 상태로 너와 자는 기분. 저는 동어반복으로 대답해주고 싶었지만 그렇게 하지 않았습니다. 그의 생각이 뻗어나가는 방향은 너무나 뜻밖이었습니다. 저는 그것에 대해 생각해본 적이 없다고 답했습니다. 그리고 저에 대해 너무 많은 생각을 하지는 말라고 덧붙였지요. 그는 허공을 보며 생각에 잠겼다가 간간이 질문을 던졌습니다. 저는 더 이상 저에 대해 설명하고 싶지 않았기에 대부분의 질문에 답하지 않았습니다. 점점 굳어가는 제 표정을 보던 그가 뒤늦게 정신을 차렸는지 이렇게 말했습니다.

네가 어떤 생각을 갖고 있든 괜찮아. 나는 너를 잘 아니까.

저는 즉시 반박했습니다.

너는 나를 몰라.

너를 모르는 게 아니야. 너 같은 사람들에 대해서 모르는 거지. 너처럼 여자이면서 여자가 아니라고 생각하는 사람들을 모르는 거야.

그는 말없이 술잔을 연거푸 비우더니 깊은 생각에 잠겼습니다. 그러는 동안 그의 얼굴이 점점 붉어졌지요. 이윽고 그가 주먹을 꽉 쥔 채로 저를 보더니 말했습니다.

여자도 남자도 아니라고 처음부터 밝혔어야지. 그러면 나는 그동안 도대체 누굴 사랑한 거냐고. 누구랑 잔 거냐고. 여자도 남자도 아니면 그냥 동물이라는 건가. 짐승이야? 도대체 너는 어떤 몸이라는 건데.

그는 아무런 대답이 없는 저를 길게 쳐다보더니 괴로운 표정으로 테이블 위에 엎드렸습니다.

저는 우리 사이에 거대한 장벽이 세워졌다는 걸 깨달았습니다. 그가 고개를 천천히 들더니 손바닥으로 얼굴을 쓸어내리고 저를 빤히 쳐다보았습니다.

미지야, 그냥 여자로 살자.

불가능해.

넌 누가 봐도 여자로 보여. 그리고 이 사회에서 살아가려면 성별을 선택해야 보호받을 수 있어. 합당한 권리를 누릴 수가 있어.

나는 이제까지 잘만 살았어.

몸과 고백들

비밀을 간직하면서 살았잖아.

여자로 살고 싶지 않아.

나도 이해해. 여자의 몸은 전쟁터니까.

그런데 왜 여자를 택하라는 거야?

전쟁터에도 룰이 있거든. 아군과 적군이 있고, 승전과 패전이 있어. 하지만 여자처럼 보여도 여자가 아니라고 말하는 너 같은 사람의 몸은 룰이 없는 전쟁터야. 모두가 다 적군이야. 너는 너 같은 사람을 만난 적 있어?

저는 류은하를 떠올렸지만, 엄밀히 말하면 우린 가고자 하는 방향이 달랐기에 고개를 저을 수밖에 없었습니다.

거봐. 너는 아군이 없어.

어딘가엔 있어.

만나지 못하면 없는 거나 다름없어.

그는 그렇게 말하더니 무척 불쌍한 동물을 보았다는 듯이 저의 머리를 쓰다듬었습니다. 저는 그의 손을 치우고, 그날 마신 술값의 절반을 탁자 위에 올려놓은 뒤 밖으로 나왔습니다. 그는 저를 붙잡지 않았습니다.

그가 했던 말이 귓바퀴에 달라붙어 떨어지지 않았습니다. 여자의 몸은 전쟁터야. 너는 아군이 없어. 그런 말들은 여자의 몸을 더욱 전쟁터로 만들고, 저에게 아군이 없다는 사실을 더욱 공고히 했습니다.

밤거리를 걸었습니다. 교각 아래 멈추어 고인 매연을 들이 마시며 복잡한 마음을 헤아렸습니다. 혹여나 어딘가엔 저 같은 사람이 있을지도 모르지요. 그러나 만나지 못하면 없는 것이나 다름없다는 걸 저도 어렴풋이 느끼고 있었습니다.

만나고 싶었습니다. 한 번만이라도 저 같은 사람을 만나 아무것도 묻지 않고 함께 시간을 보내고 싶었습니다. 존재를 느끼고 싶었습니다.

집으로 돌아와 뜨거운 물로 샤워를 하다가 뒤늦게 깨달았습니다. 그런 사람을 만난 적이 있다는 것을요. 그의 자세한 생각은 모르지만 저와 비슷한 사람일 가능성이 충분히 있었습니다. 저는 서둘러 어머니에게 전화를 걸었습니다.

새벽 두 시에 놀란 목소리로 전화를 받은 어머니에게 어머니의 애인이었던 이언주 씨에 대해 물었습니다. 몇 년 전 암으로 죽은 그가 어떤 사람이었는지를요. 어머니는 말했습니다. 이언주 씨는 사랑이 많은 사람이었고, 따뜻한 술을 좋아했고, 새를 잘 그렸다고요. 저는 그가 어떤 전쟁을 치르며 살아갔는지 말해달라고 했습니다. 그러자 어머니는 길게 침묵하다가 이윽고 입을 열었습니다.

그건 그 사람의 전쟁이야. 나뿐만 아니라 누구도 속속들이 알 수 없어. 당사자만 말할 수 있지.

저는 손 잡아줄 누군가를 원하는 게 아니라 존재 그 자체를 느끼고 싶다고 말했습니다. 그거면 충분하다고 했습니다.

몸과 고백들

저는 절박했습니다. 어머니는 가엽다는 듯이 탄식했지요.

미지야, 이미 네 안에 너 같은 사람의 우주가 다 들어 있어. 그걸 알면 되는 거야. 잊지 않으면 돼.

긴 통화를 마쳤을 땐 창 너머로 어슴푸레하게 동이 터 오르고 있었습니다.

저는 베란다로 나가 창문을 활짝 열었습니다. 태양 빛에 달궈지지 않은 차가운 공기가 몸속을 가득 채웠습니다. 저는 서늘해진 몸과 마음으로 다시 천천히 성벽을 쌓아 올렸습니다. 어쩌면 앞으로도 성벽을 무너뜨리고 다시 쌓는 것을 숱하게 반복해야 할지도 모른다고 생각하면서요.

완성된 성곽 안엔 저와 비슷한 사람들이 웅크리고 앉아서 새벽하늘을 바라보고 있었습니다.

*

여자도 남자도 아닌 상태로 당신과 자는 기분.

잠시 그것에 대해 말해보려고 합니다.

제 몸을 구성하고 있는 신체 기관들 가운데 제가 이름 붙인 것은 한 가지도 없습니다. 저는 그럴 수 있는 권한을 박탈당한 채로 태어나 살아가고 있지요. 우리 모두 그렇습니다. 하지만 한 번쯤은 멋대로 이름 짓기 놀이를 해봐도 좋지 않을까요.

저의 입술은 캐러멜입니다. 제 가슴은 솜사탕입니다. 저의 질은 와플입니다. 어떻습니까. 디저트로 이름 붙인 신체 기관이 먹음직스럽게 느껴지십니까. 그렇다면 당신은 상당히 퇴행적인 생각을 가진 사람일 것입니다. 먹다니요. 신체 기관은 먹고 먹히기 위해 존재하는 것이 아닙니다.

자, 다시 이름을 붙여봅시다.

저의 입술은 지평선입니다. 제 가슴은 구름입니다. 저의 질은 일몰입니다. 어떻습니까. 먹는 것이 아니라 바라보고 감탄하는 것으로 이름을 바꾸니 다정하고 평화로운 마음이 드는지요.

자, 다시 이름을 붙여봅시다.

저의 입술은 질투입니다. 제 가슴은 애환입니다. 저의 질은 보람입니다. 이건 어떤지요. 질투하고 애환과 보람을 느끼기도 하는 존재이니 조금 더 생생하게 살아 있는 느낌이 드는지요. 계속해봅시다. 멈추지 말고 해봅시다. 저의 입술은 당신입니다. 제 가슴은 그들입니다. 저의 질은 나'들'입니다. 저의 입술은 어머니입니다. 제 가슴은 할머니입니다. 저의 질은 먼 훗날 태어날 딸입니다. 저의 입술은 첫사랑입니다. 제 가슴은 중학교 동창입니다. 저의 질은 버스 정류장에서 우연히 마주친 커다란 안개꽃을 든 탑승자입니다. 저의 입술은 회색 연기입니다. 제 가슴은 얼어붙은 호숫가입니다.

저의 질은 도끼입니다.

어떤 이름이든 지을 수 있다는 걸 알았으니, 이제부터 우리가 해야 할 것은 '몸'이라는 단어를 다른 이름으로 바꾸는 것입니다. 어떤 이름이든 좋습니다. 이미 우리는 충분히 연습했으니 규범과 상식에 발목 잡히지 않을 것입니다.

발목. 차라리 발목이라고 부르면 어떨까요?

발목이 하나 있습니다. 한 쌍이 아니라 하나의 발목입니다. 제 눈앞에 있는 그가 다른 하나의 발목입니다. 그는 안개꽃을 내려놓고 저를 바라봅니다. 그와 저는 둘 다 발목이기 때문에 천으로 형체를 가려야 할 부끄러움을 느끼지 않습니다. 우리는 서로를 물끄러미 바라봅니다. 나중엔 집요하게 삼키듯 응시합니다. 그가 저를 당기고 동시에 제가 그를 당기면서 우리는 한 쌍의 발목이 됩니다. 발목들이 엉키고, 발목들이 서로를 더듬고, 발목들이 신음을 흘립니다. 발목들이 교만한 춤을 추고, 발목들이 오만한 미소를 흘립니다. 지평선과 구름과 일몰이 우리 주위에 두둥실 떠올랐다가 사라집니다. 질투와 애환과 보람이 차례대로 우리를 구속합니다. 당신과 그들과 나'들'이 우리의 시간 속으로 침투해 들어왔다가 낱낱이 분해되어 사라집니다. 어머니와 할머니와 미래의 딸이 발목의 중심에서 기어 나와 저만치 먼 곳으로 달려갑니다. 첫사랑과 중학교 동창이 발그레한 얼굴로 나타났다가 안개꽃을 든 탑승자를 발견하고 촛농처럼 흘러내립니다.

발목들은 한 쌍이 되었다가 분리되어 각자가 됩니다. 중요한 것은 몸이 아니라 발목이라는 것입니다. 섹스하는 발목이요.

언덕. 이번엔 언덕이라고 부르면 어떨까요?

언덕이 있습니다. 가운데가 도독하게 부풀어 오른 언덕은 지금 누군가와 섹스하는 중입니다. 언덕이 움직일 때마다 그 위에 심긴 나무며 잡초가 한쪽으로 기울고, 다시 반대편으로 눕듯이 기울다 강한 비바람을 맞고 심하게 흔들립니다. 쓰러져 누웠다가 서서히 일어서고, 햇빛을 받아 쨍하게 푸르러지다가 샛노랗게 말라갑니다. 섹스하는 언덕 위엔 햇살과 빗물이 동시에 내리쬐고 흘러내립니다.

이제 다시 제 몸으로 돌아오겠습니다.

이 가슴은 여성인가요, 언덕인가요. 이 둔부는 남성인가요, 촛농인가요. 이 질은 여성인가요, 노을인가요. 알 수 없습니다. 이름이 뒤죽박죽되어버려 아무것도 구별할 수 없습니다. 그런 상태로 섹스를 합니다.

저는 그런 상태로 섹스합니다.

여자도 남자도 아닌 너는 도대체 어떤 마음으로 나랑 자는 거야?

저는 그런 말을 들을 때마다 머릿속으로 수많은 풍경을 떠올립니다. 그것은 밤바다의 거친 파도처럼 두려운 기분이 들게 하는 광경일 때도 있고, 운하 아래로 천천히 떠내려가

몸과 고백들

는 무지개 빛깔의 잉어처럼 서글픈 기분이 들게 하는 광경일 때도 있습니다. 저는 사회에서 통용되는 섹스와 신체에 관한 단어를 사용하지 않고 질문에 답하려 노력합니다. 대화라는 것은 본래 모두가 익히 뜻을 알고 있는 단어를 사용하며, 서로가 그걸 인지하고 있는 상태에서 이루어지지요. 하지만 저는 모두가 알고 있는 단어의 뜻을 바꾸고, 상대가 그것을 인지하지 못하더라도 제멋대로 설명합니다. 일방적으로 제 이론과 경험을 전달하지요. 그러면 상대는 제가 머릿속에 시집 한 권을 펼쳐놓고 밑줄을 그어가며 읽는 중이라고 생각하는 대신 금세 다른 곳에 정신을 쏟습니다. 때로는 약하게 화를 내거나 따지듯 묻기도 하지만 어차피 저의 감정과 경험을 그가 자신의 것처럼 이해할 수 없으리라는 것을 우리는 알고 있지요. 그렇기에 그가 던진 질문은 공중에 털실처럼 둥둥 떠 있다가 이내 작게 줄어들고 끝내 압축되어 미세한 먼지가 되고 마는 것입니다. 그러면 우리는 더 이상 우리의 섹스에 대한 이야기를 하지 않지요. 아, 물론 그는 자신의 섹스에 대해 이야기합니다. 그러나 그가 사용하는 단어와 그의 신체 기관을 연결하며 듣다 보면 저는 참으로 기이한 생물과 잤구나, 하는 생각을 피할 수가 없습니다.

모든 것이 명확한 이름을 갖고 부분별로 나뉘어 있고, 무엇과 무엇이 합으로 향해야 하는지 정해져 있으며, 마침내 해야 하는 행위를 하고 방출해야 하는 소리를 낸다면 인간은 마치 음향 기기 같지 않습니까? 네모나고 각진 스피커가 양쪽에 달리고 각 부품이 정밀하게 맞물려 있는 음향 기기 말입니다.

인간은 음향 기기보다 훨씬 상상력이 풍부하고 경험도 많고 감정도 다채로운 법인데, 왜 기계 부품처럼 우리의 몸을 구역별로 나누어 이름 붙이고, 톱니바퀴처럼 맞물리게 하려 노력하는 것일까요.

저는 누락된 이름과 지워진 결합을 자주 떠올립니다.

섹스는 본디 그런 것이어야 합니다.

*

박연희는 저와 가장 자주 연락하는 친구였습니다.

오랫동안 사귄 애인과 결혼한 박연희는 기혼자의 세계에 대해 이렇게 말했습니다. 혼자 있어도 외롭지만 둘이 있으면 더욱 외롭다고요. 저는 그 말이 식상하다 생각했고, 혼자 있을 때의 사무치는 외로움을 박연희가 잊었다고도 생각했지만 그녀는 그게 아니라고 했습니다. 식상한 말에 보편적 진실이 깃들어 있는 법이고, 혼자 있을 때의 외로움은 지금 자신의 처지에서 보면 사치에 가깝다고요.

저는 박연희가 외롭다는 말을 자주 한다는 것에 놀랐습니다. 신랑은 어디로 가고 그렇게 외로워하는 거야, 하고 물으면 박연희는 이렇게 답했습니다. 우리 신랑은 집에서 숙박만 하는 사람이라서 잘 때 빼곤 도통 얼굴을 볼 수가 없어. 박연희에게 아내로 살아가는 일이 외롭냐고 물었더니, 아내로 살아가는 일이라니 그건 너무 끔찍한 말이라고 답했습니다. 아내로 살아가는 건 잘 모르겠고 어머니로 살아가는 건 조금 알 것도 같다고 말하더니, 어머니로 살아가는 건 희생이야, 내가 이렇게 희생적인 인간인 줄 몰랐어, 하고 말했습니다.

저는 서른이 훌쩍 넘었지만 결혼하지 않았고 아이가 없었기에 박연희의 마음에 공감하기는 어려웠습니다. 공감한다고 말하는 것이 오히려 실례일 것 같았습니다.

박연희는 다섯 번째 직장에서 만난 친구입니다. 자기계발서와 에세이를 탐독했던 박연희는 결혼 전 독서 모임을 만들었고, 그 모임에 제가 가입하며 꾸준히 얼굴을 보는 사이가 되었지요. 그곳에서 만난 친구들은 매사에 비관적이면서도 항상 노력하며 살아가는 여성들이었습니다. 낙관하며 노력하는 건 쉬운 일이지만 비관하며 노력하는 건 무척 어려운 일입니다. 그들은 여성으로서의 삶에 대해 자주 말했는데, 결혼해 원가족에게서 독립하고 아이를 낳아 자신의 가정을 일구는 것이 번듯한 사람이 되는 과정이라고 생각했습니다. 저는 그들과 다른 의견을 갖고 있었지만 겉으로 드러내진 않았습니다. 그들의 세계를 참관하는 기분으로 모임에서 자리를 지키고 있었지요. 그러나 그들이 차례대로 결혼하면서 모임은 결국 해산되었습니다.

박연희는 얼마 전 저의 비밀을 처음 알았습니다.

예상과 달리 박연희는 제 말을 심각하게 받아들이지 않았습니다. 오히려 얼굴에 화색이 돌기까지 했는데, 저의 정체성을 제가 선택한 것이라고 오해하는 눈치였습니다.

그래, 여자도 남자도 아닌 상태로 사는 게 더 편할지도 몰라. 아이 낳을 생각도 들지 않을 테니 얼마나 좋아. 30대부터는 차라리 무성으로 변하는 게 나아. 그럼 결혼할 생각도 하지 않을 테니까.

저는 그 말이 잘못된 이해와 편견으로 점철되어 있다고 생각했고, 오해를 바로잡기 위해 하나씩 차근차근 말해주었습니다.

나도 언젠가 아이를 낳고 싶을지도 몰라. 그땐 아이를 낳을 거야.

너는 여자가 아니라면서?

여자가 아니라 인간으로서 아이를 키우고 싶을 수도 있잖아.

아이는 모성애로 키우는 거야. 여자가 아닌데 모성애가 있어?

모성애는 여자만 있다는 거야?

그래, 말해놓고 보니 이상하다.

아이는 사랑과 믿음으로 키우면 돼. 모성애는 그리 중요하

몸과 고백들

지 않아.

박연희는 제 얼굴을 빤히 쳐다보다가 고개를 돌리며 말했습니다.

그렇지만 모성애도 중요해. 모성애가 없으면 많은 아이들이 죽을 거야. 애들이 얼마나 다치기 쉬운데.

저는 반박할 수가 없었습니다. 박연희는 미끄럼틀에서 힘껏 뛰어내린 아이를 받아내려다 한쪽 손목에 깁스를 한 상태였습니다. 저는 한발 물러섰습니다.

그래, 그럴 수도 있겠다. 근데 아이는 그렇다 쳐도, 결혼은 할 수도 있어.

너는 여자가 아니라면서 어떤 성별로 결혼하는 거야?

성별이 중요한가?

중요하지. 결혼하면 성별에 따라 역할이 나뉘어. 결혼 생활 자체가 역할극이야. 그런데 너는 성별이 모호하니 어떤 역할을 맡아야 하는지 알 수가 없잖아. 아내야? 남편이야?

둘 다 아니지.

그럼 뭔데?

그냥 가족이지.

그런 게 어디 있어. 가족의 기본은 역할이야. 어떤 역할을 맡을지가 중요해. 심지어 아이도 역할이 있어. 가정에서 맡은 역할이 있다고.

나는 사랑과 믿음을 전해주는 역할을 맡으면 되지.

저는 웃으며 그렇게 말했지만 박연희는 웃지 않았습니다. 씁쓸한 표정으로 커피 잔을 바라보다가 쿠키를 집어 들더니 힘주어 부서뜨렸습니다.

사랑과 믿음. 좋지, 좋은 말이야. 하지만 결혼 생활의 밑바탕은 끈기와 희생이야. 사랑과 믿음은 출발점일 뿐이고. 사실 어떤 관계든지 다 그래.

너무 비관적인 생각 아니야? 그렇지만 끈기와 희생도 좋지. 그것도 참 좋은 거야.

글쎄. 그게 좋은 게 되려면 강요된 희생, 어쩔 수 없어서 선택한 끈기가 아니어야 해.

박연희는 잠깐 동안 멍한 표정으로 허공을 보다가 마침내 눈빛의 초점을 되찾고 저에게 물었습니다.

결혼하고 싶은 사람이 있어?

아직은 없어.

연애는 하고 있어?

하고 있지.

너의 비밀에 대해 말하면 보통은 어떤 반응이 돌아오니? 혼란스러워하진 않아?

그런 사람도 있고.

혼란스러울 거야.

박연희는 그렇게 말하더니, 화제를 바꾸려는 듯이 남편과의 일화를 들려주었습니다.

몸과 고백들

우리 신랑은 주말마다 바람처럼 사라지는데, 내가 독박육아라고 말하니까 그런 단어 쓰지 말라고 화를 내. 독박육아라는 단어는 너무 이상한 단어래. 그런 단어를 만들어서 잘 살고 있는 엄마들을 선동하고, 가정의 분란을 키우는 거라고. 페미니즘의 피읖만 발음해도 우리 신랑은 인상을 팍 구겨.

너도 그렇게 생각해?

나는 원래 페미니즘에 아무런 관심도 없다가 결혼하고 나서야 깨달았어. 내가 페미니스트 기질이 있다는 걸. 여자여서, 어머니여서 해야 하는 것들이 왜 이렇게 많은지. 참아야 하는 것들이 왜 이렇게 많은지. 넌 내가 무슨 말 하는지 모를 거야. 겪어보기 전엔 알 수가 없어.

너도 나의 삶을 모르긴 마찬가지잖아.

저는 서운한 마음이 들어 그렇게 말하고 말았습니다. 우리는 서로의 삶을 모르는 타인이 되어 마주 앉아 있었습니다. 때마침 주변 소음이 사라지고 정적이 흘렀습니다. 박연희가 먼저 입을 열었습니다.

너를 걱정해서 하는 말이야. 오해하지 마.

나를 걱정할 필요 없어. 너 자신이나 걱정해.

그래, 나는 나를 걱정해야 돼.

박연희는 순순히 그렇게 말하더니 그만 자리에서 일어나자고 했습니다.

카페에서 나온 우리는 다음번 만남을 기약하고 헤어졌습

니다. 저는 박연희가 저에 대해 아무것도 이해하지 못한다고 생각했지만, 저 역시 박연희를 이해하지 못했기에 서운하기보다는 서글픈 마음이 들었습니다.

박연희와 헤어진 뒤 애인을 만났습니다. 박연희의 남편이 갖고 있는 페미니즘에 대한 반감을 이야기해주었더니, 애인은 엉뚱한 반응을 보였습니다.

너는 성별이 없다고 하니 페미니즘과 아무런 관련이 없지 않아?

저는 애인이 말한 페미니즘에 대한 정의가 매우 협소하다고 생각했지만 반박하려니 어깨가 움츠러들었습니다. 제가 들어갈 수 없는 사원인 것 같아 저도 모르게 머뭇거리게 되었지요. 오래전 방문했던 어느 사원에서 여자와 남자의 예배당이 분리되어 있던 것이 떠올랐습니다. 저는 어느 쪽으로 가야 했던 것일까요. 이상했습니다. 화장실은 아무런 고민 없이 선택하면서 예배당 앞에선 그런 고민을 했다는 것이요. 배설할 땐 모든 사람의 눈을 가릴 수 있지만 기도할 땐 신의 눈을 가릴 수가 없어서였을까요.

애인은 말이 없는 저의 표정을 살피다가 칵테일 잔을 옆으로 옮기고 코스터를 손가락 끝으로 빙글빙글 돌렸습니다.

미지야, 사람의 마음속엔 참 많은 생각이 들어 있는 것 같아. 그런데 어떤 생각을 하든 우리는 자기 자신일 뿐이야.

몸과 고백들

그런 생각을 자주 해?

네가 여자가 아니라고 말할 때마다 그런 생각이 들었고, 나중엔 점차 모든 문제가 그렇게 느껴졌어. 너는 너고, 나는 나다. 나는 너의 고통까지 내가 껴안을 수 있다고 생각하지는 않아.

나의 고통?

누가 보더라도 여자로 보이지만 여자가 아닌 사람의 고통. 그렇다고 남자가 되려는 것도 아니고. 그러니까 무엇으로 살아가야 할지 모르겠는 사람의 고통.

모르는 게 아니라 결정하지 않는 거야.

같은 뜻 아닐까?

저는 애인의 얼굴을 가만히 바라보았습니다. 그 얼굴에 저에 대한 사랑과 믿음이 깃들어 있는지 찾아보았지만 그것은 어쩐지 희미하게 느껴졌고, 자기애와 자기 확신만 찾을 수 있었습니다. 그러나 그런 상황은 거울을 보는 것과도 같아 저는 부끄러운 마음으로 두 개의 사랑을 비교해보았습니다. 애인에 대한 저의 사랑과 저 자신에 대한 저의 사랑을요. 저는 애인보다 저를 더 사랑했습니다. 확실히 그러했습니다.

타인을 자신보다 더 많이 사랑하고 믿는 게 가능할까요. 그러려면 타인은 얼마나 대단한 사람이어야 할까요. 저는 눈앞의 애인이 그리 대단한 사람이 아니라는 것을 잘 알았지만, 그렇다고 해서 그에 대한 마음이 모조리 사라진 건 아니었습니다. 그것이 바로 모든 연애의 문제점이겠지요. 자신이 불완전한 사람을 사랑하고 있다는 걸 깨달으면서도 멈출 수가 없는 것 말입니다. 저 역시 그랬습니다. 저는 그의 닻에 저의 심장을 걸어놓고 그가 움직일 때마다 끌려갔습니다. 하지만 그의 심장 역시 저의 닻에 걸려 있으니 저토록 고민을 하는 것이겠지요. 애인은 어쩐지 안도하는 표정으로 말했습니다.

넌 나에겐 그냥 유미지야. 그러니까 괜찮아.

애인은 엉뚱한 결론을 내리곤 뿌듯해하는 표정을 지었습니다. 저는 누가 괜찮다는 건지 묻지 않았습니다. 애인이 생략한 말들을 알고 싶지 않았습니다.

집으로 돌아와 이제껏 한 번도 본 적 없던 시선으로 제 몸을 보았습니다. 누가 보더라도 여자의 몸이라는 저의 몸을 오랫동안 바라보았습니다.

여자의 몸.

이것이 여자의 몸이구나, 새삼스럽게 그런 생각을 하면서 거울을 보았습니다.

여자로 살라는 것은 저에겐 폭력이나 다름없다고 말하더라도 대다수의 사람들은 이해하지 못하겠지요. 하지만 여자로 살지 않겠다는 저의 선택 역시 누군가에겐 폭력이 되겠지요.

이제 와서 갑자기 여자가 되는 것도 우스꽝스럽고 남자가 되는 것도 그러하며, 둘 다 되어보는 것은 더 어려울 것 같고, 아무래도 둘 다 되지 않는 편이 나을 것 같았습니다. 역시 또 같은 선택. 그러므로 바뀌는 건 없겠지요.

한번 그래 봐야 할까요.

저와 제 몸을 분리하는 데 익숙해져야 할까요.

제 몸을 바라보는 사회의 시선을 흉내 낼 줄 알아야 할까요. 여자인 척하며 살아야 할까요.

하지만 그런 저의 마음속엔 깊고 어두운 그늘이 드리워질 것입니다. 그것은 첫눈이 내리는 겨울밤이나 벚꽃이 만개한 봄밤처럼 우리 모두의 마음이 들뜨기 쉬운 시기에 제 얼굴 위로 불쑥 떠오를 것입니다. 슬픔과 가만히 손잡고 걷다 보면 어느새 그늘은 다시 마음속으로 기어들어 가 더욱 짙고 분명하게 자리 잡겠지요.

모두가 저에게 그걸 원하는 것일까요.

다른 선택지도 있습니다.

여자로 패싱하면서 사는 것이지요. 사실 깊게 생각해볼 것도 없이 저는 이미 여성으로 패싱하며 살아가고 있는지도 모릅니다. 사회의 시선으론 명백히 여성으로 보인다는 것을 잘 알고 있고, 저의 비밀은 소수에게만 털어놓았으니까요. 여성의 문제와 여성의 권익 옹호에 늘 관심을 기울였으니까요. 제 삶이 더 나아지길 기대하면서요. 이것이 패싱이 아니면 과연 무엇일까요.

*

누구나 이런 슬픔을 갖고 있는 걸까요.

누구나 자신의 모습이 아닌 채로 살아가고 있을까요.

그러면 이 세상은 우스꽝스러운 인형극과 다름없지 않나요.

우리는 어른이니까 적당히 숨기고 살기로 해요. 안 그런 척하면서 살기로 해요.

인형극은 아이들의 몫으로 남겨두기로 해요. 흉내 내기와 이야기 꾸미기는 서로를 이해하기 위한 연습 과정이니까요.

연습을 마친 뒤에도 인형극이 계속된다는 것은 우리들만의 비밀로 하기로 해요.

저는 두 배우의 표정을 바라보며 대사에 귀를 기울였습니다. 오랜만에 보는 연극이었지요. 두 배우는 인상이 무척 닮아서 자매라 해도 믿을 정도였습니다. 그들의 표정은 농밀했고 연기는 정갈했으며 목소리엔 깊이가 있었습니다.

연극의 내용은 이러했습니다. 도시락을 배달하다 갑자기 사라진 언니를 찾아다니던 동생은 언니의 행방을 수소문하며 몰랐던 진실을 알게 됩니다. 언니의 모습은 한 가지로 고정할 수 없을 정도로 다양했지요. 사람들은 저마다 언니를 다르게 기억했습니다. 누군가는 언니를 여성으로 알고 있었지만, 다른 이는 언니가 여성인지 남성인지 알 수가 없었다고 말하지요. 누군가는 언니를 양성애자로 알고 있었지만, 다른 이는 언니를 고지식한 이성애자로 알고 있었지요. 누군가는 언니를 미용사로 알고 있었지만, 다른 이는 언니가 장례지도사라고 말하지요. 동생은 점점 혼란스러워집니다. 도대체 언니는 어떤 삶을 살았던 걸까 하고요. 동생이 알고 있는 언니 역시 달랐습니다. 매사에 엄격하면서도 실수가 잦고, 이혼 후 혼자 살며 도시락집을 세 개씩이나 운영했던 씩씩한 여성이었지요. 하지만 언니가 갑자기 사라지자 동생은 언니의 행방을 찾다가 혼란에 빠집니다. 도대체 언니에 대해 무얼 알고 있었던 걸까, 깊은 자괴감을 느끼지요. 마침내 언니와 재회한 동생은 언니에게서 진실을 듣습니다. 언니가 말하지요. 우리 모두는 인형극을 하고 있는 것뿐이라고요. 그 말에 동생은 결국 동의합니다. 우리는 모두 역할극을 하고 있는 것뿐이라고요. 하지만 그걸 못 본 척하고 계속 살아가야 한다고 덧붙입니다. 동생은 이제 언니의 진실을 알려고 노력하지 않습니다. 언니는 매 순간 자신으로 살아왔고 매 순간 변화했으니까요. 남은 일은 그저 도시락을 계속 배달하는 것뿐입니다.

　연극을 보고 나오며 아무래도 관객이 많이 들기는 힘들겠다고 생각했습니다. 우리는 누구나 하나의 해답을 원하니까요. 자신이 어떤 사람인지 깨닫게 해주는 예술을 사랑하니까요. 그러므로 혼란스러움을 더욱 가중시킨다면 그것을 즐기긴 힘든 법입니다. 왜 이렇게 골치 아프게 하는가, 안 그래도 생각할 것들이 많은데. 그런 마음이 들면 두 번 다시 그쪽으론 고개를 돌리지 않게 됩니다. 예술의 가여운 점이지요.

마로니에 공원을 가로질러 지하철역으로 걸어가며 모두가 역할극을 하고 있는 세상에서 나는 어떤 역할을 맡고 있는 것일까 생각해보았습니다. 비중이 아주 작은 조연임은 분명했지요. 어릴 때부터 그랬던 것 같습니다. 저와 비슷한 사람은 거의 만나보지 못했고, 만나더라도 제 인생에서 너무나 빨리 사라져버렸으니까요. 우리의 결이 얼마나 같고 다른지 세세히 비교해보기도 전에 사랑에 깊게 빠져 아무런 생각도 하지 못하거나, 상대가 홀연히 사라져버렸으니까요.

어머니는 제 마음속에 우주가 있다고 했지만 저는 그 말에 점점 의구심을 품었습니다. 우주라니요. 그건 사회와 얼마나 다른 것인가요. 얼마나 영적이며, 얼마나 모호한가요. 지구 밖에 있는 우주가 아니라 우리 마음속에 있는 우주가 그러하다는 것입니다. 그것을 누가 보았나요. 그것의 빛깔과 향기와 형태는 누가 아나요. 저는 오래전 마음속에 지었던 성곽 안에 머무른 이들의 얼굴을 한 명씩 떠올려보았습니다. 류은하, 이언주, 그리고 또 누가 있었나요. 없었습니다. 그러

몸과 고백들

나 저는 있는 셈 치고 그들의 얼굴을 떠올려보았습니다. 한 명, 두 명, 세 명, 네 명, 다섯 명……. 어딘가에 있지만 어디에도 없는 우리들의 얼굴을요.

열차에서 내려 곧장 집으로 걸어가는 대신 천변으로 방향을 틀었습니다. 오리들이 헤엄쳐 다니고, 왜가리가 멀뚱히 서 있는 하천을 바라보며 저녁마다 걷는 곳이었지요. 두 마리의 게를 발견하고 반가운 마음으로 사진 찍은 오후를 보내고, 돌다리에 걸터앉아 물놀이하는 할머니들의 아담한 등을 바라보던 곳이었지요. 걷다가 울고 눈물을 닦으며 다시 걷던 곳이었지요. 혼잣말을 중얼거리고, 산책하는 강아지에게 악수를 요청했던 곳이었지요. 저의 일부를 떼어놓고 되찾아오는 그곳을 걷다, 걸으며 생각하다 산책 중인 사람들에게로 눈길을 옮겼습니다.

그날따라 혼자 걷고 있는 사람들이 많았습니다. 어딘가를 향해 빠르게 걷고 있었어요. 한 명씩 붙잡고 목적지가 어딘지 묻고 싶었습니다. 어딜 그렇게 바삐 가는지를요. 어디를 가시나요? 거기에 누가 있는지요?

저는 그들이 누구를 만나 어떤 역할의 얼굴로 살아가는지 궁금했습니다. 특히 여성들이 궁금했습니다. 그들은 사회가 자신을 여성으로 분류할 때 불편함을 느끼지 않겠지요. 아마도 그러할 것입니다. 저는 그게 어떤 마음인지 짐작하기 어렵습니다. 성별을 편안하게 받아들이는 사람들이 그저 신기할 뿐입니다. 사람들은 도리어 저를 보며 비슷한 감정을 느끼겠지요.

남성이 되고 싶은 것도, 여성이 되고 싶은 것도 아닌 저의 몸은 도대체 어떤 몸인지 매일 생각해보았지요. 어쩌면 이런 생각은 생각이 아니라 존재 방식인지도 모르겠습니다. 저는 제가 어떤 몸인지 생각해보는 방식으로 존재하는 것입니다.

사회가 바라보는 시선을 투영하는 몸일까요.

아닐 것입니다.

타인이 바라보는 시선을 투영하는 몸일까요.

때로는요. 사랑하는 타인이라면 그렇게 되어버리기도 하지요.

아무런 시선도 투영되지 않은 몸이 진짜 저의 몸일까요.

그게 가능한가요.

저조차 저의 몸을 어떤 시선으로 보고 있는 것은 아닐까요.

그렇다면 무척 슬픈 일이네요.

시선이란 무엇일까요.

그에 대한 답은 예술에 맡길까요. 오래전 저를 비웃었던 매표소 직원이 기함할 만한 놀라운 영화나 대학 도서관에서 필사했던 아름다운 소설에 맡길까요.

시선이 사라진 사회가 가능할까요.

설마요.

그런 사회에선 어떤 사람들이 모습을 드러낼까요.

너무 궁금해서 숨이 넘어갈 것 같아요.

*

저의 비밀을 알고 있는 사람은 많지 않습니다. 친구와 애인, 가족뿐이지요. 다 합쳐도 열 손가락으로 꼽을 수 있습니다. 이젠 당신도 알고 있습니다. 당신의 삶이 조금은 변할까요? 당신이 저를 사랑한다면 정체성의 도미노 게임이 시작될지도 모르지만, 그게 아니라면 변화 없이 모든 게 그대로일까요.

명백히 여성으로 보이지만, 여성도 남성도 아닌 사람이 존재한다는 것을 당신은 이제 이해하나요. 그런 건 이해의 영역이 아닌가요. 우리는 무엇에 대해 말하고 고민하나요. 그 대상의 보편성이 궁금합니다. 저는 그런 대상이 될 만한가요. 아니면 지금까지 그랬듯 조용히 존재감 없이 살아야 할까요. 제가 이런 이야기를 한다면, 당신은 저를 어떤 얼굴로 바라볼까요.

어딘가에서 우리는 마주칠 것입니다. 천변을 걷다가, 커피를 사러 들른 카페에서, 세탁소에 겨울 코트를 맡기다가 우리는 마주칠 것입니다. 어쩔 수 없이 마주칠 수밖에 없을 것입니다.

당신은 저를 알아보지 못하겠지요.

물이 흐르는 방향을 따라 걷다가 집으로 돌아갔습니다. 원룸을 향해 계단을 오르며 누군가의 집에서 새어 나오는 소리를 들었습니다. 저녁밥을 먹는 소리. 수저가 그릇에 부딪히는 쨍한 파열음을요. 그 소리를 들으며 생각했습니다. 우리 모두 씩씩하게 잘 살아가고 있구나. 자기만의 고민을 끌어안고, 가상한 노력을 품으며.

층계참에서 잠시 걸음을 멈추었습니다. 오늘의 반찬은 무얼까. 입술에 물린 담배는 몇 분 만에 짧아질까. 티브이 볼륨을 낮추는 사람의 등은 왜 그리 긴장되어 있는가.

위이이잉. 누군가의 집 욕실에서 환풍기가 작동되는 소리가 들리네요. 날개가 파르르 떨리는 소리도 들립니다. 숨을 크게 들이쉬고 날아가야겠죠. 곤충이든 사람이든지요.

그렇게 해요, 우리. 정말로 그렇게 합시다.

몸과 고백들

몸과 금기들

이제까지 그날의 일에 대해 말해본 적은 없어요. 하지만 이 자리에선 반드시 그 얘기를 해야만 한다는 생각이 듭니다. 처음 그 행위를 타인 앞에 내보였던 순간을요. 거기서부터 이야기를 시작하는 게 맞을 것 같습니다.

*

기정은 두 손을 포개어 모아 다리 사이에 대고서 벽을 마주 본 자세로 몸을 밀착시켰습니다. 그러곤 애벌레처럼 위아래로 꿈틀거리기 시작했어요. 기정의 모습은 우리가 소꿉놀이를 하는 버드나무 아래에 떨어져 있던 송충이를 떠올리게 했습니다. 조금도 에로틱하지 않았습니다. 그럴 수밖에 없었던 것이 우리는 고작 일곱 살이었고, 우리가 하는 행위에 어떤 의미가 있는지 알지 못했습니다. 어른들에게 들켜선 안된다는 것만 알았지요. 절대로 말해선 안 되고 그런 행위를 하는 모습을 보여서도 안 된다고요.

너는 어떻게 하는데?

기정이 벽에서 몸을 떼어내더니 새침한 표정으로 저에게 되물었습니다. 자신의 방법이 더 나으리라는 약간의 자신감이 감지되었어요. 두 손과 벽이 더 많은 쾌감을 불러일으킨다고 자신했던 건 아닐 것입니다. 그 당시 우리는 '쾌감'이라는 단어를 몰랐습니다. 그런 어휘를 알지 못하더라도, 아니 알지 못했기에 더더욱 그것이 우리 삶에 반드시 필요한 것, 고달프고 지루한 생에 대한 보상으로 주어지는 선물이라는 걸 알았습니다. 우리는 본능적으로 그걸 알았어요.

저는 기정에게 방으로 들어가자고 제안했습니다. 직전까지 우리는 재래식 부엌의 시멘트 벽면을 마주 본 채로 나란히 서 있었습니다. 기정은 제가 자신의 자세를 따라 할 것이라 짐작했는지 방으로 들어가자는 말에 약간 실망스러운 표정을 내비쳤어요. 어쩌면 방에서 무언가를 해서 부모에게 들킬 만한 흔적을 남기게 되는 걸 염려했던 건지도 모르겠습니다. 저는 그런 기정의 마음을 알면서도 짐짓 모른 척했지요. 우리가 이것에 대해 진지하고 자세하게 말하는 날이 다시 오지 않으리라는 것을 직감적으로 알았어요. 인형놀이를 하다가 지루해진 기정이 벽에 붙어 선 자세로 뭔가를 열심히 해보려 했을 때, 저는 아무것도 묻지 말아야 할 순간임을, 감추지 않으려는 기정의 용기에 놀라는 대신 심상한 표정을 지어야 할 때임을 알았습니다. 기정이 애벌레처럼 벽에 붙어 꿈틀거리며 움직이는 동안 저는 내내 평정심을 유지했습니다. 강렬한 호기심이 일지는 않았습니다. 그저, 기정도 하고 있었구나, 나만 하는 게 아니구나. 그걸 깨달았을 뿐이었어요. 그러다 결국 묻고 말았습니다.

너는 그렇게 해?

그러자 기정이 저에게 되물었던 것입니다.

너는 어떻게 하는데?

방으로 들어간 저는 기정에게 베개가 필요하다고 말했습니다. 기정은 당황한 눈치였지만 낡은 천으로 둘러싸인 비키니 옷장을 열어 지저분한 베개를 꺼내주었습니다. 침 자국이 배어 있고 베갯잇 귀퉁이가 너덜너덜해진, 누구의 베개인지는 알 수 없으나 크기로 보아 어른의 베개로 짐작되는 것을 제게 주었지요. 저는 기정의 엄마나 아빠의 베개일 거라 생각했기에 잠시 망설였지만 이내 새로운 베개가 가져다줄 쾌감 —말했듯 그때의 저는 쾌감이라는 단어를 아직 몰랐지만— 을 상상하며 그것을 안아 들었어요. 기정이 문가 쪽으로 슬금슬금 걸어가더니 방문을 꼭 닫았어요. 한낮이었지만 옹벽 아래 바투 붙어 지어진 기정의 집은 어둠에 잠겨 있었습니다. 금기를 저지르기에 충분히 어두운 밝기였지요.

저는 베개를 바닥에 내려놓은 뒤 그 위에 엎드렸습니다. 그리고 기정이 벽에다 대고 그랬듯 저는 베개에 몸을 붙인 채 위아래로 조금씩 움직였습니다. 두 손을 모아 다리 사이에 대고서 압박할 필요가 없었습니다. 베개만으로 충분했습니다. 기정은 입을 꼭 다문 채 저를 가만히 내려다보다 점점 입을 벌렸습니다. 저절로 힘이 풀어진 것 같았어요. 기정의 몸을 옥죄고 있던 단단한 끈이 차츰 헐거워지는 것을 저는 분명히 목격했습니다. 베개 위에 엎드려 있었지만 종종 고개를 들어 기정의 얼굴을 살폈기 때문입니다. 기정은 침을 꼴깍 삼켰습니다. 그러더니 얼른 방문을 돌아봤지요. 누군가 문고리를 잡아 흔들지는 않을지 걱정하는 눈치였습니다. 사실 걱정하는 정도가 아니라 거의 공포에 질린 것처럼 보이기까지 했지만 저는 개의치 않았습니다. 이미 시작한 것이니 멈출 수가 없었어요. 제가 원하는 지점에 다다를 때까지 멈출 수가 없었습니다. 발끝이 부르르 떨리고 아, 하는 짧은 탄성이 새어 나올 때까지요. 그것은 길을 걷다 부지불식간에 송충이를 밟았을 때 나오는 소리와 비슷했고, 캐러멜을 먹다 흔들리는 유치가 세게 건드려졌을 때 짓는 표정을 불러일으켰습니다. 감탄하는 것이 아니므로 결코 감탄사라 말할 수는 없었어요. 다시 말하지만, 그것은 결코 감탄이 아니었습니다. 베개와 포개진 자세로 몸을 움직인 끝에 제가 느꼈던 감각은 감탄사만으로는 표현할 수 없는 것이었습니다.

몸과 고백들

기정은 제가 베개에서 떨어져 나올 때까지 저를 가만히 내버려두었습니다. 마침내 제가 온몸의 힘을 뺀 상태로 축 늘어지자 그제야 가까이 다가와 속삭이듯 말했어요.

우리 언니 베개야.

……알아.

저는 베개에서 몸을 떼어내며 말했습니다. 중학생인 기정의 언니가 풍겼던 비누 냄새가 코끝에 감지되는 걸 느끼면서요. 기정은 바닥에 놓여 있는 베개를 물끄러미 내려다보았습니다. 그것을 선뜻 집어 들어 다시 옷장 안에 넣을 생각은 하지 못하는 것 같았습니다. 그렇다고 불결하다는 눈빛으로 바라보지도 않았어요. 절대로 그건 아니었습니다. 기정은 제가 무얼 했고 무얼 얻었는지 정확히 이해했습니다. 기정의 자세와 저의 자세가 다르고, 기정은 두 손과 벽을, 저는 베개만을 필요로 했지만 우리가 궁극적으로 도달하려는 지점은 같았습니다.

마침내 기정이 베개를 집어 들더니 살펴보는 동작 같은 건 전혀 하지 않고 곧바로 옷장 안에 넣었습니다. 저는 기정에게 말했습니다.

너도 나중에 해봐.

기정이 고개를 갸웃하며 옷장 지퍼를 닫자마자 천장이 무너질 듯 쿵쿵 울렸습니다.

혹시 신이 우리에게 벌을 내린 거라 생각하시나요? 아직 머리에 피도 안 마른 것들이! 은밀히 기대했을지도 모르겠으나 그건 아니었습니다. 신은 우리의 놀이를 거의 태초부터 알고 있었을 테니 화가 나지 않았을 것입니다. 어른들이나 화를 내는 법이지요.

동네 아이들이 지붕 위에 올라가 발을 구르고 놀기 시작했다는 걸 우리는 알았습니다. 기정과 저도 자주 그랬으니까요. 기정의 판잣집 지붕 위에 올라 저 멀리 탁한 한강을 바라보며 우리가 높은 지대에 살고 있다는 것을 새삼 실감하곤 했습니다.

탁 트인 지붕 위와 밀폐된 지붕 아래. 수평선을 가늠해보며 태양 빛에 눈을 찡그리게 되는 지붕 위와, 몸을 움직일 때마다 밀물처럼 밀려오다 멈추면 썰물처럼 빠져나가는 감각이 도달할 지점을 가늠해보며 이름 붙이지 못하는 행위에 온몸을 던진 채 눈을 찡그리게 되는 지붕 아래. 기정과 저는 그렇게 밝은 시붕 위와 한낮에도 어두운 지붕 아래를 오가며 무심히, 때로는 열심히 자랐습니다. 그러다 한 번씩 베개 위에 엎드려 움직이는 광경을 어머니에게 들켜 호되게 혼이 나면서요.

그 동네를 떠난 후엔 기정과 다시 만난 적이 없습니다. 기정은 아랫동네로 이사했고, 우리는 차츰 멀어졌습니다. 아랫동네와 산동네 아이들이 조우하곤 했던 칠성슈퍼 아이스크림 냉장고 앞에서도 우리는 서먹서먹한 태도로 서로를 대했고, 오래전 함께 나누었던 은밀한 경험이 마치 없었던 것처럼 행동했어요.

아마도 기정은 성인이 되어가면서 더 이상 벽에 달라붙어 애벌레처럼 몸을 움직일 필요가 없었을 것입니다. 저 역시 그랬습니다. 더는 베개가 필요하지 않았고 한 손만 있으면 충분했습니다. 어디에서나, 언제나 가능했지요. 그리고 그런 행위 끝에 찾아오는 허탈감이나 죄의식은 점점 희미해져 나중엔 횟수가 줄어들면 내가 요즘 정신없게 살아가고 있구나, 나를 잘 챙기지 못하고 있어, 하고 자책하기도 했습니다.

*

기정이 산동네를 떠난 뒤 저는 그리 친하지 않았던 아이들 무리에 끼어 고무줄놀이며 인형 놀이를 함께 했습니다. 시시했지만 결코 소홀히 하지 않았던 유흥이었어요. 기정과 달리 그 애들은 손이든 베개든 그 무엇으로든 자신을 자극할 수 있는 방법을 도통 모르거나 그런 행동은 안 하는 척하는 점 잖은 치들이었습니다. 그토록 어린 나이에 그처럼 점잔을 빼기도 힘들 것입니다. 패거리의 우두머리 격이었던 승주부터 그랬습니다. 분홍색 머리띠를 늘 착용하고 다녔던 그 애는 얼굴이 하얗다 못해 창백했고 행동에서 붙임성과 따듯함이라 곤 전혀 찾아볼 수가 없었어요. 그 애가 제게 베푼 유일한 온정은 자신을 우두머리로 섬기는 걸 승인해줬다는 것입니다.

승주가 이끄는 패거리에 머물 수 있게 해준 것이지요.

　승주 패거리는 산동네에 새로 생긴 보습학원에 단체로 등록했습니다. 저도 생활비가 넉넉지 않아 고생하는 엄마를 졸라 겨우 학원에 들어갔습니다. 그곳에서 청과 흑을 만날 줄은 꿈에도 생각하지 못하고서요. 승주는 알았을까요? 몰랐다는 듯, 속수무책으로 당했다는 듯이 늘 얼굴을 붉히며 학원으로 들어서던 그 애는 청과 흑에게 욕을 하거나 그들을 때리는 시늉조차 하지 않았습니다. 저는 청과 흑의 얼굴을 손으로 밀치고 침을 뱉거나 다리를 걸어본 적도 있었지만요. 제가 그렇게 하지 않으면 청과 흑은 학원으로 들어서려는 저를 냅다 끌어안고 억지로 뽀뽀를 했습니다. 아홉 살 언저리의 남자아이에게서 발견되는 보편적인 특징은 아니었어요. 청과 흑이라는 명칭은 당연히 본명이 아닌데, 한 아이는 늘 파란색 티셔츠를, 다른 아이는 항상 검은색 티셔츠를 입었기에 붙여준 별명입니다. 청과 흑은 여자애들이 학원으로 들어오길 기다렸다가 기습 포옹과 뽀뽀를 퍼부었습니다. 아니지요. 그걸 원하지 않았던 여자애에겐 성추행이었다고 말해야 합니다. 그들은 사냥 놀이를 하듯이 득의양양하게 '당한' 여자애들의 머릿수를 세었고, 그들의 포위망을 빠져나가 도망친 사냥감을 끝까지 쫓아가 기어이 끌어안고 힘으로 제압해 입술을 뺨에 가져다 댔습니다. 울음을 터뜨리는 여자애들도 왕왕 있었어요.

　　　　　　　　　몸과 고백들

하지만 그건 가짜 울음이었습니다.

저는 확신할 수 있습니다. 여자애들이 나 당했어! 라고 외치며 학원으로 들어서는 순간을 몹시 즐겼다는 것을요. 학원을 그만두지 않은 것이나 어른들에게 일러바치지 않은 걸 보아도 알 수 있었습니다. 그러나 그들만의 놀이라고 보기엔 참으로 석연치 않은 구석도 분명 있었습니다. 청과 흑은 늘 했어! 라고 외치고, 여자애들은 항상 당했어! 라고 외치는 광경을 보며 제 마음 속에 불만과 의구심이 꿈틀거리기 시작했습니다. 그 반대는 불가능한 것인가.

저는 청과 흑에게 사심이 조금도 없었지만 오로지 그들의 입에서 당했어! 라는 소리가 나오게 만들기 위해 어느 날 학원에 가장 먼저 도착해 그들을 기다렸습니다. 출입문 옆에서서 두근거리는 가슴을 의식하면서 청과 흑이 학원으로 들어서는 순간 그들에게로 달려가 꽉 끌어안고 기습적으로 뺨에 입을 맞췄습니다. 청에게 먼저 하고 흑에겐 나중에 했습니다. 그들은 벙찐 표정으로 저를 보다가 울 듯 말 듯한 표정을 짓더니 이윽고 불쾌해하는 기색을 팍팍 드러내면서 저에게 욕설을 퍼부었습니다. 참으로 지지분한 욕이었어요.

그날 수업이 끝나고 저는 학원 선생님에게 불려 가 꾸지람을 들었습니다. 청과 흑이 대번에 저를 고자질한 것이었습니다. 저는 억울한 마음을 드러내며 청과 흑이 그간 여자애들에게 어떤 행동을 했는지, 얼마나 피해가 막심한지를 호소

했으나 선생님은 아무도 문제를 제기하지 않았다는 이유로 제 말을 귀담아 듣지 않았습니다. 그저 저에게 이렇게 말했을 뿐입니다.

여자애가 발랑 까져가지고. 싹수가 노랗다.

저는 꾸중을 들어야 하는 사람은 제가 아니라고 말하지 못했습니다. 그가 갑자기 밀린 학원비 얘기를 꺼냈기 때문입니다. 그는 어머니가 언제쯤 학원비를 주실 것 같은지 저에게 가늠해보라며 닦달했습니다. 저는 잔뜩 움츠러들어 학원비 얘기를 꺼내 저를 압박할 수 있는 어른의 입장과 그가 가진 권위를 부러워하며 기어들어가는 목소리로 엄마한테 다시 물어보겠습니다, 얌전히 대답하고는 기운 없어 보이는 자세를 유지하며 학원 밖으로 나왔습니다. 마침 학원 앞에 승주 패거리와 청과 흑이 있었는데 둘러서서 저들끼리 농담 따먹기를 하며 배를 잡고 웃고 있었습니다. 그 광경을 보면서 지 치들의 기이한 관계를 이해하는 날은 결코 오지 않으리라는 생각이 절로 들었습니다.

이제 와서 생각해보면 그것은 아이들 사이의 성적 긴장감을 고양시키는 유일한 놀이였던 것도 같습니다. 좋게 생각해보면 그렇다는 것입니다. 다른 측면에선 이런 해석도 가능합니다. 승주는 저에겐 매섭게 굴었지만 남자애들에겐 한없이 부드러운 태도를 취했고, 그때 우리는 남성의 성적 행동이 강압적인 것이라 하더라도 상대 여성의 매력 유무를 결정짓

몸과 고백들

는 일이라는 멍청한 착각 속에 빠져 있었던 건지도 모릅니다. 90년대 사회가 여성에게 강요한 '여성다움'의 규범이 낳은 부작용이었을지도요.

저는 이 이야기 속에 마땅히 등장해야 할 두 사람을 빠뜨렸습니다. 학원에서 청과 흑에게 표적이 되지 않았던 유일한 여자아이와 청과 흑을 제외한 다른 남자아이입니다. 남자아이는 덩치가 작다는 이유로 청과 흑에게 무시로 괴롭힘을 당했습니다. 그리고 청과 흑의 폭력에서 벗어나 있던 여자아이는 당했어! 라고 외치며 학원으로 들어서는 승주와 그 패거리를 부러워하는 눈빛으로 쳐다보았습니다. 청과 흑은 그 여자아이를 못생겼다고 놀리곤 했지요.

밀린 학원비를 내지 못해 학원을 그만두고 나서 저는 동네의 후미진 골목을 지나다 그들을 목격한 적이 있습니다. 둘은 계단에 나란히 쪼그려 앉아 웃음을 꾹 참고 있었어요. 그러다 남자아이가 여자아이를 껴안으려는 시늉을 하더니 기습적으로 볼에 뽀뽀를 했습니다. 여자아이가 웃으며 크게 외쳤습니다.

당했어!

저는 발소리를 죽여 그곳을 떠났습니다.

*

싹수가 노랗다고 했던 학원 선생의 말대로 저는 싹수가

노란 중학생이 되었습니다. 그러나 자세히 보면 연둣빛 싹도 돋아나 있었어요. 공부를 썩 잘했다는 의미입니다. 공부만 하고 놀 줄은 모르는 따분한 학생이 아니라 좋은 성적을 내면서 이따금 선을 넘어 놀기도 하는 물건이었습니다.

보통 학기 초엔 어떤 이미지로 반 아이들에게 자신을 알릴 것인지 고심하게 됩니다. 제가 선택한 방법은 거짓말이었습니다. 어찌된 일인지 제 자리의 앞, 뒤, 옆에 날라리들이 앉게 되었고, 제가 먼저 어떤 위치를 선점하지 않으면 괴롭힘을 당할 수도 있는 상황이었습니다. 그때부터 저는 거짓말을 늘어놓기 시작했습니다. 그런 일에 소질이 있을 줄은 몰랐기에 저도 내심 놀랄 정도였어요. '옆'은 제 말을 고스란히 믿어주었으나 '앞'은 의심했고 '뒤'는 진실이길 바라는 눈치였습니다. 저는 존재하지도 않는 미지의 남학생과 사귀는 척하며 연애사를 시시콜콜 털어놓았습니다. 주말이 지나 학교에 가면 그들은 제 얘기를 듣기 위해 주변을 떠나지 않았습니다. 10대 아이들을 자극할 만한 선정적인 이야기를 천일야화처럼 감질나는 지점에서 끊으며 전달했기에 효과가 있었던 것입니다. 그다음 이야기를 계속 듣고 싶으면 저를 괴롭히지 말아야 했습니다. 저는 앞과 뒤와 옆이 상상만 하던 일을 저질러본, 그것도 좋은 성적을 유지하면서 탈선에 빠진 매력적인 친구로 제 이미지를 만들어갔습니다.

친구. 아무래도 방금 전에 했던 그 말은 취소해야 할 것 같

몸과 고백들

습니다. 명백히 친구는 아니었으니까요. 저는 그들이 수학여행을 가서 같은 패거리에 속한 아이의 지갑을 훔친 뒤 돈을 나누어 갖고, 나중에 그 사실이 발각되자 도리어 지갑을 도난당한 아이를 따돌리는 것을 목격했습니다. 그들은 저에게도 망을 보라고 지시하더니 지갑에서 천 원을 꺼내주었습니다. 제가 거절하자 학생증이든 증명사진이든 아무거나 지갑에 든 것을 한 가지는 가져야 한다고 주장했습니다. 공범의 증표였지요. 저는 가벼운 고갯짓으로 거부했습니다. 두려움은 전혀 드러내지 않고 태연한 표정으로 필요 없어, 하고 말하자 그들은 더 이상 강요하지 않았습니다. 피해자였던 옆은 왕따가 되었고 나중에 다시 무리에 받아들여졌으나, 그들 중 누구도 지갑 도난 사건에 대해선 언급하지 않았습니다. 그것은 암묵적인 룰이었습니다. 그들 사이엔 우정이나 의리가 없었지요. 다른 반의 날라리들은 어땠을지 몰라도 앞과 옆과 뒤는 그런 감정으로 결속된 사이가 아니었습니다. 그러면 그들은 도대체 어떻게 패거리가 될 수 있었던 걸까요.

학교 뒤편에 재건축 구역으로 지정된 너른 주택 지구가 있었습니다. 그곳의 어느 빈집이 그들의 아지트였어요. 저는 그들을 따라간 곳에서 남고생들을 만났습니다. 우리는 이름과 나이를 물었고 서로에 대한 그 이상의 정보는 궁금해하지 않았습니다. 취미라든가 좋아하는 음악, 싫어하는 연예인, 선호하는 옷 스타일 같은 것을 묻고 답하는 대신 눈치만

봤습니다. 누가 누구와 짝지어질 것인가. 누가 누구를 따라 빈집 안으로 들어갈 것인가. 누가 누구와 그걸 할 것인가. 하고 나서 어떤 표정으로 나올 것인가. 본드와 부탄가스가 굴러다니는 지저분한 마당에 앉아 다들 머리와 눈알만 열심히 굴렸습니다. 저는 발치에 흩어져 있는 작은 쓰레기를 집어와 라이터로 불을 붙였다 꺼뜨리면서 딴짓에 골몰한 척했습니다. 하지만 그 수상한 긴장감은 결코 모를 수가 없었어요.

시간이 흘러 어떤 남고생이 저를 지목했습니다. 저는 수줍어하는 표정을 짓는 대신 당당한 미소를 띠며 그를 따라 빈집으로 들어갔습니다. 그러곤 앞장서 바닥에 깔 만한 판자를 찾아 왔고, 교복 치마가 피에 젖지 않게 신속히 벗어두었습니다. 속바지는 어쩔까 고민하다 그것도 벗었습니다. 옷을 훌훌 벗어던지는 저를 가만히 지켜보던 그의 표정이 점점 경직되어갔습니다. 아마도 제가 자기보다 경험이 훨씬 많으리라 심작했던 건지도 모릅니다. 그것이 그를 얼어붙게 한 것이겠지요. 저는 자위를 해본 경험밖에 없었지만 이성과의 첫 섹스를 앞두고 두려움이나 수줍음은 조금도 느끼지 못했습니다.

사실 저는 매우 설렜습니다. 자위와는 다른 종류의 쾌감을 느낄 수 있으리라는 크나큰 기대가 있었지요. 저는 그날 처음 만난 남고생의 얼굴을 제대로 보지도 않고서 그를 색다른 쾌감을 불러일으키기 위한 도구로 대하며 바닥에 누워 두 손을 배 위에 올려두었습니다. 그는 도마 위에 오른 생선을 보는 표정으로, 기분 나쁜 비린내를 맡은 듯 콧등을 찡긋거리며 저를 내려다보았습니다. 저는 그를 응원하는 의미에서—자, 어서 그걸 해!— 두 팔을 들어 양쪽 귀 옆에 얌전히 내려두었습니다. 항복하는 자세를 취했던 것입니다. 그러자 그의 얼굴에 커다란 의혹이 번지더니 도대체 이건 '여자'인가? 뭐지? 고심하는 듯한 표정을 짓다가 여자가 이래도 되냐? 발랑 까져가지고, 따위의 말을 중얼거렸습니다. 씨발, 너도대체 얼마나 많이 해본 거야? 그는 고개를 절레절레 젓고선 발정이 났다느니 남자에 환장했다느니 하면서 밖으로 그냥 나가려 했습니다. 저는 벌떡 일어나 그의 다리를 붙잡았습니다. 너무나 하고 싶었습니다. 어떤 느낌일지 궁금해 죽겠고, 이 녀석의 몸을 이용해 호기심을 채운 뒤 바깥에서 기다리고 있는 앞과 뒤와 옆에게 무용담을 늘어놓고 싶었습니다. 천일야화 기법으로요. 그러면 그들 사이에서 저의 위치가 한 단계 상승할 수 있을 것 같았습니다. 그러다 저는 뒤늦게 모순을 발견했습니다. 앞, 뒤, 옆은 제가 이미 섹스에 능숙한 사람이라 알고 있는데, 그는 이게 저의 첫 섹스라는 것을 알아챌 테니까요. 결국 저는 서둘러 옷을 입은 뒤 교복 치마의 허리 버클을 채우며 말했습니다. 내가 잘하더라고 해줘. 그럼 나도 그렇게 말해줄 테니까.

빈집에서의 시시한 추억을 뒤로하고 고2가 되었을 때, 저는 드디어 연애를 시작했습니다. 저보다 나이가 열 살 많은 회사원이었습니다. 그가 성인이라는 것은 아무런 문제가 되지 않았습니다. 오히려 편할 때가 더 많았습니다. 술을 마음껏 마실 수 있었고, 모텔도 아무런 제지 없이 들어갈 수 있었으니까요. 그를 사랑하는 마음이 크지 않다는 것은 저에겐 문제가 되지 않았습니다.

그와 첫 섹스를 하던 날, 저는 모텔 침대에 누워 빈집에서의 그날처럼 잔뜩 기대에 부푼 마음으로 두 손을 들어 올려 항복 자세를 취했습니다. 자, 어서 해! 그러나 더 이상 그때처럼 어리지 않았던 저는 그저 가만히 기다리기만 하진 않았습니다. 그가 입구를 찾지 못하고 한참을 헤매자 손으로 그의 성기를 잡은 뒤 정확한 위치를 알려주었습니다. 제가 주도적으로 삽입한 것이나 다름없었지요. 그는 깜짝 놀라더니 황급히 몸을 움직였고, 자위를 할 때의 쾌감에 훨씬 못 미치는, 사실 쾌감이라고 부르기도 어색한 느낌만 남기고 제게서 몸을 떼어냈습니다. 저는 무척 실망스러웠지만 그가 저를 여걸이라도 되는 듯이 계속 추켜세웠기 때문에, 제가 아니었다면 자신의 첫 섹스가 실패했을 거라며 고마워했기에, 이런 남자라면 좀 더 만나봐도 좋겠다고 생각했습니다.

여자는 사랑한다는 이유 하나로 섹스를 하는 게 아닙니다. 그렇게 생각하는 이들이 다수인 것은 저 같은 여성의 목소리가 쉽게 지워지기 때문일 것입니다. 섹스를 좋아하고 원한

몸과 고백들

다고 말하면 성범죄를 당했을 때 보호받지 못 한다는 생각이 만연해 있습니다. 당해도 싼 여자. 그렇게 손가락질 당하고 맙니다.

저는 당해도 싼 여자일까요?

당연히 아닙니다. 저는 제 욕망을 기꺼이 인정하고 실천하는 사람일 뿐입니다. 상대를 도구로 대하지 말아야 하는 건, 상대가 저를 그렇게 대하지 않을 때뿐이라고 생각합니다. 아마도 저는 이상한 여자일 것입니다. 자신의 욕망에 지나치게 충실하여 사랑이 아닌 다른 이유로 섹스를 하는 여성이지요.

사랑을 느껴서 섹스를 하는 경우도 물론 있기는 합니다. 그러나 기억에 오래 남지는 않습니다. 저에겐 그리 강렬하게 인식되는 경험이 아닙니다. 아마도 제가 느꼈던 쾌감보다 상대가 저를 대했던 태도를 더 중요하게 생각하기 때문인 것 같습니다. 그것은 그것대로 좋은 추억입니다. 하지만 제가 원하는 건 감정이 배제된 기능적인 섹스입니다. 베개 같은 존재가 되어줄 사람. 상대 역시 저를 그렇게 생각하기에 더욱 공평해지는, 서로가 각자 자신의 쾌감에만 오롯이 집중해 상대를 지워버리고 이 넓은 우주에 자신의 감각 세포만 남게 하는 것. 그게 저에겐 최상의 섹스입니다.

압니다, 저도. 여기엔 낭만이 끼어들 여지가 전혀 없다는 것을요. 하지만 낭만이 환상적인 오르가슴을 먹여준답디까?

*

저는 여성 앞에서 저의 진짜 모습을 보여주길 꺼려합니다. 남성 못지않게 그들이 저를 나쁘게 볼 것 같아서 그렇습니다. 개는 남자를 너무 밝혀. ('남미새'야.) 야한 생각을 지나치게 많이 해. (변태야.) 그런 말이었다면 한 귀로 듣고 흘렸겠지요. 그러나 개는 심리 치료를 받아야 할 것 같아, 자기 파괴적인 욕망이 넘치는데 그걸 모르고 있어, 라는 말을 들을 때면 화가 불쑥 치밀곤 합니다. 단지 자신과 다른 이유로 섹스를 한다는 것만으로 저를 환자로 단정 지으려는 태도를 이해하기가 어렵습니다.

결혼 전 직장으로 매일 출근하던 시기에도 저는 일주일에 한 번은 클럽에서 그날 처음 본 남자의 팔짱을 끼고 모텔로 가곤 했습니다. 불법 촬영의 피해자가 될 수 있음을 염두에 두면서도 그런 행동을 멈추지 않았어요. 제게 있어서 원나잇의 상섬은 감정적으로 깊어진 상태가 아니기에 상대를 도구로 대하기 쉽다는 것이고, 단점은 처음 만난 사람과 섹스를 하다보면 종종 몸을 다칠 때가 있다는 것입니다. 상대가 저에게 폭력을 행사했다는 의미는 아닙니다. 그저 선호하는 체위가 서로 다르고, 색다른 것을 시도해보려는 서로의 청을 적극적으로 들어주려다 보니 몸 여기저기에 멍이 생기거나 긁히거나 욱신거리는 통증이 생기기도 했다는 것입니다. 그런 육체적인 흔적과 통증은 상대의 얼굴을 기억하지 못하고,

몸과 고백들

이름을 물어보지도 않았다는 사실을 깨달은 다음 날의 출근길에 발견되곤 했습니다. 저는 택시나 지하철에 몸을 싣고서 언제까지 이런 생활을 지속할 수 있을지 가늠해보았습니다. 저는 되도록 오래 그렇게 살고 싶었습니다. 낯선 남자들과 통성명도 없이 알몸으로 뒤엉켜 곧바로 서로에게서 자신이 원하는 것을 취하는 관계가 무척 편안하고 즐거웠습니다. 그것보다 더 저에게 맞는 관계성은 찾아볼 수 없었을 정도로요.

어느 날 그렇게 만난 남자들 중 한 명이 저에게 개인 방송에 출연해줄 것을 제안했습니다. 유튜브가 아니라 팟캐스트였어요. 흥미를 보이며 어떤 테마인지 물었더니 '원나잇을 밥 먹듯 하는 여성'이라는 실망스러운 대답이 돌아왔습니다. 그가 저를 꽤 신기하게 여기고 있다는 것을 그 순간에야 깨달았습니다. 그도 원나잇을 즐기며 살아가고 있었지만 그런 여성은 방송거리가 될 정도로 독특하다고 생각하고 있었어요. 모텔에서 야식으로 주문한 족발과 막국수를 먹다가 그에게 물었습니다.

어떤 이야기를 하면 되는데?

그가 곧바로 답했습니다. 원나잇을 언제 시작했고, 주로 어디서 하고, 어떻게 만나고, 왜 지속하는지. 자기 홍보를 해도 돼. 나를 많이 먹어주세요, 그런 말도 해도 돼. 그는 그 말이 꽤 웃긴 농담이라고 생각했는지 불거져 나온 아랫배를 흔들며 웃었습니다. 저는 그의 아랫배를 찰싹 때린 뒤 옆구리를 세게 꼬집고 배꼽에 일회용 젓가락을 억지로 꽂아 두었습니다. 그는 계속 웃기만 했습니다. 쓸데없이 웃음이 많았고, 웃지 않아도 되는 일에 웃었고, 웃어야 하는 일에는 잘 웃지 않았습니다. 어딘가 고장 난 사람 같았습니다. 그래서 그가 약간 마음에 들었지요.

비 내리는 저녁에 그가 초대한 녹음 스튜디오로 향했습니다. 낡은 상가 건물 지하에 있는 벌집 같은 공간이었습니다. 현관 앞에 신발이 잔뜩 놓여 있는 걸 보며 문득 입시 학원에 다니던 10대 시절이 떠올라 한숨이 나왔습니다. 그의 안내대로 슬리퍼로 갈아 신고 나서 시종일관 진지한 표정의 그를 뒤따라갔습니다. 녹음 장비가 설치되어 있는 여러 개의 방이 길게 이어진 복도를 걸어 맨 끝 방으로 들어갔어요. 두 대의 마이크, 두 개의 테이블이 마주 놓여 있는 작은 방이었고, 저는 문을 등진 채로 앉았습니다.

그날 그가 제게 던진 질문은 죄다 뻔하고 시시한 것들이었습니다. 그러나 저는 최대한 성심성의껏 답했고 동시에 그런 저의 태도에 자괴감을 느꼈습니다.

현장이라 생각하고 멘트 좀 해주세요. 청취자분들이 기다립니다.

저는 머릿속을 헤집으며 그들이 원할 것 같은 저급한 말만 골라서 해주었습니다. 삼류 에로 영화에 나올 만한 대사

몸과 고백들

였어요. 그는 감탄사를 길게 내뱉다 낄낄거리며 웃었습니다. 저는 방송 목적에 부합하는 말만 하면서도 원나잇하는 여성에 대해 편견 어린 애기만 늘어놓는 그와 그의 말에 맞장구치는 저와 방송을 들으며 상상으로 제 모습을 그려볼 청취자를 비웃었습니다. 그러면서 이대로 녹음을 마치고 집으로 돌아가면 후회할 게 분명하다는 생각이 들기 시작했습니다. 그와의 약속을 깨고 저의 진짜 모습과 생각을 드러내야 할 것 같았어요.

그럼 그동안 몇 명하고 원나잇을 해본 거예요?

안 세어봤는데.

백 명 넘어요?

거뜬히?

가장 기억에 남는 사람은요?

없어.

남자를 유혹하는 자기만의 스킬이 있죠?

솔직하게 말하기.

이 방송을 듣고 있는 청취자분들께 똑같이 말해주세요.

섹스하자.

약한데요. 섹스하자는 말이 일하자는 말처럼 뻣뻣하게 들렸어요. 내 몸을 가져, 나 졸라 맛있어, 이런 야한 멘트 좀 해주세요. 청취자분들이 귀를 활짝 열고 기다립니다.

저는 아무런 대꾸도 하지 않았습니다. 불쌍한 놈. 맛있고 맛없고 그런 차원이 아니야. 속으로 조소하던 저는 그의 말이 침묵을 비집고 들어오려 할 때 입을 열었습니다.

말로만 하려니까 지겹다. 그냥 지금 한번 할까?

그 순간 녹음실에 밀도 높은 정적이 흘렀습니다. 그는 대꾸할 말을 찾지 못하다가 길게 탄식했습니다. 저는 찬물을 확 끼얹는 마음으로 입을 열었습니다. 그때부터 제가 하는 말은 편집될 게 분명하다고 생각하면서요.

내 몸을 가지라는 건 진짜 이상한 말이야. 내 몸은 내가 갖고 있는 것도 아니고 누군가에게 줄 수 있는 것도 아니야. 내 몸은 그냥 나야. 근데 나를 가지라고? 그건 당신도 부담스럽지 않을까?

저는 일부러 반말을 고수했습니다. 그는 그걸 지적하진 않았습니다. 되바라진, 발랑 까진, 경우 없는, 막돼먹은, 막 나가는 여성의 캐릭터에 부합한다고 생각했을까요. 아마도 녹음을 시작할 땐 그랬을 것입니다. 저는 벙찐 표정의 그와 얼굴을 모르는 청취자들에게 말했습니다.

먹고 먹히고 맛있고 맛없고, 너희들의 방식은 그런 거지? 그럼 내가 한입에 먹어줄 테니까 딱 기다려. 냠냠냠.

저는 낄낄거리며 웃었고 녹음실은 정적에 휩싸였습니다. 잠시 후 그가 한숨을 푹 내쉬더니 피로한 눈빛으로 저를 빤히 쳐다보았습니다. 그러다 갑자기 너털웃음을 터뜨렸는데, 그것이 그의 진짜 얼굴인 것 같다는 생각이 얼핏 들었습니다.

몸과 고백들

왜 그런 걸 눈치채버렸을까요.

*

저는 지금 신음 소리가 들려오지 않는 모텔에 머물고 있습니다. 몇 시간 전 황급히 캐리어를 꺼내 짐을 싸는 제 모습을 누군가 보았다면 아마도 출발 시각이 얼마 남지 않은 모양이라고 짐작했을 것입니다. 그러나 비행기표 같은 것은 없습니다. 떠나야 할 시간은 정해져 있지 않아요. 하지만 저는 다급히 집을 나와 캐리어를 끌고 지하철로 일곱 정거장 떨어진 곳에서 내렸습니다.

집과 확연히 다른 공간이기만 하면 괜찮았습니다. 절대로 집이 될 수 없는 곳. 집으로 다시 돌아가고 싶어지는 곳. 그러나 머무르는 동안 불편함은 느낄 수 없고, 멍하게 흘러가고 멈추어 있는 느낌이 교차해 일어나는 곳. 생활의 냄새가 없다가 불시에 스며드는 곳.

그러나 신음 소리가 들려오지 않는 모텔이라니요. 이곳에선 티브이 소리와 샤워하는 소리, 변기 물 내리는 소리, 가래 뱉는 소리, 재채기 소리만 들려왔습니다. 이래서야 집과 무엇이 다른가요. 도망치고 싶으면서 아무 데도 머물고 싶지 않을 때 찾아오는 장소였지만 신음 소리 하나 들리지 않다니 무척이나 심심했습니다. 남의 교성을 들으면 미간이 찡그려지고 불협화음이 밀도 높게 고인 장소에 감금된 기분이

들지만, 아주 가끔은 그런 게 필요할 때가 있습니다.

저는 결혼한 뒤로 스스로를 너무 안락한 환경에만 두려는 경향이 생겼습니다. 습관이랄지 습성이요. 저를 안전한 곳, 자연스러운 곳, 역치가 발생하지 않는 곳에 두고 보호하려 합니다. 외부의 온갖 자극, 피부 접촉만이 아니라 소리와 진동, 심지어 예감으로부터요. 불길한 예감, 안 좋은 일이 일어날 것만 같은 모호한 느낌, 불청객이 나인지 상대인지 혼란을 일으키는 모텔 엘리베이터에서 내리면서 웰컴 스펠링이 박힌 카펫을 밟는 순간, 명백한 게스트임을 깨달으며 막이 내리는. 그러나 감각의 창은 활짝 열어젖힌 상태라 도무지 보고 듣고 느끼지 않을 수가 없는 상태로 당신의 얼굴을 보고, 목소리를 듣고, 손길을 느끼는 촌스러운 장소. 20세기에 태어나 난잡한 성행위를 하는 동시에 수치스러움을 느끼는 유령이 방황하는 장소. 21세기에 태어나 섹스라는 단어를 듣고 성행위가 아닌 '젠더'를 가장 먼저 떠올리는 유령이 얼씬도 하지 않는 장소.

저는 21세기에 태어나지 않았기에 이런 곳에서 배회하고 있는 걸까요. 21세기에 태어났더라면 조깅 트랙이나 클라이밍 바위에서 몸을 제대로 쓰면서—그야말로 온몸의 근육을 쓰면서—방황했을까요. 요가 센터에서 만난, 21세기에 태어나 아직 유령이 되지 않은 여성들은 그렇게 몸을 쓰고 있는 것처럼 보였습니다. 남기거나 빠뜨리는 근육 없이 속속들이

몸과 고백들

알차게. 호흡할 때마다 근력이 증가하는 느낌으로요.

하지만 저는 지금 벽에 귀를 바싹 붙이고서 투숙한 지 이틀 만에 들려온 귀한 신음 소리에 귀를 기울이고 있습니다. 여성의 신음이었어요. 남성의 것은 들리지 않았습니다. 물론 두 여성이 함께 온 것일 수도 있겠지만 어쩐지 혼자일 것 같았습니다. 홀로 모텔에 와서 어떤 기상천외한 방법으로 성감대를 자극해 신음 소리를 크게 내는 것이라고요. 아마도 집에선 그럴 수가 없는 상황에 처해 있을 것입니다. 부모와 함께 산다든지, 아내가 자위하는 것을 탐탁지 않게 생각하는 남편과 지낸다든지(저처럼요), 신음 소리가 발생할 일 없는 시무룩해진 애인과 있다든지(역시 저처럼요. 아, 어쩌다 이렇게 되어버렸는지).

신음 소리를 비명처럼 마음껏 내지를 수 있는 곳, 벽간 소음에 취약하다는 사실을 모두가 알면서도 참지 않는 곳으로 와서 비명 같은, 스타카토처럼 짧게 끊어지며 절정으로 점점 치닫는, 한 손으로 벽을 쾅 때리며 분개하는, 발끝이 쭉 펴지면서 팽팽하게 감긴 현이 탕 끊어져버릴 것 같은, 끊어지고 터지고 우르르 붕괴된 것 같은, 502호 여성이 내는 다채로운 신음 소리에 저는 침대에 모로 누워 두 손을 다리 사이에 두고서 눈을 감았습니다. 어둠 속에서 폭죽이 팡팡 터졌어요. 그러나 그것은 제가 터뜨린 폭죽이 아니었고 밤의 해변에서 구경하는 남이 터뜨린 폭죽, 남의 것이었습니다.

저는 몸을 빙그그르 돌려 벽을 발로 쾅 찼습니다. 이봐요, 이제 손을 씻어요. 옷 입고 집으로 가세요.

쾅. 502호가 벽을 세게 받아쳤습니다. 그건 제 항의에 대한 응답, 퇴장 요청에 대한 거부, 질투와 시기를 물리치는 타격이었습니다.

저는 천천히 일어나 두툼한 베개를 가져왔습니다.

*

섹스할 때 여성이 어떻게 느끼는지는 알지만 남성이 어떻게 느끼는지는 전혀 모릅니다. 당연한 일이지만 저는 그게 내내 마음에 걸렸습니다. 알고 싶고, 느끼고 싶은 욕망이 자꾸만 일었습니다. 도달할 수 없는 영역의 감각임에도 불구하고 방법을 찾고 싶었어요.

원격 조종이 가능한 자위 기구를 사용해 애인과 각자의 집에서 자위를 할 때도 저는 언제부턴가 저의 감각이 아니라 상대의 감각을 더 신경 쓰기 시작했습니다. 블루투스와 인터넷 덕분에 멀리 떨어져 있어도 자극을 주고받는 게 가능한 세상이 되어서였을까요. 괜히 그런 핑계를 대어봅니다. 애인이 아닌 다른 사람이 저를 속이고 자위 기구를 작동시킨다면 제가 어떤 기분을 느낄지 상상하기도 했습니다. 분명히 더 짜릿할 것 같습니다.

저는 이름 때문에 남성으로 오해받은 적이 종종 있었습니

몸과 고백들

다. 그런 불편함은 이제 남성인 척하며 여성과 원격으로 섹스가 가능할지를 꿈꿔보는 상상에 이르렀어요. 저는 궁금합니다. 도대체 남성은 어떤 감각을 느끼는 것일까요. 제가 스스로 남자라고 생각하면 저의 클리토리스는 이름이 바뀔까요. 형태는 그대로 두고 이름만 바꾸는 것이 가능할까요. 아니면 이름도 바꿀 필요 없이 원래부터 클리토리스이자 페니스이며 자두이자 구름이었던 것일까요. 뒤죽박죽으로 카드를 섞어놓은 신의 계략에 실망해 카드를 하나씩 분리하고 카테고리부터 만들기 시작한 인간의 오랜 역사와 노고를 제가 알아채버린 것일까요. 이런 생각은 원격 자위 지구를 갖기 전까진 하지 않았던 것입니다. 질문은 꼬리를 물고 이어집니다.

저는 저를 벗어난 섹스를 꿈꾸기 시작한 걸까요.

기술의 발전이 저를 그렇게 만들었을까요.

아니면 이것은 자연스럽게 일어날 일이었을까요. 마치 태초부터 정해진 것처럼.

저는 여성으로서의 쾌감을 정점까지 누려본 것일까요. 이정도면 충분하기에 신이 저에게 다른 과제를 부여한 것일까요.

십자가 대신 텔레딜도닉을 짊어지고 저는 어디까지 가볼 수 있을까요.

이것은 금기일까요, 코미디일까요.

고백은 혀 위의 클리토리스를 운동시키는 가장 좋은 방법인 것 같습니다. 우리의 금기가 영원히 코미디의 소재가 되기를 바랍니다.

언젠가 원격으로 당신과 섹스를 해보고 싶군요.

긴장하지 마세요. 농담입니다.

몸과 무경계 지대

지금 밖으로 나가면 눈이 내리고 있을지도 모르겠습니다. 저녁에 눈이 올 거라는 예보가 있었거든요. 집으로 돌아가실 때 미끄러지지 않게 조심하세요. 아니면 썰매를 탄 것처럼 신나게 미끄러져보는 것도 나쁘지 않을 것 같습니다. 예상하지 못한 곳으로 향하는 순간을 기꺼이 받아들이면서요.

이제부터 제가 고백할 이야기에는 쥐눈이콩과 단밤이 나옵니다. 그리고 첫사랑과 목욕탕, 흰 눈도 나오지요. 어떤 이야기일지 짐작이 가시나요?

잊지 말아야 할 건 제가 이야기들에 소환한 장소입니다. 경계를 세우고 경계를 지우기도 하는 어떤, 지대이지요.

*

어린 시절, 이태원 후커스힐은 어른들이 출입을 금한 지대였습니다. 그러나 남자아이들은 그곳을 탐험할 원정대를 꾸려 수시로 동네를 떠났지요. 호기심이 많았던 저는 늘 동행을 자처하곤 했습니다. 그러던 어느 날 남자아이들이 괜한 심술을 부리며 저를 떼어놓고 가려했어요. 저는 그에 굴하지 않고 그들을 뒤따라갔습니다. 간간이 날아오는 작은 돌멩이에 얼굴을 맞기도 하면서요.

지나가던 어른이 그 광경을 목격하고 달려와 저를 감싸며 남자아이들에게 소리를 내질렀습니다. 저는 고개를 들어 저를 보호해준 어른의 얼굴을 보았지요. 패션 감각이 매우 남다른 언니였습니다. 반짝이는 금빛 치마와 실크 블라우스 차림새에서 마치 귀족 같은 기품이 느껴졌어요. 몇 번의 마주침 뒤에 저는 그 사람을 귀족 언니라 불렀고, 그 사람은 저를 쥐눈이콩이라 불렀습니다. 쥐눈이콩처럼 작고 까무잡잡하다는 이유에서요.

이태원 도깨비시장에 새로 문을 연 마트에서 마주칠 때면 언니는 쌍쌍바를 사서 당연하다는 듯 저에게 반쪽을 잘라주었습니다. 마트에서 나온 우리는 문구점과 분식집, 뻥튀기 아저씨를 지나 이슬람 사원 쪽으로 함께 걸어갔어요. 언니는 저에게 많은 걸 물었습니다. 몇 살이니. 친구들과 뭘 하며 놀아. 집은 어디쯤이야. 좋아하는 사람은 있어?

마지막 질문에 제 얼굴이 빨개졌고, 언니는 슬며시 웃더니

　　　　　　　　　　　　　　몸과 고백들

더는 캐묻지 않았습니다. 내리막길에 다다르자 언니가 말했어요. 우리 집은 저쪽이야. 저는 종일 언니와 함께 있고 싶었지만 잠자코 고개를 끄덕였습니다. 해 질 무렵이었고, 언니는 출근 준비를 해야 했습니다. 저는 언니의 직장이 어딘지 알고 있었습니다. 비슷비슷한 후커스힐의 가게들 중에서도 가장 작고 허름한 곳이었지요. 저에게 손을 흔들며 돌아서는 언니의 주름치마가 양옆으로 아주 우아하게 흔들렸습니다.

그 기억은 진짜일까요.

꿈이나 상상이 아니라 정말로 귀족 언니와 도깨비마트에서 이따금 마주쳤고 함께 아이스크림을 먹으며 걸었을까요. 어린 시절의 기억은 이제 쥐눈이콩만 하게 쪼그라들었고 그 안에서 사실과 상상을 분리해 추출하기가 점점 어려워졌습니다. 하지만 분명한 사실 한 가지, 쥐눈이콩은 귀족 언니를 사랑했다는 것입니다.

저에겐 첫사랑이 아니라 첫사랑'들'이라고 말해야 할 정도로 유년 시절에 사랑한 이들이 다소 많습니다. 제일 처음 반한 첫사랑은 귀족 언니, 그다음은 붕괴된 소련에서 온 아이, 마지막은 기지촌에서 술집을 운영하던 어머니와 주한미군 사이에서 태어난 주나였습니다. 저는 그들 모두를 과감히 첫사랑이라고 통칭하려 합니다.

*

제가 트랜스젠더를 처음 인지했던 건 트랜스젠더 연예인이 등장했을 때였습니다. 대중 앞에 선 그들의 모습은 아름답고 당당했으며 유머러스하고 재치 있었지요. 대중은 처음엔 호기심을 품은 채로 그들을 지켜보았고 나중엔 응원하는 마음을 가졌던 것 같습니다. 그러나 그들에 대해 편견 없이 알고 싶은 마음을 가진 사람보다 신기한 존재를 구경하듯 빤히 쳐다보는 이들이 많은 것 같았지요.

단밤이 제게 이태원 트렌스젠더 클럽에서 열리는 이벤트에 가보겠느냐고 물었을 때 저는 대번에 거절했습니다. 그러면서 첫사랑이었던 귀족 언니에 대해 알려주었어요. 단밤은 제게 미안해하며 자기는 그런 의도가 아니었다고 말했습니다. 그런 의도가 어떤 의도를 뜻하는지 묻자, 단밤은 장소에 대한 궁금증이었을 뿐 무대 위에 오른 퍼포머를 집요하게 관찰하려는 의도는 없었다고 답했습니다.

그 말을 들으며 저는 경계가 사라진 무대를 떠올렸습니다. 유튜브 방송이 만들어낸 무대를요. 그러자 트랜스젠더 클럽에 들어가 무대 위에 오른 출연자를 바라보는 일이 지난 세기의 광경처럼 느껴졌습니다. 이젠 유명한 유튜버 중에도 트랜스젠더가 있고, 구독자들은 트랜스젠더로서의 정체성을 기대하며 그를 구독하기보다 재미있어서, 나를 웃게 해주니까 구독한다, 그런 마음일 텐데 구독자가 한 명이라도 생기는 순간 실재하는 무대가 탄생하는 것이지요. 저는 문득 궁금했습니다. 귀족 언니가 풍기던 압도적인 고고함이 모니터 안에서도 발현될 수 있을지가요. 제 물음에 단밤이 고개를 저으며 답했습니다.

화면으로 보는 것과 직접 보는 건 다르잖아. 눈만 쓰는 것과 몸 전체를 쓰는 것의 차이야. 어떤 장소에 가면 시각과 청각, 후각이 다 작동되는데, 몸이 그 장소를 탐색하는 거지. 사람도 마찬가지라고 생각해. 압도적인 아름다움일수록 모든 감각을 작동시켜서 느껴야 돼.

우리는 유흥가를 벗어난 방향으로 걷다 손칼국수집을 발견했습니다. 단밤은 식당을 향해 앞장서 걸어갔어요.

사실 나는 집에 누군가와 함께 있는 게 불편해. 혼자 있을 땐 괜찮지만 우리 집이든 남의 집이든 타인과 함께 있으면 한 시간도 견디기가 힘들어. 그래서 집에선 섹스를 못 해.

자리에 앉자마자 단밤은 그간 말하지 않았던 속마음을 저에게 털어놓았습니다. 저는 단밤의 말을 들으며 접시에 깍두기와 배추김치를 덜었습니다. 그런 생각을 하고 있었을 줄은 전혀 몰랐지만 짐짓 놀라지 않은 척하면서요.

그 정도로 불편해?

응. 나는 사실 많은 게 불편해.

단밤은 냅킨을 하나 집어 들더니 그것을 작게, 더 작게 접으며 말했습니다.

잘 모르는 사람은 불편해. 잘 아는 사람이지만 생일을 맞이했다면 그 사람도 불편해. 내가 뭔가를 해줘야 할 것 같아서. 사람뿐 아니라 사물도 불편해. 지우개도 불편하고 담배도 불편해. 버려야 하는 것을 꼭 남기잖아. 커피도 가끔은 불편해. 너무 까매서 불안해져. 그리고 특정 단어도 불편해. 네가 가끔 말하는 귀족이라는 단어도 불편해.

귀족도 불편해?

불편해. 귀족이라는 말을 들으면 소화가 안 돼. 그런 단어는 쓰지 마.

그렇지만 그 언니는 정말 귀족 같았어.

단밤은 한숨을 내쉬며 냅킨을 꽁꽁 뭉치더니 말했습니다.

그건 네가 어릴 때부터『백설공주』『인어공주』같은 온갖 공주가 나오는 동화를 많이 봐서 그래. 귀족이 좋은 줄 알았던 거지. 근데 바보야, 귀족이라는 단어를 요즘 누가 쓴다고 그래.

그럼 그 언니를 뭐라고 표현해야 하지?

범접할 수 없는 아우라, 뭐 그런 단어로.

그게 더 후지게 들리는데.

그래도 귀족은 아니야. 손칼국수집에서 귀족이라는 말은 하지 마.

저는 알겠노라고 고개를 끄덕였습니다. 그러나 마음속으론 반발심도 조금 들었지요. 단밤은 귀족이라는 단어를 들으면 소화가 안 된다고 말했지만 저는 반대였습니다. 그 단어를 듣거나 말할 때마다 속이 편안해지고 표정도 활짝 펴졌지요. 아무래도 저에게 귀족은 언니와 연결된 단어가 되어버린 것 같았습니다. 귀족의 사전적 의미가 사회적으로 특권을 가진 사람들이라는 것을 잘 알면서도 그랬습니다.

그리고 저는 귀족이었던 적이 없지만 한 번쯤은 귀족을 탈취해보고 싶었습니다. 그것을 취해 마치 귀족인 것처럼 살 수 있다면……. 제가 떠올리는 귀족은 부와 권력을 거머쥔 자가 아니라 누군가를 꼼짝 못 하게 할 정도의 매력을 풍기는 사람이었어요. 그런 말을 하면 단밤은 어릴 때 읽은 동화들을 또다시 나열할지도 모르지만 저는 귀족을 제 뜻대로 취하고 싶었습니다. 의미를 전복시켜서라도 기꺼이요. 단밤은 손칼국수집에서 그런 말은 하지 말라고 했지만요. 귀족은 손칼국수를 먹지 않는 것일까요. 그런 상상은 차치하고서라도 저는 귀족이라는 단어를 입 밖으로 내뱉는 순간 제 몸이 누구도 침범할 수 없는 견고한 성이 된 것 같은 기분이 들곤 했습니다. 그러므로 계속해서 탈취하고 싶었어요.

단밤이 가위로 배추김치를 숭덩숭덩 자르는 동안 손칼국수가 나왔습니다. 김을 피워 올리는 뽀얀 국물 안에 통통하고 하얀 면발이 잠겨 있었어요. 손으로 만든 면발이라 그런지 모양이 울퉁불퉁했고, 젓가락으로 휘저으니 올챙이처럼 짤막한 것들도 왕왕 보였습니다. 메뉴판의 저렴한 가격을 확인하고 나서야 굵기가 고르지 못한 면발을 용서하는 스스로를 가소롭게 느끼면서 젓가락으로 면발을 집어 들고 후루룩 먹었지요.

입안에 가득 찬 손칼국수. 누군가가 손으로 비비고 치대고 누르고 밀어낸 손칼국수. 누군가의 손놀림도 입속에서 면발과 함께 뒤섞이는 기분이 들었습니다. 누군가의 손놀림을, 손을, 놀림을 먹는 것 같았습니다. 그것은 과히 귀족적인 것이라 할 만했습니다. 마음이 안정되었고, 타인이 저를 위해 정성껏 만들어준 음식이라는 생각이 강하게 들었습니다. 단밤 역시 말없이 면발을 건져먹고 국물을 후루룩 마시고 깍두기를 베어 물었습니다. 단밤의 이마에 땀이 송골송골 맺혔어요.

칼국수를 다 먹고 나서 우리는 고춧가루가 둥둥 떠다니는 국물을 가만히 바라보다 동시에 냅킨을 뽑아 들고 입가를 닦았습니다. 단밤이 자리에서 일어나기 전에 재빨리 말했습니다.

나는 집에선 못 해. 그러니까 어디서 할지 생각해봐.

저는 얼굴을 붉히지 않고 의자에서 일어나는 데 성공했습니다. 그런 말을 먼저 꺼내다니 용감하기도 하다고 생각하면서요. 저는 아무렇지도 않은 어조로 알겠어, 라고 답했지요. 손칼국수집을 나서며 저는 단밤에게 조심스레 물었습니다.

혹시 호텔도 불편해?

손님이 수시로 오는 집이랑 뭐가 달라?

그러면 실내가 아닌 곳이 좋아?

너른 곳이 좋겠지. 탁 트인 곳. 그러면 몸도 트이고.

단밤은 그렇게 말하며 저의 손등을 물끄러미 쳐다보았으나 손을 잡진 않았습니다. 머쓱해진 저는 주머니 안에서 스카치 캔디 두 개를 발견했고, 마늘이 듬뿍 들어간 김치를 먹고서 입안이 매워진 데다 입 냄새가 날 것을 걱정해 말을 아낄지도 모를 단밤에게 캔디 한 개를 건넸습니다. 그러나 반짝거리는 포장지를 벗기자 녹아서 뭉개진 캔디가 보였지요.

날씨가 덥잖아. 단밤은 그렇게 말하며 녹은 캔디를 포장지에서 떼어내 입안에 쏙 넣더니 콧등에 잔주름을 만들며 웃었습니다. 그건 과히 귀족적인 매력이라 할 만했습니다. 저를 꼼짝 못 하게 만드는 미소였지요.

*

단밤의 어머니는 사계절 밀리터리룩만 입었고, 동두천에서 토스트를 팔았습니다. 단밤은 가끔 어머니를 찾아가 칠리 토스트 만드는 법을 배웠는데, 집으로 돌아와 알려준 대로 해봐도 똑같은 맛이 나지는 않았지요. 단밤의 어머니는 특별할 것 없는 비법을 천천히 반복해서 알려주었습니다. 가장 중요한 건 식빵 굽기라고 했습니다. 정성을 다해 여러 번 뒤집으며 구워야 한다고요. 단밤의 어머니가 만든 토스트는 미군들에게 인기가 많았습니다. 매일 먹으러 오는 미군도 있었어요. 한때는 그랬습니다. 부대가 다른 도시로 이전한 뒤론 거리 전체가 한적해졌지만요. 단밤은 영어를 꽤 잘했는데 알고 보니 단밤이 다녔던 유치원에 주한미군의 아이들이 많아서 저절로 영어를 익힌 것이었지요. 우리는 주한미군을 흔히 볼 수 있는 곳에서 자랐다는 공통점이 있었습니다. 단밤은 처음 만난 사람에게도 고향에 대한 이야기를 숨김없이 했으나, 저는 단밤과 달랐습니다.

예전엔 이태원에서 자랐다는 걸 숨겼어.

왜 그랬는데?

이태원 경리단길이 사람들에게 많이 알려졌잖아. 그때부턴 괜찮았지만 그전엔 거기서 자랐다고 말하면 의아한 표정을 짓는 사람들이 있었어. 어떤 친구는 내가 이태원에서 자란 걸 모르고서 거긴 한국인이 가면 안 되는 위험한 곳이라고 말하기도 했고, 수업 시간에 선생님이 이태원의 어원을 설명해주면서 오랑캐의 아이를 잉태한 여자들이 많이 살았던 곳이라는 말도 했어. 끊임없이 외세의 침입을 받았던 슬픈 역사가 있는 곳이라고. 그런 말을 들을 때마다 마치 내가 오랑캐의 아이가 된 것 같은 기분이 들었어.

너한테 거긴 어떤 곳인데?

내가 태어나고 자란 곳이지. 유치원 졸업 사진을 찍은 교회가 있는 곳, 남산 외인아파트가 폭파되는 걸 구경하려고 어른들과 함께 내리막길을 달려 내려갔던 곳, 정화조 푸는 날마다 파란색 호스가 산동네 경사진 계단을 타고 올라가 끝도 없이 길게 연결되어 있는 광경을 보았던 곳. 그리고 에 센뽀득을 줬던 학원이 있던 곳이지.

에센뽀득?

쉬는 시간이 되면 선생님이 주방에서 에센뽀득 소시지를 데쳐서 기다리고 있던 아이들에게 나눠주었어. 공평하게 하나씩. 소시지를 먹은 아이들은 얌전히 방으로 들어가 문제집을 펼쳤고. 방 안엔 마호메트 초상화가 있었는데 나는 늘 그 근처에 앉아서 수학 문제를 풀었어. 희미한 향냄새가 공기 중에 항상 떠돌았고, 이슬람교 신자였던 선생님은 유일신 알라에 대해 우리에게 자주 얘기해줬어. 내용은 기억나지 않지만 표정은 아직도 기억해. 정말 환하게 웃었고 눈빛이 반짝였어. 나는 선생님이 행복한 삶을 사는 어른이라고 생각했어.

단밤은 제 말을 건성으로 듣는 것 같았습니다. 어쩌면 단밤에게 고향은 특별한 의미가 없는 곳이었는지도 모릅니다. 그러나 저에겐 아니었습니다. 어떤 지역에서 나고 자랐는지가 중요하다는 것을 말하려는 게 아니라, 본래의 기질을 따라 몸이 확장되는 데 일조하는 장소적 기제가 있다는 것입니다. 제 몸은 그렇습니다. 경계가 없는 다양성 속에선 확장되고, 상상력이 부재하는 획일성 속에선 축소됩니다.

열네 살 무렵 다른 동네로 이사하고 나서 제가 느꼈던 감정은 당혹스러움이었습니다. 후커스힐을 오갔던 언니들과 주한미군, 독특한 차림새의 기지촌 여성을 한 명도 볼 수 없는 동네였지요. 온통 한국인, 여자 아니면 남자, 따분한 옷차림을 한 어른들, 기지촌이라는 단어조차 모르는 또래 아이들뿐이었습니다. 학원과 분식집, 화장품 가게와 신발 가게, 학교와 교회, 모래 먼지가 흩날리는 운동장과 발 디딜 틈도 없이 붐비는 백화점, 기울어진 표지판이 세워져 있는 마을버스 정류장 등등 그 모든 곳에 한국인, 여자 아니면 남자, 아이들과 전업주부인 어머니들과 노동자인 아버지들만 있었습니다. 순식간에 세계가 작게 축소되었지요. 동시에 제 몸도 크기가 줄어드는 기분이 들었습니다. 이차성징이 시작되면서 가슴과 엉덩이가 커졌지만 기묘하게도 저는 몸이 줄어든다고 느꼈습니다. 제가 갖고 있던 본래의 기질이 빠른 속도로 희미해지는 것 같았어요. 절대로 그 기질을 드러내선 안 될 것 같았습니다. 저는 점점 내향적으로 변해갔고 그것이 본모습인 것처럼 저항 없이 침묵했습니다. 말수가 줄어들었고, 또래의 행동을 모방했고, 친구와 함께 아이돌 남자 가수를 사모했지요. 귀족적인 언니들은 유년 시절의 세계에 유폐되었고, 트랜스젠더 연예인이 티브이에 등장하기 전까진 첫사랑 언니를 떠올린 적이 거의 없었습니다. 그렇게 저의 세계가 축소되었고, 몸이 작아진 것 같은 기분에 시달렸고, 실제로 목소리는 작아졌고, 뻔한 생각과 말과 행동만 하려 애쓰게 되었지요.

그건 그렇고 우리가 어디서 할 수 있을지 생각해본 거야?

단밤이 저를 빤히 쳐다보며 물었습니다. 그 문제는 전적으로 저에게 맡기겠다는 태도였어요.

……아직. 어렵더라.

밖이어야 하니까.

맞아. 밖에서 그러긴 쉽지 않지.

그럼 하지 말까?

저는 아무런 대답도 하지 않았습니다. 하지 말아버릴까. 하지 않아도 크게 상관은 없는데. 그런 마음이 들었지요. 하지만 그렇게 답하고 싶지 않았습니다. 밖에서 섹스를 하면 어떤 기분이 들지, 단밤이 말한 몸이 트이는 경험이 뭔지 궁금했지요. 제 말에 단밤은 별거 아니라고 대꾸하더니 사이를 두고 말했습니다.

어쩌면 경계에 대한 거부감일지도 모르겠어. 집은 경계가 확실하잖아?

그럼 극장은 어때?

단밤은 고심해보는 표정을 지었습니다. 극장은 경계가 확실한가. 번호 붙은 좌석이 나란히 설치되어 있고, 붉은 카펫이 깔린 계단이 길게 이어진 극장은 경계가 확실한가. 결국 단밤은 고개를 저었습니다.

그럼 차 안은?

단밤은 곧바로 고개를 저었습니다. 경계가 확실하다는 의미였습니다.

공터는 어때?

공터? 그런 곳이 있어?

그런 곳이 있는지 뒤늦게 생각해봤지만 보지 못한 것 같았습니다. 이제 모든 땅은 쓰임이 있고, 쓰임을 골몰하는 주인이 있으니까요.

그럼 목욕탕은?

거기서 어떻게 해?

거기도 경계가 확실해?

단밤은 고심하는 표정을 지었습니다. 목욕탕은 경계가 확실한가, 아닌가. 냉탕과 온탕이 나뉘어 있고, 샤워기와 수도꼭지가 나란히 정렬되어 있는 목욕탕은 경계가 확실한가.

거기선 아무도 옷을 입지 않잖아.

단밤은 고개를 희미하게 끄덕였습니다. 뜻밖에 긍정적인 반응이 돌아와 저는 단밤이 말한 '경계'의 의미가 무엇인지 영영 알 수 없을지도 모르겠다는 생각이 들었습니다.

영업을 시작하자마자 가는 거야. 목욕탕은 감시카메라가 없으니까 누군가 들어오기 전까진 우리가 뭘 하는지 아무도 모를 거야.

제 말에 단밤은 얼굴을 붉히며 웃다가 말했습니다.

몸과 고백들

어릴 때 친척들이랑 목욕탕에 간 적이 있었어. 지방 유원지에서 가족 모임이 있었는데 근처에 온천탕이 있다면서 다 같이 가자는 거야. 나만 빼고 다들 동의했어. 나는 어쩔 수 없이 끌려갔지. 옷을 벗고 목욕탕으로 들어갔는데 그때부터 나는 바닥만 봤어. 사촌이나 숙모가 내 몸을 빤히 보는 게 싫었고, 나도 그들 몸을 보는 게 싫었거든. 나는 그게 폭력이라고 생각했어. 원하지 않는데 벗은 몸을 보여주고 같이 씻어야 했던 게. 엄마한테 너무 싫다고 말했더니 엄마가 등 좀 똑바로 펴라고 말하는 거야. 내 몸이 왜소해 보이는 게 싫었던 거지. 그날의 목욕탕은 숙모들이랑 엄마가 딸들의 몸이 얼마나 잘 자랐는지 은연중에 과시하고 경쟁하는 장소가 되어버렸어.

저런. 그럼 가지 말까?

단밤은 고개를 저었습니다.

너랑 가는 건 괜찮아.

단밤과 헤어지고 집으로 돌아오는 길에 저 역시 어릴 적 목욕탕에서 겪었던 일이 떠올랐습니다. 목욕탕이란 곳은 필연적으로 그럴 수밖에 없는 곳이라 알몸으로 돌아다니던 중 같은 반 남자애와 불시에 맞닥뜨린 적이 있었지요. 저는 온몸이 굳어버렸고, 남자애는 눈을 동그랗게 뜨고 제 몸을 위아래로 쳐다보았습니다. 저는 곧바로 어머니에게 달려가서 집으로 가자고 졸라댔습니다. 그 남자애가 제 몸을 쳐다보고 있을 것 같아서 눈물이 나려고 했지요. 어머니는 왜 그러느냐고 재차 물었고, 저는 사실대로 말했습니다. 아는 남자애가 여기 있어. 어머니는 잠시 말문이 막힌 표정을 짓다가 좋아하는 애야? 하고 물었습니다. 저는 그 기발한 질문에 웃지도 울지도 못하고 어머니를 멍하게 쳐다보았어요.

어머니는 제게 목욕 바구니를 챙기라고 말하더니 목욕탕을 휘둘러보다가 어딘가로 재빨리 걸어갔습니다. 그 남자애를 발견했던 것이지요. 어머니는 곧장 남자애의 어머니에게 따지고 들었습니다. 도대체 왜 남자애를 여탕에 데려오느냐, 여기서 내 딸과 마주쳤는데 정말 몰상식하기 이를 데가 없다고 말했습니다. 아줌마는 눈을 동그랗게 뜨고 아직 열 살도 안 된 애인데 왜 그런 식으로 몰아붙이냐고 씩씩거렸지요. 그럼 이 어린애를 혼자 남탕에 보내서 때를 밀게 해야겠느냐고 말하면서요. 저는 목욕 바구니로 다리 사이를 가리고 어머니의 등 뒤로 쭈뼛거리며 걸어가서 속삭이듯 말했습니다. 엄마, 아줌마가 뺑쳤어. 쟤도 열 살이야. 그러자 어머니는 아줌마에게 나이를 속이고 들어왔으니 당장 나가라고 소리쳤습니다. 다른 아주머니들이 어머니를 돌아보았지만 말리는 사람은 아무도 없었습니다. 얼굴이 붉어진 남자애가 자기 어머니 뒤에 붙어 서서 저를 노려보았지요.

그날부터 저는 목욕탕에 갈 때마다 한 가지 고뇌가 더 늘

몸과 고백들

었습니다. 아는 남자애와 마주치면 어쩌지. 그 애의 고추는 보고 싶지 않은데. 저는 그런 걱정을 안고 목욕탕으로 들어섰어요. 그 전엔 다른 고뇌가 있었습니다. 어머니를 따라 자연스레 여탕으로 들어갔지만, 과연 제가 여탕을 원하는지에 대한 문제였습니다. 저는 남탕은 죽어도 가기 싫었지만 당연히 여탕에 가야 한다고 생각하지도 않았습니다. 그건 선택할 수 있는 문제 같았고, 남탕을 택하지 않았다고 해서 반드시 여탕을 택해야 하는 것처럼 보이진 않았습니다. 저는 매번 여탕을 선택해서 들어갔으나 마음은 여탕도 남탕도 마땅치 않다는 쪽이었습니다. 물론 남탕에서 아는 남자애들과 마주치는 것이 더욱 끔찍했지만요.

어머니는 저의 이런 고민을 몰랐습니다. 어머니는 한 번도 저에게 여탕에 가고 싶니, 남탕에 가고 싶니, 아니면 여탕도 남탕도 아닌 곳으로 갈래, 하고 묻지 않았습니다. 그렇게 물을 수가 없었겠지요. 그런 생각은 상상조차 하지 못했겠지요. 어머니는 저를 낳자마자 의사로부터 딸이에요, 라는 말을 들었을 것이고, 그때부터 저를 여자로 생각했을 것입니다. 하지만 저는 아니었습니다. 만일 제가 태어나자마자 말을 할 수 있었다면 의사가 딸이에요, 라고 말하던 순간에 아닙니다, 저는 딸이 아닙니다! 하고 외쳤을지도 모릅니다. 하지만 저는 인간인지라 말을 뒤늦게 배웠고, 본인이 성별을 정하는 것이 아니라 산부인과 의사가 정해주는 세계에 태어

낳고, 둘 중 하나를 선택해야 하는 것에 늘 의문을 가졌지만 그런 내색은 하지 않고서 마음속으로 조용히 고심했지요. 도대체 나는 왜 성별을 선택해야 하는 문제를 맞닥뜨릴 때마다 새하얀 도화지 앞에 선 것 같은 마음이 들까. 그러나 무겁고 답답한 마음만 있는 것은 아니었습니다. 어떤 색이든 칠할 수 있는 종이라는 것이 더 중요했지요. 색종이처럼 이미 색상이 정해져 있는 종이가 아니라 제가 느끼고 인지하는 색을 칠해볼 수 있는 종이 말입니다. 게다가 덧칠도 가능하고, 색을 마음껏 섞어볼 수도 있었어요. 흔히 말하는 색채의 마술사처럼요. 그것이 저라는 사람의 정체성에서 유일하게 일관된 것이었습니다. 어떤 색이든 괜찮다. 색은 선과 악이 없다. 색은 구별 가능하지만 우등과 열등이 없으며 섞이면 또 다른 색이 탄생한다. 저는 은밀히 그렇게 했고, 조용히 멈추었고, 묵묵히 다시 실행했고, 때로는 저를 모른 척했고, 잘 아는 척했습니다. 그리고 그런 마음은 누군가를 좋아할 때면 뭉글뭉글 커다랗게 피어올랐지요. 적란운처럼 수직으로 솟아올라 석양에 붉게 물들고 어둠 속에 삼켜졌지요. 그 모든 과정은 혀 위에 태양을 올려놓은 것과 같아 삼킬 수 없을 정도로 뜨거웠고, 뱉을 수 없을 정도로 과하게 빛이 났습니다. 태양의 성별이 무언지는 중요하지 않았어요. 제가 좋아했던 사람들은 저에겐 그저 태양이었습니다. 단밤과 첫사랑들 모두가 그랬습니다.

*

귀족 언니에 이어 찾아온 저의 두 번째 첫사랑은 붕괴된 소련에서 온 아이였습니다. 그 애는 한국어를 하나밖에 알지 못했습니다. 안녕하세요. 한국어로 인사만 겨우 했고 다른 말은 전혀 하지 못했습니다. 종일 교과서를 펴놓고 가만히 앉아 있기만 했습니다. 담임은 그 애를 어떻게 대해야 할지 모르는 것 같았습니다. 어쩌면 잘 아는 것도 같았습니다. 담임은 그 애를 가만히 내버려두었습니다. 발표를 시키지 않았고, 숙제를 해오지 않아도 손바닥을 때리지 않았습니다. 단체로 벌을 세울 땐 그 애만 제외시켰습니다. 반 아이들 모두 책상 위에 올라가 무릎을 꿇은 상태로 두 팔을 들고 있을 때도 그 애는 의자에 가만히 앉아 있었습니다. 체벌이 뭔지 모르는 듯한 표정으로요. 그럴 때마다 반 아이들은 그 애를 몹시 미워했지요.

그 애의 이름이 뭐였는지 지금은 기억나지 않습니다. 아무도 그 애의 이름을 부르지 않았기에 출석부를 봐야만 이름을 알 수 있었습니다. 머리칼은 옅은 황갈색이었고, 눈동자는 초록빛이 감돌았습니다. 저는 학기 초부터 그 애를 좋아했지만 다정하게 이름을 부르거나 다가가 말을 걸지 못했습니다. 저는 소련 말을 할 줄 몰랐고, 그 애가 할 줄 아는 한국어라곤 안녕하세요, 뿐이었으니까요. 그런 우리가 짝이 되었습니다.

저는 그 애가 교과서의 엉뚱한 페이지를 펴놓고 멀뚱히 앉아 있는 것을 발견할 때마다 팔을 뻗어 낱장을 넘겨주곤 했습니다. 여기가 아니야. 제가 올바른 페이지를 펼쳐주면 그 애는 제 얼굴을 보다가 다시 교과서를 보았지만 여전히 이해할 수 없다는 표정으로 멍멍히 앉아 있었지요. 저는 그 애가 무슨 이유로 외국인 학교로 가지 않고 우리 학교로 온 것인지 궁금했습니다. 지역 특성상 간혹 외국인 학생이 입학하기도 했지만 같은 반이 된 것은 처음이었기에 호기심이 무척 컸습니다.

그 애와 짝이 된 뒤로 저는 그 애의 침묵과 가만한 몸짓에 마음이 쓰였습니다. 급기야 그 애가 벌을 받고 있는 것일지도 모르겠다는 생각마저 했지요. 부모가 벌을 주기 위해 말이 전혀 통하지 않고 친구도 사귈 수 없는 학교에 보낸 건지도 모른다고요. 저는 소련이 붕괴되어 이제 소련이라는 나라가 존재하지 않게 되었다는 어른들의 말을 들었고, 냉전 종식이라든지 공산주의 패망이라는 말도 귀동냥으로 들었지만 그 의미를 알았던 것은 아니기에 그 애의 조국에 대단히 비극적인 일이 벌어졌다고 생각했습니다. 저는 그 일에 대해 그 애가 어떤 마음일지 무척 궁금했지만 당연히 아무것도 물을 수가 없었기에 그저 그 애가 국어 시간에 사회 교과서를 펼쳐놓은 것을 보고 가슴 아픈 표정을 숨기면서 올바른 교과서를 찾아주기만 했습니다. 그렇게 해도 그 애는 한 번

몸과 고백들

도 저에게 고맙다고 말하거나 미소를 짓지 않았지요. 저에게 도우려는 마음이 있다는 것을 모른 척하는 것도 같았습니다. 그러나 저는 대가를 바라지 않고 묵묵히 그 애를 도왔어요. 물론 좋아했기 때문에 가능한 것이었습니다. 만일 좋아하지 않았다면 사회 시간에 자연 교과서를 펴놓은 걸 보고서 킥킥거리며 웃거나 한숨을 내쉬기만 했겠지요. 한편으로 저는 그 애가 한국어를 알지 못해서 연신 실수를 할 때마다 마음이 놓이기도 했습니다. 제가 도울 일이 늘 있다는 건 가까워질 수 있는 기회가 많다는 의미였으니까요.

미술 시간에 그 애는 자연 풍경을 그리라는 담임의 말을 알아듣지 못해 혼자 초상화를 그렸습니다. 자화상인지 아는 사람을 그린 것인지는 알 수 없었지만 머리칼은 노란색으로 칠하고, 눈은 하늘색으로 그렸지요. 치마를 입혀놓은 걸 보고서 저는 그 애의 여동생인지 누나인지 혹은 어머니인지 궁금했고, 어쩌면 붕괴되었다는 소련이라는 나라에 두고 온 친구일지도 모르겠다는 생각에 약간 슬퍼졌으나, 어쨌든 완성한 그림을 교실 뒤편에 걸어놓았을 때 그 그림만 우스꽝스러워 보일 거라는 사실에 괴로워졌습니다. 그래서 제가 그리고 있던 나무를 가리키며 말했지요. 이런 걸 그려. 나무, 산, 강, 바다. 그 애는 저를 돌아보았지만 당연히 제 말의 의미를 알아듣진 못했습니다. 저는 다시 제 그림의 나무를 가리키고 연이어 구름을 가리켰지만 그 애는 가만히 고개를 젓기만 했습니다. 고집마저 엿보였지요. 어째서 그런 생각이 들었는지 모르겠으나 저는 그 애가 한국어를 다 알아듣고도 모른 척하는 것일 수 있다고 순간 생각했습니다. 그래서 붓을 들어 그 애의 스케치북 귀퉁이에 나무를 그렸지요. 한쪽 구석에 나무 두 그루를 그리고 연이어 다른 귀퉁이에 태양을 그렸습니다. 그 애는 제가 하는 양을 가만히 보고만 있었어요. 마침내 미술 시간이 끝났을 때 우리는 물감이 마른 그림을 교실 뒤편에 나란히 걸었고, 그 애의 그림 한가운데 그려진 인물이 유독 도드라져 보이긴 했지만 그래도 귀퉁이에 나무와 구름과 태양과 별이 있기에 풍경화라고 우겨볼 수가 있었지요. 저는 그것이 몹시 뿌듯하게 느껴져 그 애의 팔을 붙잡고 말했습니다. 고마워. 그 애가 저에게 마땅히 해야 할 말을 제가 그 애에게 재차 들려주었어요. 고마워. 그러자 그 애가 제 얼굴을 빤히 보더니 빙그레 웃는 것이었습니다. 저는 도무지 왜 웃는 것인지 알 수가 없어서 어리둥절한 표정을 지었지요. 혹시 고마워, 라는 말을 알아들은 것일까. 그 뒤로 저는 그 애에게 도움을 줄 때마다 고마워, 라고 말했고 그때마다 그 애는 저를 보며 빙긋이 웃었습니다. 저는 이렇게 생각했지요. 불쌍한 녀석. 내가 너에게 고마움을 느낄 일이 뭐가 있겠니. 너는 항상 내 도움을 받기만 하는데.

불량 식품을 나누어 먹는 아이들 사이에서 혼자 소외되어 책상만 가만히 내려다보고 있는 그 애에게 저는 노란색 아

206   몸과 고백들

폴로를 슬쩍 건네주었습니다. 그 애는 처음엔 그걸 빤히 쳐다보기만 하다가 나중엔 조심스레 손을 내밀었고, 먹는 방법을 몰라서 그런 것일 수도 있지만 먹지 않고 손에 움켜쥐고 있기만 했습니다. 저는 그 애가 그걸 언제까지 쥐고 있는지 계속 지켜봤는데 그날 수업이 끝날 때까지 그러고 있는 것을 보고서 정말이지 착한 아이라고 생각했지요. 고마워, 같이 놀자, 그런 말은 할 줄 모르지만 착하긴 하구나. 여자아이들은 그 애를 힐끔힐끔 훔쳐보고, 남자아이들은 그 애를 투명 인간으로 취급했던 학교에서 저는 그 애가 가장 좋았습니다. 그 애의 모든 걸 알고 싶었어요.

여름방학이 끝나고 학교로 돌아가니 옆자리가 비어 있었습니다. 담임은 그 애가 조국으로 돌아갔으며, 반 아이들 모두에게 매우 고마워했다고 말했습니다. 좋은 추억을 많이 만들었다며 그 말을 꼭 전해 달라 했다고요. 저는 선생님이 소련 말을 알아들은 것인지 아니면 그 애가 한국어로 그런 말을 한 것인지 궁금했지만 묻지 못했습니다. 마음 한구석에선 그 애가 아무런 말도 하지 않고 떠났을 거라고 확신했지만요.

제 옆자리는 한동안 비어 있었습니다. 어느 날 담임이 자리를 바꾸라고 했을 때 비로소 다시 짝이 생겼고, 저는 새로 짝이 된 남자애를 심드렁하게 쳐다보았지요. 왜 그땐 여자와 남자만 짝이 될 수 있고, 여자와 여자, 남자와 남자는 짝이 될 수 없었는지 모르겠습니다. 여하튼 제 옆자리에 앉은 남자애가 서랍에 교과서를 넣다가 그 안에서 반으로 접힌 도화지를 발견했습니다. 거기엔 뜻을 알 수 없는 고불고불한 문자가 가득 쓰여 있었어요. 저는 그 애가 저에게 남긴 작별 편지일 거라는 생각에 얼른 달라고 말했지만, 새로운 짝은 혀를 쏙 내밀더니 도화지를 공처럼 뭉쳐서 교실 뒤편으로 휙 던져버렸습니다. 저는 그것을 주워 오지 못했습니다. 만일 그렇게 한다면 그 애를 좋아한다고 모두에게 외치는 것이나 다름없었으니까요. 저는 그 애가 소련 말로 작별 편지를 남긴 것이 아쉬웠고, 주워 와도 무슨 내용인지 알지 못할 거라고 생각하며 스스로를 위로했습니다.

그 애가 떠난 뒤에야 저는 그 애의 조국을 빈번히 떠올렸고, 그곳에서 그 애가 어떤 모습으로 살아가고 있을지 자주 상상했습니다. 그 애가 사는 집과 뛰어노는 놀이터는 어떤 모습일지, 어른들이 가지 말라고 하는 곳에 그 애도 발을 들일지, 친구와 어떤 대화를 나누며 웃을지, 한국에 왔을 때 어떤 마음이 들었고, 어떤 기대를 했으며, 어떤 두려움을 느꼈는지. 그리고 나와 짝이 되었을 때 어땠는지. 솔직하게 정말로 어땠는지. 내가 교과서를 펼쳐주고 알아듣지 못할 한국어로 말을 걸 때 어떤 기분이었는지. 방학이 끝나고 붕괴된 소련으로 돌아가게 된다는 사실을 알았을 때 나를, 떠올렸는지.

그리고 그곳의 학교에서도 필통을 열 때 조심스러운 표정으로 주변을 살피는지. 필통 안에 붙여놓은 스티커가 죄

몸과 고백들

다 드레스 입은 공주님이라는 것을 들키지 않으려고 여전히 주의를 기울이는지. 내가 그걸 발견하고서 예쁘다, 귀족 언니, 공주 같은 말을 했을 때 알아듣지 못했을 게 분명함에도 한 손으로 턱을 괴고 초록빛 눈동자를 반짝이며 나를 지그시 쳐다본 이유가 무엇인지. 입가에 미소가 떠오르고 얇은 분홍빛 입술이 자꾸만 옆으로 길게 늘어난 이유가 무엇인지. 내가 공주님 종이 인형을 교과서 사이에 끼워서 건네주었을 때, 얼른 자기 교과서로 옮기고 나서 두 손으로 입을 가리고 웃은 이유가 무엇인지.

저는 이런 것들에 대해 묻는 대신 나는 너를 사랑했으며, 언어가 전혀 통하지 않았음에도 내 몸은 항상 달떴다고 말하고 싶었습니다. 아폴로를 먹지 않고 온종일 손에 쥐고 있는 모습이 안쓰러우면서도 좋았다고요. 끈적끈적해진 손을 닦지 못해 이리저리 고개를 돌리는 모습에 심장이 쿵쿵 뛰었다고요. 나중엔 산수 문제의 답을 알려주는 척하면서 슬쩍슬쩍 손등을 건드리고, 손가락을 살며시 잡아보고, 옷을 뚫고 나오는 체취를 슬그머니 맡았다고요. 그리고 무엇보다 귀족 언니의 귀족적인 아름다움에 대해 말하면 누구보다 열심히 동의해줄 사람이 너라는 것을 알아서 마음이 든든했다고요.

겨울방학이 막 시작되었을 때 저는 어머니의 손을 잡고 연탄재 뿌린 빙판길을 조심조심 걸어가면서 물었습니다.

엄마, 소련에도 눈이 많이 오지? 거기도 연탄이 있어?

어머니는 걸음을 멈추고 저를 가만히 보더니 다시 앞을 보고 자박자박 소리 내며 걷다가 말했습니다.

거기도 연탄이 있어.

저는 그제야 비로소 안도했습니다.

그 애를 조금씩 잊어도 될 것 같았습니다.

*

국민학교에 입학하기 전에 어머니는 저를 데리고 경서 언니 집으로 종종 놀러 갔습니다. 언니는 뇌성마비 장애인이었고 온종일 집에만 있었습니다. 언니의 어머니 역시 언니와 함께 집에만 있었습니다.

처음 언니를 만났던 날 저는 황경서, 라고 외치듯 크게 이름을 불렀지요. 저에게 집중하지 않는 언니의 주의를 끌 속셈으로요. 그러자 어머니가 미안해하는 표정으로 아줌마를 슬쩍 보더니 저에게 말했습니다. 세진아, 언니라고 해야지. 그러자 아줌마가 웃으며 말했습니다. 그래, 너보다 나이가 많아. 언니라고 불러야 돼.

그 뒤로 그 집에 놀러 갈 때마다 아줌마는 저를 반기며 말했습니다. 경서가 세진이를 참 좋아해. 실제로 언니는 저를 볼 때마다 입을 크게 벌리고 침을 흘리며 웃었습니다. 병증으로 인한 찡그림과 저를 반기는 표정이 미묘하게 다르다는 것을 저도 얼마 지나지 않아 알아챘지요. 대답이 돌아오지

몸과 고백들

않을 것을 알면서도 저는 언니에게 이것저것 묻곤 했습니다. 언니는 의미를 알 수 없는 어, 오, 아, 우 소리만 길게 냈지만 저는 언니가 대답해주었다는 걸 알았어요. 다만 그 말을 해석할 능력이 제게 없었을 뿐이지요. 언니와 함께 있을 때마다 저는 언니의 언어를 해석할 수 없어 난감했고 제가 무능하다고 느꼈습니다. 언니의 언어를 알아들을 수 있다면 얼마나 좋을까. 언어라는 것은 크게 두 종류로 나뉠지도 모른다는 생각을 그때 처음으로 했습니다. 지금 제가 하는 말처럼 경직된 의미를 품고 있는 제한된 언어가 있는 반면에 표정과 눈빛, 제스처와 주로 모음 어, 오, 아, 우로 전달되는 확장된 언어가 있다는 것을요. 저는 전자만 구사할 수 있을 뿐 후자에 속하는 언어 능력은 젬병이었지요.

제 눈에 언니의 몸은 불편해 보이지 않았습니다. 이상한 말 같지요? 그 당시 아무도 저에게 언니가 아픈 사람이라고 말해주지 않았습니다. 어머니도 아줌마도 그에 대해선 아무런 말도 하지 않았어요. 그저 언니의 이름을 알려주었고, 언니라고 부르라고만 했습니다. 그게 다였지요. 제가 알아야할 다른 것은 없다는 듯이요. 그래서 저는 언니가 자신의 몸을 불편하게 여기리라 생각하지 않았습니다. 처음엔 약간 불편해 보였지만 나중엔 그것이 언니의 몸이 존재하는 방식이라고 생각했습니다. 물론 일곱 살의 나이에 존재나 방식이라는 단어를 떠올릴 수 있었던 건 아닙니다. 그 당시 제가 언니의 몸에 대해 가졌던 생각을 성인이 된 지금 어른의 언어로 해석해보면 그렇다는 것입니다. 저에게 경서 언니는 뒤틀린 팔과 다리를 가진 언니였고, 대다수의 사람들과 다른 언어를 쓰는 사람이었지요. 언니의 의중을 알려면 표정과 눈빛을 유심히 살필 수밖에 없었는데 그런 소통 방식이 익숙하지 않았지만 흥미롭게 느껴지기도 했습니다. 타인과 대화할 수 있는 새로운 방법을 찾은 것 같았지요. 저는 점점 언니가 편해졌고, 언니의 팔과 다리가 제 것과 다른 방식으로 움직인다는 걸 크게 의식하지 않았고, 모음 위주의 언어와 비명 비슷한 소리를 내는 것에도 익숙해졌습니다. 언니가 자신의 감정을 뚜렷하게 표현하는 방법이라고 생각했어요.

판잣집 세 개의 단칸방 중 가장 구석진 방에 살았던 경서 언니. 출입문을 열면 재래식 부엌이 나오고, 그곳 바닥에 깔아놓은 돗자리 위에 눕듯이 앉아 있는 언니를 찾아가 저는 놀러 온 아이가 으레 하듯이 곁에 엎드려 놀았지요. 한 번씩 고개 들어 언니를 올려다보면 언니는 미간을 찡그리고 입은 크게 벌린 채로 침을 흘리고 있었어요. 저는 언니가 저를 좋아한다고 굳게 믿었습니다. 언니가 더 이상 저를 좋아하지 않으면 반드시 의사를 표현하리라고 생각했습니다. 언니는 자신의 감정을 잘 드러내는 솔직하고 호기심 넘치는 사람이었으니까요. 그러므로 목소리가 그렇게 클 수밖에 없고, 방안에 누워 있는 것보다 부엌 바닥에 앉아 마당을 오가는 사람들을 구경하는 걸 좋아하는 거라고요. 언니 집의 문이 닫혀 있었던 건 겨울을 제외하고 단 하루뿐이었는데, 외신 기자들이 산동네를 취재하러 와서 동네에서도 가장 낡은 그 집을 촬영했던 날이었습니다. 그때 동네 어른들은 그 집을 둘러싸고 서서 혀를 차며 나라 망신 저 집이 다 시킨다고 수군거렸지요.

학교에 들어가고 나서부터 저는 경서 언니의 집에 놀러 가는 일이 뜸해졌습니다. 제가 사는 동네가 가난한 사람들이 사는 구역이라는 걸 처음으로 깨달았던 시기였지요. 저는 산동네에서 등하교하는 아이들에게 깊은 친밀감을 느꼈지만 학교에선 어울려 지내지 않았습니다. 서로가 서로를 모른 척했어요. 그건 담임선생이 반 아이들에게 집 주소에 '산'이라는 단어가 포함되어 있는 아이는 손을 들어보라고 말한 뒤에 벌어진 일이었습니다. 저는 손을 번쩍 들었고, 곧이어 아이들의 묘한 시선을 받고서 설명할 수 없는 복잡한 감정이 밀려와 무거워진 손을 힘없이 내렸어요. 의외로 저희 반엔 산동네에 사는 아이가 많지 않았습니다. 그 뒤로 저는 아랫동네에 사는 아이들, 그중에서도 학교 앞 육교를 건너면 나오는 부자 동네에 사는 아이들을 구별하기 시작했습니다. 그 애들은 옷차림이 달라 보였고 머리 모양도 멋졌어요. 새 옷을 자주 입었고, 학용품도 수시로 바뀌었지요. 저는 멋을 부리는 것에 관심이 많은 아이였지만 부자 동네 아이들과 비교하면 아무리 노력해도 스스로가 남루해 보이는 것 같았습니다. 아이들 사이에 산불처럼 번져갔던 경계심에 저까지 물든 것이지요. 그런 일은 어느 곳에 사는지 손을 들어보라고 말한 순간 불시에 시작되었습니다. 가정환경 조사를 가장한 분리 시스템이 있었고, 아이들은 어른들이 나누어놓은 보이지 않는 경계선을 금세 알아보았습니다. 그 뒤로 담임의 태도는 크게 달라지지 않았지만 저는 어른들이 우리에게 이렇게 말하는 것만 같았습니다. 분리했으되 너희들은 모두 평등하다. 중요한 건 앞부분입니다. 분,리,했,으,되.

그 뒤로 저는 반 아이들과 가까워질 때마다 부자 동네, 아랫동네, 산동네 중 어디에 사는 아이인지 판단부터 내렸습니다. 다른 아이들은 그러지 않았을지 몰라도 저는 매번 그렇게 했습니다. 그들을 차별한 것이 아니라 그들로부터 차별당할 가능성을 미리 헤아려봤던 거라고 말하면 변명으로 들리겠지만요. 저는 아랫동네에 사는 아이와 친해졌지만 부자 동네에 사는 아이들과는 가까워지기가 어려웠습니다. 그 일이 있기 전까지는 그랬어요.

부자 동네에 사는 아이들 중 한 명이 저를 짝이라는 이유로 생일 파티에 초대했는데, 반짝이 풀을 포장한 생일 선물을 갖고 있다는 걸 확인한 뒤였지요. 그 집에 도착했을 때 저는 너른 마당이 있는 2층짜리 단독주택을 짝의 가족이 통째로 쓴다는 것에 무척 놀랐습니다. 경서 언니가 사는 집은 단칸방 세 칸이 얇은 벽을 사이에 두고 일렬로 이어진 구조였고, 공용 마당도 손바닥만 했으니까요. 저희 집도 여섯 가구가 복작거리며 사는 다가구주택으로 방이 작은 것은 말할 것도 없고, 부엌은 아궁이가 딸린 재래식이었으며, 공용 푸세식 화장실은 위생 상태가 아주 나빴습니다. 그러나 저를 초대한 아이가 사는 집의 거실엔 커다란 소파 세트가 놓여 있었고, 싱크대가 설치된 주방의 널찍한 식탁엔 레이스보가 깔려 있었으며, 냉장고 안엔 온갖 가공식품이 가득 차 있었어요. 저는 가장 좋아하는 티셔츠와 반바지를 입고 있었지만 오랫동안 빨지 않은 옷을 입은 것처럼 부끄러워졌습니다. 케이크와 주스를 먹고, 전기 놀이를 하고, 수건돌리기와 숨바꼭질도 했지만 집에 빨리 돌아가고 싶다는 바람과 영원히 돌아가고 싶지 않다는 소망이 뒤엉켜 마음이 혼란스러웠어요.

혼자 자리를 빠져나왔을 때 주나가 저에게 말을 걸어왔습니다. 그때까지 저는 주나와 대화해본 적이 거의 없었습니다. 주나는 반에서 인기가 많기도 했지만 주나의 어머니가 수시로 학교에 먹을 것과 선물을 사 왔기에 거리감을 느꼈지요. 저의 어머니는 학부모 상담이 아니면 절대로 학교에 오지 않았으니까요. 산동네 어른들은 대체로 그러했습니다. 그러나 부자 동네 어른들은 별다른 일이 없더라도 학교에 자주 나타났어요. 교실 문을 열고 들어와 아이들에게 환심을 사기 위해 간식을 나누어주었고 환경 미화의 날을 맞이하여 커다란 화초를 들고 오기도 했습니다. 주나 역시 그런 어머니를 두었고, 늘 예쁜 옷을 입고 다녔기에 그 애의 머리카락이 갈색이고 눈동자가 파란색이라는 것은 아이들에게 차별적인 태도를 불러일으키지 않았습니다.

주나는 주한미군과 한국인 어머니 사이에서 태어났고, 주나의 어머니는 이태원에서 술집을 운영했습니다. 저는 주나가 저만큼 이태원을 잘 아는지, 그곳을 어떻게 생각하는지 궁금했지만 한 번도 먼저 다가가 묻지 못했습니다. 그런데 그날 그곳에서 주나가 저를 가만히 쳐다보다가 먼저 말을 걸어왔던 것입니다. 집에 갈 거야? 나랑 같이 나갈래? 저는 주나가 저에게 먼저 말을 걸어주고 함께 가자고 한 것이 기뻐서 얼른 그러겠다고 답했습니다. 우리는 현관 앞에 나란히 서서 그 집에 사는 아이에게 작별 인사를 하고 대문께로 걸어갔습니다. 밖으로 나오자마자 주나가 말했습니다. 나는 쟤 싫어. 오늘도 억지로 나를 초대한 거야. 저는 이유를 묻는 대신 주나를 질투하는 아이들이 많다는 걸 떠올렸습니다. 시험만 보면 늘 만점을 받고 온갖 비싼 물건을 다 갖고 있는 주나만큼 부족한 것이 없어 보이는 아이는 찾기 힘들었으니까요.

도로변을 걸으며 주나는 뜻밖에도 학교로 돌아가야 한다고 말했습니다. 교실로 가서 시험지 채점을 해야 한다고 했어요. 저는 놀란 마음을 숨기고 그걸 왜 네가 하느냐고 물었고, 주나는 담임이 자신을 신뢰하여 채점을 맡겼으며 만일 함께 가준다면 제 시험지 답안을 고쳐줄 수도 있다고 말했습니다. 저는 발밑이 푹 꺼지는 기분이 들었습니다. 주나가 매번 만점을 받았던 건 주나의 실력이 아니라 특권에서 비롯된 것일 수도 있겠다는 생각이 들었어요. 주나가 말했습니다. 선생님은 우리 반에서 내가 가장 정직한 학생이라고 했어. 그래서 나한테 채점을 맡긴 거야. 그러더니 저를 돌아보며 말했습니다. 고치고 싶은 답이 있어? 육교 계단을 오르며 저는 고민에 빠졌고, 주나는 대답을 재촉하는 것처럼 자꾸 저의 얼굴을 돌아보았습니다. 결국 저는 주나와 함께 학교로 돌아갔습니다.

주나는 담임의 책상 위에 놓여 있던 시험지 뭉치와 빨간색연필을 들고서 담임이 교탁 옆에 미리 깔아놓은 듯한 돗자리 위에 앉았습니다. 그리고 자신의 필통에서 지우개와 연필을 꺼냈지요. 저는 주나 옆에 앉아 주나가 시험지를 채점하고, 자기 답안지와 친구들의 답안지를 고쳐주는 것을 지켜보았습니다. 주나가 제 시험지를 발견하더니 저를 쳐다보았어요. 저는 시험지를 받아 들고서 떨리는 손으로 오답을 지웠습니다. 그리고 정답을 적었어요. 주나는 아무렇지 않은 표정으로 그 위에 빨간색 동그라미를 그리더니 제 시험 점수를 90점으로 올려주었습니다. 채점을 모두 마친 후 주나는 시험지 뭉치를 담임의 책상 위에 올려놓고서 돗자리를 접어 한구석에 두고 저와 함께 교실 밖으로 나왔지요. 그리고 비밀번호 자물쇠로 문을 잠갔습니다. 주나에겐 그 모든 일들이 심상해 보였어요.

다음 날 학교에 갔을 때 주나가 저를 손짓으로 부르더니 자신의 공책을 내밀며 말했습니다. 숙제를 하지 못했으니 대신해달라고요. 저는 주나의 공책을 가슴 앞으로 끌어당겨 연필을 쥐고 제 숙제 노트를 베껴 쓰기 시작했습니다. 주나가 갑자기 연필 끝을 손으로 쥐더니 자기 연필을 건넸어요. 이게 안 번져. 저는 고개를 끄덕이고 주나의 연필을 받아 들었습니다.

저는 반에서 주나와 가장 친한 사람이 저라고 믿었습니다. 주나가 저에게 다가와 스스럼없이 팔짱을 낄 때나 자신의 학용품을 쓰게 해줄 땐 내심 뿌듯했어요. 주나가 시험지를 채점할 때도 옆을 지켰습니다. 나중에 주나는 시험지 채점을 저에게 맡기고 다른 아이들과 어딘가로 놀러 가기도 했습니다.

반 아이들은 저를 가리켜, 주나의 시녀라고 말했습니다.

제가 시녀였다면 주나는 귀족이었던 걸까요. 저는 주나를 사랑했습니다. 주나가 제게 일부러 얄궂게 굴 때가 있다는 걸 알았지만 그 애의 부드러운 미소를 보면 부정적인 감

몸과 고백들

정이 모두 사라졌지요. 주나와 저는 2년 동안 같은 반이었습니다. 그 기간 동안 저는 주나의 시녀라는 말을 내내 들었습니다. 그러나 아이들이 뭐라 말하든 우리 사이를 질투해서 그런 거라 생각했습니다. 아무도 없는 곳에서 주나는 제 손을 잡았고, 예쁜 낙엽을 주워 저에게 선물했어요. 그런 시기를 지나면서 제 몸이 변화하기 시작했습니다. 가슴이 아팠지요. 열이 오른 것처럼 뜨거웠고, 찌릿하며 둔중한 통증이 계속되었어요. 저는 셔츠를 벗고 바닥에 누워 어머니에게 가슴을 봐달라고 말했습니다. 어머니는 납작한 제 가슴을 유심히 보다가 웃으며 말했어요. 아무것도 없어.

주나는 저와 친해지고 나서야 속마음을 털어놓았습니다. 아빠의 고향인 미국으로 가고 싶다고요. 그곳엔 파란 눈을 가진 사람이 많을 테니 마땅히 거기서 살아야 할 것 같다고요. 그리고 영화에 나오는 미국 소년을 보면 자기에게 꼭 맞는 짝이라는 생각이 든다고도 했습니다. 저는 이곳에도 재미난 일이 많다는 것을 알려주기 위해 주나를 아랫동네의 놀이터로 데려갔습니다. 그곳에서 상희를 만나 주나와 함께 어울려 놀았어요.

상희의 집은 고물상이었습니다. 정확히 말하면 고물상 안에 상희의 집이 있었어요. 상희는 아랫동네에 살았고, 저는 고물상일지라도 아랫동네에 산다면 산동네 사람들보다 부자일 거라고 짐작했습니다. 그런 생각으로 상희와 가깝게 지냈어요. 상희는 누구에게나 잘 웃어주었고, 토라지거나 화를 내는 법이 없었고, 해가 지고 난 다음에도 집에 가지 않고 놀이터에서 그네를 탔습니다. 혼자서 논 것은 아니었어요. 놀이터에 자주 오는 동네 오빠들과 어울리는 날이 많았지요. 그들은 중학생이거나 고등학생이었는데 학교엔 거의 가지 않았습니다. 상희가 그네를 탈 때면 다가와 앞에서 그네를 밀어주었어요. 상희는 늘 치마를 입었고, 그네가 크게 움직일 때마다 치마가 뒤집히려 했습니다. 앞에서 보면 팬티가 보일 것 같았어요. 저는 상희에게 치마를 꽉 붙잡고 그네를 타라고 말했지요.

주나가 놀이터에 나타난 뒤로 오빠들은 주나에게 큰 관심을 보였습니다. 저는 주나가 오빠들 앞에서 부끄러운 듯한 표정을 짓는 게 싫었습니다. 주나답지 않았어요. 어느 날 오빠들이 우리에게 이태원 비바백화점 앞으로 오라고 말했습니다. 주나와 상희를 따라 저도 그곳으로 가서 백화점 앞마당에서 묘기 부리듯 롤러블레이드를 타는 오빠들을 구경했어요. 주나와 상희는 함성을 지르고 손뼉을 쳤지요.

결국 주나는 오빠들 중 한 명을 짝사랑하게 되었습니다. 그를 따라다니느라 담임선생에게 거짓말하고 조퇴를 하기도 했어요. 시간이 지나 주나의 어머니가 그 사실을 알게 되었습니다. 놀이터에 불시에 나타난 아줌마는 오빠들과 어울려 놀고 있는 주나에게로 씩씩거리며 걸어왔습니다. 그리고

몸과 고백들

오빠들에게 따귀를 한 대씩 올려붙였어요. 곧이어 경찰차가 도착했지요. 아줌마는 경찰에게 오빠들이 나쁜 짓을 한 것처럼 말했습니다. 저와 상희에게도 그렇게 했다고 주장했습니다. 사실 오빠들은 저에게 말을 건 적이 거의 없었고, 그네를 밀어주려고 다가왔다가도 제가 딱딱한 표정으로 그네에서 뛰어내리곤 했기 때문에 나중엔 저를 본체만체했지요. 하지만 주나와 상희에겐 무척 자상하게 굴었고, 그들끼리 어울려 어딘가로 향하는 모습을 목격한 적도 있었습니다. 비바백화점 앞에서 만난 날도 그랬어요. 저는 그들을 따라가지 않고 집으로 혼자 돌아왔습니다. 그들이 어디서 무얼 했는지 묻지 않았습니다. 아줌마는 주나가 초경을 하기 때문에 아이가 아니라고 절규하듯 말했습니다. 경찰은 화난 표정으로 오빠들에게 뭔가를 묻고 적더니 경찰차에 줄줄이 태워서 어딘가로 데려갔습니다. 아무도 저에게 관심을 두지 않는 사이에 저는 얼른 집으로 도망쳤어요.

그날 이후로 주나를 다시 보지 못했습니다. 아이들은 주나가 미국으로 갔다고 말했지만 뒤미처 이상한 오빠들과 어울렸다는 소문이 교내에 퍼졌습니다. 소문 속에서 주나는 어린 나이에 신세 망친 여자애가 되어 있었습니다.

반 아이들이 저에게 다가와 주나를 흉보기 시작했을 때 저는 그 애들을 쏘아보았습니다. 아이들은 주나가 저를 곁에 둔 이유가 시녀가 필요해서였다고 주장했지요. 저 역시 뒤늦게 주나의 마음을 의심하기도 했지만 그렇다고 감정의 색채가 바뀐 것은 아니었습니다. 주나의 마음이 무엇이었든 주나는 제 유년 시절의 마지막 첫사랑입니다.

*

단밤과 함께 목욕탕에 갔습니다. 계획했던 대로 영업이 시작되자마자 안으로 들어갔지요.

우리는 텅 빈 목욕탕을 휘둘러보다가 샤워기 앞으로 천천히 걸어갔습니다. 머리에 헤어 캡을 쓰고, 스펀지에 비누 거품을 내어 온몸을 문지른 뒤 미지근한 물로 깨끗이 씻어냈습니다. 그리고 미끈미끈해 보이는 서로의 젖은 몸을 힐끗거리며 온탕 앞으로 걸어갔지요. 말이 온탕이지 열탕이나 다름없이 뜨거웠습니다. 단밤이 먼저 탕 안에 발끝을 넣고서 우아, 하는 소리를 냈고 저 역시 손끝을 담그고서 앗, 뜨거, 작게 소리를 내질렀지만 결국 탕 안으로 한쪽 발을, 연이어 다른 발을 담갔습니다. 종아리와 허벅지를 담그고 잠시 머뭇거리다 이내 주저앉듯 음모와 아랫배를 담그고, 배꼽이 물속으로 사라지고 명치가 잠기고 유두와 유륜이 보이지 않게 될 때까지 몸을 낮추다 한쪽 구석 자리에 나란히 앉았습니다.

단밤이 저를 돌아보며 작게 말했습니다.

여기서 그럴 거라고는 아무도 생각 못 하겠지.

잘못 본 거라고 생각하겠지.

몸과 고백들

지금, 할까.

우리는 그런 대화 끝에 서로의 얼굴을 돌아보았지만 열기에 발그레 달아오른 뺨을 보고 결국 웃음을 터뜨렸습니다. 헤어 캡을 쓴 단밤은 꼭 어린아이처럼 보였어요. 아마도 저 역시 그랬을 것입니다. 우리는 뜨거운 물에 담긴 두 개의 빨간 자두 같았습니다. 베어 물면 미지근하고 달착지근한 과육이 톡 터질 것 같았어요. 단밤 역시 그렇게 생각하는 기색이 역력했습니다.

냉탕으로 갈걸.

더워?

단밤은 고개를 젓다가 텅 빈 목욕탕을 둘러보더니 말했습니다.

여기도 아닌 것 같아.

저 역시 그런 생각이 들었습니다. 그래서 하지 않아도 괜찮다고 말했지요. 섹스를 중요하게 생각하진 말자고 했습니다. 아무래도 하고 싶지 않은 기분이 드는 걸 보니 오늘은 아닌 것 같고, 다른 날도 그럴 수 있지만 언제 그러지 않을지는 예상하지 말자고 했습니다. 단밤은 묵묵히 고개를 끄덕였어요.

뿌연 수증기가 차오르는 목욕탕을 바라보는 동안 저는 점점 마음이 차분해졌고, 몸이 나른하게 이완되었습니다. 벽면에 일렬로 붙어 있는 네모반듯한 거울이 판판한 보석처럼 보였습니다. 어릴 적 어머니를 따라 목욕탕에 다녔던 기억이 떠올랐지요. 그땐 목욕탕에 들어가면 물속에 있는 것처럼 귀가 먹먹했고 앞이 뿌옇게 보였습니다. 어찌나 사람이 많은지 걸어 다닐 때마다 아주머니나 언니들의 부드러운 엉덩이며 둥그런 아랫배에 부딪힐 정도였고, 한구석엔 엄마를 잃어버리고 우는 아이도 있었어요. 그 목욕탕은 아랫동네의 유서 깊은 선지해장국집과 같은 건물에 세 들어 있었고, 목욕을 마친 어른들은 당연히 수순이라는 듯이 해장국집으로 들어갔습니다. 어머니를 따라 저도 어릴 때부터 선지해장국을 먹었습니다. 주말 낮이면 알루미늄 포일이 깔린 불판 위에 삼겹살이 지글거리며 익어갔고, 고기 타는 연기와 뿌연 담배 연기가 식당 안에 자욱했어요. 실내 흡연이 전면 허용되던 시절이었습니다. 아버지의 입은 고기를 먹는 것보다 담배를 피우는 것에 더 많이 쓰였습니다. 다른 테이블의 아버지들도 담배를 입에 문 채로 자식들에게 쌈을 싸주느라 바빠 보였어요.

저는 단밤에게 어른이 되어 깨달은 사실을 말해주었습니다. 사실 부자들이 사는 곳이라고 생각했던 아랫동네는 상습 침수 구역이기도 했으며, 한강 물이 범람해 허리까지 물이 차올랐던 여름이 종종 있었다고요. 그럼에도 윗동네에서 아랫동네로 이사하려는 욕망은 사그라지지 않았는데, 장마 기간은 1년에 한 달이지만 자격지심은 1년 내내 계속되었기에

몸과 고백들

그랬던 것 같다고 말했습니다.

콤플렉스였을까?

단밤의 말에 저는 고개를 저었습니다.

농담으로 승화시킬 수 있었던 콤플렉스였어. 다들 얼마나
잘 웃었는지 몰라. 가난하다고 해서 종일 화만 내고 인상만
쓰며 사는 건 아니야.

저는 단밤에게 윗동네 어른들이 갖고 있던 삶의 자세를
알려주었습니다. 누구나 사연이 있다는 생각으로 이웃에게
적당한 무관심을 유지했던 태도를요. 경서 언니의 병에 관
해 아무런 설명도 해주지 않았던 어머니와 화려한 옷차림의
귀족적인 언니들을 봐도 심상한 표정을 지었던 어른들과 그
밖의 모든 상황 앞에서 편견 대신 침묵으로 일관했던 그들
의 모습이 가끔 떠오른다고요. 오히려 그런 태도로 인해 저
는 선입견 없이 이웃을 대할 수 있었습니다. 윗동네 어른들
이 가졌던 편견은 단 하나였습니다. 부자들은 아랫동네에 산
다. 오로지 이것뿐이었지요.

이제 와서 생각해보니, 내 고향은 내가 온전한 나로 자랄
수 있게 해준 곳 같아.

온전한 너는 어떤 사람인데?

남자도 여자도 아닌 제3의 무엇. 성별이 없는 건 아니야.
아직 보편화되지 않은 영역에 있을 뿐. 경계가 없는 지대에.

그런데 왜 여탕에 온 거야?

단밤이 웃으며 물었고, 저는 반칙이라는 걸 알면서도 여탕과 여자 화장실을 선택할 수밖에 없다고 말했습니다. 단밤은 이유를 묻지 않았습니다. 묻지 않더라도 알았겠지요.

근데 세진아, 너는 남자나 여자를 사랑하는 게 아니라 그냥 그 사람을 사랑한다고 했잖아. 마치 사람은……

태양 같다고.

맞아. 근데 그건 좀 미묘한 말 같아. 누군가를 수십 년간 깊이 사랑하게 되면 남자인지 여자인지 떠올리는 일은 거의 없을 것 같거든. 우리 엄마만 봐도 그래. 엄마는 이제 아빠를 남자로 생각하고 사랑하는 게 아니랬어. 박상기라는 인간이 오랫동안 어른인 척하는 아이였다는 걸 알아서 애틋한 마음이 더 크다고 했어. 그래서 잠들어 있는 걸 볼 때면 가끔……

볼에 뽀뽀라도 하시나?

아니. 평화롭게 죽게 해달라고 기도한대. 자다가 고통 없이 평온하게 죽기를, 그렇게 생을 마감하게 해달라고 기도한대.

뭐라고? 그게 무슨 감정이야?

사랑이지. 오랫동안 어떤 존재를 사랑한 끝에 오래 살기를 바라기보다 고통 없이 죽기를 바라는 마음이 더 커진 것.

그게 사랑이라면…… 나는 아직 사랑을 해본 적이 없네.

나도. 나에게 사랑은 곁에 있는 사람이 건강하게 오래 살

몸과 고백들

았으면 하는 것인데.

나에게 사랑은 두 사람이 서로만 바라보는 것인데.

단밤은 저를 빤히 보다가 가까이 다가와 입을 맞췄습니다. 저는 누군가 목욕탕 문을 열고 들어오진 않나 눈으로 바삐 살폈지요. 단밤이 입술을 떼어내더니 말했습니다.

처음 내 몸을 보여준 건데 왜 부끄럽지가 않지. 내 몸 어때?

둥글둥글해. 내 몸은?

말랐어. 넘어지면 뼈가 부러질 것 같아.

앞뒤가 구별 안 된다거나 그러진 않아?

참 이상한 말이다. 젖꼭지가 빤히 보이는데 왜 구별이 안 돼?

그때 문을 열고 누군가 목욕탕으로 들어왔습니다. 나이가 지긋한 할머니들이었습니다. 그들은 앉아서 씻을 수 있는 자리로 걸어가더니 목욕 의자에 물을 몇 차례 끼얹고 나서 의자에 앉았습니다. 그리고 물을 세차게 틀어 대야에 받았습니다. 허리께에 붙은 두툼한 살과 움직일 때마다 흔들리는 팔뚝 살이 보였지요. 그들을 바라보는 동안 문득 떠오르는 장면이 있었습니다.

예전에 본 영화에 공용 샤워실 장면이 나온 적이 있어. 나이, 피부색, 체중, 체격이 다양한 사람들이 일렬로 서서 몸을 씻고 있는 장면이었어. 어떤 사람은 어깨가 무척 넓은데 가습은 거의 없고 허벅지가 통나무만 했어. 어떤 사람은 상체가 고목처럼 우람한데 하체는 묘목처럼 가느다랬어. 어떤 사람은 가슴이 늘어져서 기다란 주머니를 매달고 있는 것 같았고, 어떤 사람은 엉덩이가 범선만 하고 아랫배는 거대한 돛처럼 툭 튀어나와 있었어. 누가 여자이고 남자인지 언뜻 봐선 구별이 안 됐어. 머리칼이 죄다 짧았거든. 일부러 고유한 개성이 잘 드러나는 몸을 가진 사람들 위주로 캐스팅한 것 같았어.

단밤은 생각에 잠긴 표정을 지었습니다. 저는 연이어 말했습니다.

사람들은 내 몸을 보고 나를 여자라고 생각하겠지. 하지만 보이는 게 전부가 아니라고 말하고 싶어. 본다는 게 실은 보지 않는 것일 수도 있다는 걸 말이야.

단밤은 조용히 고개를 끄덕이다가 탕 속에 얼굴을 담갔습니다.

*

목욕탕을 나와 콩나물국밥집으로 갔습니다. 우리의 얼굴엔 온탕의 열기가 남아 있었습니다. 찬물을 몸에 끼얹었을 때 사라졌던 발그레함이 다시 서서히 올라왔지요. 그럼에도 콩나물국밥이라는 뜨거운 메뉴를 택해 김이 모락모락 피어오르는 국밥을 숟가락으로 뒤적거렸습니다. 수북하게 쌓여 있는 콩나물을 옆으로 걷고서 점원이 가져다준 날달걀을 깨뜨려 넣었지요. 노른자 위에 뜨거운 국물을 연거푸 끼얹는 단밤을 바라보다 국물을 한 숟갈 떠서 넘겼습니다. 편안하면서도 깊은 맛이었습니다. 콩나물국밥은 아무 때나 먹어도 소화가 잘되고 항상 무심한 마음으로 대할 수 있는 음식입니다. 소화기관이나 그날의 기분에 부담스럽다거나 하는 일은 거의 없지요. 저는 문득 단밤에게 콩나물국밥 같은 사람이 되고 싶은 마음이 들었습니다. 하지만 아무리 생각해도 그렇게 될 수는 없을 것 같았습니다. 콩나물국밥은 어느 모로 보아도 평범하다고 말할 수밖에 없는, 콩나물국밥에게 약간 미안한 마음이 들더라도 끝까지 평범하다고 주장할 수 있는 음식이지만 저는 그리 평범한 사람이 아니었으니까요.

그렇다고 해서 저는 구석진 곳에 웅크려 있고 싶진 않았습니다. 나는 곧 나로 대변될 수 있는 사람들의 집합이며, 그들은 곧 나이기도 하다는 생각도 하지 않았습니다. 나는 다른 누구도 아닌 나라는 생각도 하지 않았습니다. 그러면 나는 과연 어떤 상태인 걸까요. 나는 없고, 현재의 모습이 이러하다는 것만 있다면요. 경계 없는 확장만 끝없이 계속된다면요.

콩나물국밥을 거의 다 먹고 나서 단밤이 접시에 남은 오징어젓갈을 젓가락으로 휘저으며 말했습니다.

고등학생 때 집에 애인을 데려왔다가 가족한테 들킨 적이 있어. 노크도 없이 내 방문을 벌컥 연 거야. 나는 애인하고 옷을 벗은 채로 잠들어 있었고 누가 들어오는 소리를 듣지 못했어. 그때부터인 것 같아. 집에선 안전하지 않다는 생각이 들기 시작한 게. 경계가 없는 곳이 더 안전할 수 있다는 생각을 했어. 경계가 없다는 건 자격이나 조건 같은 게 없다는 거잖아.

단밤은 오징어젓갈을 더욱 거칠게 휘젓더니 혈연이라는 것은 마치 오징어젓갈 같다고 말했습니다.

시뻘겋고 발효된 냄새가 나고 들러붙을 것 같고 강렬한 짠맛이 나잖아. 나는 혈연 기반의 원가족이 얼마나 멀어질 수 있는지 잘 알아. 웃으면서 내 삶을 전적으로 부정하는 얼굴들이 얼마나 밉고 원망스러운지. 자기들만 행복하면 그만이라는 태도가 너무 싫었어. 어릴 때부터 집에서 빨리 도망쳐 나와 내 가족을 이루고 싶었고. 당연히 혈연일 필요는 없고, 지금은 사랑일 필요도 없다고 생각해. 그런 의미에서 네 감정이 어떤지 묻지 않고서 나랑 같이 살겠냐고 물어도 될까?

내 감정은 사랑인데. 저는 그런 말을 하는 대신 단밤의 말이 부담스럽다는 듯이 달걀 껍데기만 쳐다보았습니다. 알맹이가 빠져나가 텅 빈 껍데기의 쓸모가 어디에 있을까 생각하면서요. 그러다 어머니가 그것을 비료처럼 잘게 바수어 키우던 식물 화분에 던져두었던 것이 떠올랐습니다. 껍데기도 알뜰한 쓰임이 있는데……. 저는 단밤에게 말했습니다.

내가 껍데기뿐이라도 괜찮아?

네가 왜 껍데기야?

알맹이가 없어서.

알맹이는 어디로 갔는데?

알맹이는 확장되기 위해 바깥을 돌아다니는 중이야.

단밤은 고개를 기울이다가 이윽고 말했습니다.

나도 같이 돌아다니면 되겠네.

*

두 사람이 앉으면 바투 붙어 앉아야 하는 작은 소파가 있는 집으로 단밤과 함께 돌아왔습니다. 단밤은 오늘부터 집에 가지 않겠다고 말했습니다. 누군가와 집에서 함께 있는 훈련을 당장 시작하겠다고요. 저는 약간의 부담감을 느꼈지만, 그것은 결국 믿기지 않는 행복에 발을 걸어 넘어뜨리려는 비관임을 깨닫고 방이 하나밖에 없는 집에서 단밤과 어떻게 동거할 수 있을지 열심히 고민했습니다.

내가 거실에서 잘게. 단밤은 접이식 매트리스를 침대 아래 보관해두었다가 잘 때만 거실 바닥에 펼치겠다고 말했습니다. 아주 기발한 아이디어라도 되는 것처럼 손뼉을 쳤지요. 저는 다른 의견을 내놓았습니다.

이사를 하자.

어디로?

방이 하나 더 있고, 큰 소파가 들어가는 거실이 있는 집으로. 타인과 함께 있어도 불편함을 느끼지 않을 만큼 평수가 넉넉한 집으로.

단밤은 뜻밖이라는 표정으로 저를 보며 말했습니다.

그런 집을 구하려면 형편이 지금보다 나아져야 하는데 나는 가망이 없어.

나도 그래.

그럼 어떻게 하려고?

서울을 떠나면 되지 않을까.

서울을 떠나서 어디로.

서울로 통근이 가능한 어딘가로.

출퇴근 시간만 세 시간 넘게 걸릴 텐데.

그래도 주말엔 온종일 넓은 집에 같이 있을 수 있잖아. 한 달을 기준으로 하면 8일이야. 결코 짧지 않아.

저는 단밤에게 방을 마련해주고 싶었습니다. 거실에서 매트리스를 펼쳐놓고 자다니요. 그런 식으로 동거 생활을 시작하고 싶지 않았습니다. 그러나 우리 형편으론 서울에서 방두 개에 널찍한 거실이 있는 집은 구하기 어려울 게 분명했지요.

단밤은 결국 그러자고 답하며 창가에 놓여 있는 스투키 화분으로 가까이 걸어가 흙을 만지작거렸습니다. 저는 단밤의 곁으로 가서 창문을 활짝 열고 바깥 공기가 우리의 두 볼을 식혀주기를 기다렸습니다. 저만큼이나 단밤의 얼굴도 발그레했지요. 목욕탕과 콩나물국밥집에 이어 집에서도 여전히 우리의 얼굴은 두 개의 자두처럼 붉었습니다.

새로 정착하게 될 동네는 어떤 곳일까요. 그곳에서 저와 단밤의 기질은 얼마나 발현되고 확장되고 소거되고 움츠러들까요.

저는 단밤의 손을 잡았습니다. 집에 누군가와 함께 있으면 불편한 마음이 들어 한 시간을 참기가 힘든 단밤은 이제 거의 한계치에 도달하고 있었습니다. 그러나 이 집을 뛰쳐나가진 않을 것입니다. 이젠 단밤의 집이기도 하니까요.

이 공간이 진정한 우리의 집이라는 것을 단밤은 언제쯤 깨달을까요. 누군가 문을 벌컥 열고 들어오더라도 썩 나가시오, 호통을 친 뒤 다시 이불을 덮고 나른하게 누워 있을 권리가 우리에게 있다는 것을요.

얘는 잎이야, 줄기야?

단밤이 스투키를 만지작거리며 저에게 물었습니다. 저 역시 스투키를 볼 때마다 그게 궁금했지요. 이것은 잎인가, 줄기인가. 설마 뿌리는 아닐 것이고. 그렇게 구분 지어보려고 할 때마다 스투키가 한 발을 흙에서 뽑아내 저의 손등을 걸어찰 것 같았어요. 잎이며 줄기라는 것은 인간 종자의 구별법. 몇 세기에 걸쳐 분류에 열중하는 광경을 지켜보며 얼마나 지겨웠을까요.

단밤이 검지로 창틀의 먼지를 그러모아 창밖으로 날려 보냈습니다. 부스스 낙하하는 먼지를 바라보는 동안 문득 눈이 오면 좋을 것 같다고 생각했어요. 모든 경계를 사라지게 하는 눈이요. 매섭고 차가운 바람이 불어 사람이든 사물이든 한없이 움츠러들고 뻣뻣해질 때 경계를 부드럽게 감싸 안아 모두가 선분 없이, 모서리나 그늘 없이 하얗게 이어지게 만드는 눈이요. 마치 단밤과 함께 있는 시간 같은 그런 눈이요.

표정 없는 눈을 그러모아 표정 있는 눈사람으로 만드는 건 인간뿐이야.

제 말에서 부정적인 뉘앙스를 감지했는지 단밤은 쓸쓸한 미소를 지으며 말했습니다.

표정이 없으면 불안해져서 그런 거야. 상대의 표정에서 마음을 읽고, 그걸 곧장 따라 하기도 하니까. 인간은 가여운 존재야.

단밤은 그렇게 말하며 제 어깨에 머리를 기댔습니다.

저는 우리의 표정이 닮았는지 확인하기 위해 고개를 기울여 단밤의 얼굴을 보았습니다. 바람이 단밤의 이마를 휘감다긴 꼬리를 그리며 경계가 없는 머나먼 곳으로 달려갔습니다.

몸과 비밀들

저는 지금 가려움을 참고 있습니다. 오른쪽 옆구리에 버섯이 자라 있는데 해가 질 때쯤이면 거기가 늘 가려워지곤 합니다.

이 버섯은 갓이 치마처럼 넓게 퍼졌고 주름이 많으며 자루가 아주 짧습니다. 저는 몸에 버섯이 자라고 있다는 사실을 처음부터 담담히 받아들였습니다. 너무 커다래졌다 싶으면 밑동을 잘라냈을 뿐 병원엔 한 번도 가보지 않았지요.

이제부터 이 일의 시작점으로 거슬러 올라가 보려 합니다. 어릴 적 축축하고 그늘진 곳에서 처음 버섯을 발견했던 때로요. 그곳은 지대가 높고 다양한 사람들이 옹기종기 모여 살던, 그러나 결코 작지 않았던 산동네였습니다.

*

　바람에 휘날리는 어머니의 늘어난 팬티를 바라보았습니
다. 저는 아직 학교에 들어가지 않은 나이였지요. 그렇다고
유치원에 다녔던 것도 아닙니다. 그곳에 살았던 이들 모두
넉넉한 형편이 아니었지만 저희 집은 쌀독이 늘 비어 있을
정도로 가난했어요. 동네 상회에서 봉지쌀을 사오는 게 빠
뜨릴 수 없는 일과였습니다. 우리는 그날 먹을 쌀만 사곤 했
어요.

　어머니는 옥상 빨랫줄에 걸어놓은 우리의 옷을 옆으로 옮
겨 다시 널었어요. 어머니의 손길은 분주했고 약간의 짜증이
서려 있었지요. 빨랫줄의 절반 이상을 아래층 할머니의 옷이
차지하고 있었기 때문입니다. 어머니는 동네에서도 유별난
축에 속했는데, 아래층 할머니의 과거를 알고 나선 저에게
그 집에 가지 말라고 신신당부했을 정도였어요.

　아래층 할머니가 과거에 미군을 상대하는 양공주로 일했
다는 사실을 어머니는 이웃들에게 알리고 다녔습니다. 그 동
네에서 어머니는 갈등을 조장하고, 근거 없는 소문을 만들
고, 뒷담화를 좋아하는 사람으로 정평이 나 있었어요. 이웃
들은 어머니를 그다지 좋아하지 않았습니다. 어머니를 대하
는 그들의 태도는 곱지 않았어요. 아버지조차 그랬습니다.
그런 이유로 그가 우리를 떠난 것인지는 모르겠지만요.

　빨래를 다 널고 옥상을 내려가는 젊은 어머니를 어린 제

　　　　　　　　　　　　몸과 고백들

가 뒤따라갔습니다. 군데군데 녹이 슬고 끊어질 듯 아슬아슬하게 휘어진 철제 계단을 발로 콩콩 찧듯이 내려갔어요. 그러다 계단 아래 구석진 곳에서 지저분한 그 장소와는 도무지 어울리지 않는 말갛고 깨끗한 것을 발견했지요. 처음에는 손인 줄 알았습니다. 어린아이의 작고 하얀 손. 만져보면 보드라울 게 분명한 손. 아이와 신의 중간 단계에서 멈춘, 아이가 되돌아가 신이 되는지 신이 자라 아이가 되는지는 알 수 없지만 여하튼 그 경유지에 멈추어 있는 천사의 손 같았지요. 저는 이끌리듯 계단 아래로 기어 들어가 어둡고 음습한 곳에 자리한 그 손을 덥석 잡았습니다. 축축하고 부드러웠어요.

이게 뭐지?

어머니는 제 말을 듣지 못하고 빨래 대야를 벽에 세워두고서 공용 화장실로 들어갔습니다. 저는 얼른 팔을 뻗어 작고 하얀 손을 잡아당겼습니다. 그러자 손은 버섯으로 변했고, 이내 제 입속에 사라져 잘근잘근 씹히고 말았지요.

저는 항상 배가 고팠습니다.

*

제가 성인이 되자마자 어머니는 기다렸다는 듯 몸져누웠습니다. 특별히 어디가 아픈 것인지를 병원에서도 밝혀내지 못했지요. 어머니는 제가 벌어오는 돈으로 생활하면서 제 삶

위에 집을 짓기로 단단히 결심한 것 같았습니다. 저는 기꺼이 어머니에게 등을 내주었습니다. 단, 한 가지 조건이 있었어요. 미끄덩한 몸체가 되어 동그란 패각인 당신을 등에 짊어지고 다닐 테니, 가끔은 나를 그 패각 안으로 들여보내줄 것이며 결코 내가 하는 일을 막지 말라는 것이었습니다.

그래, 그러마.

실제로 어머니의 입에서 그런 말은 나오지 않았고 저도 물은 적이 없습니다. 그러나 어머니가 방에 이불을 깔고 누워 이웃을 욕하고, 없는 일을 지어내고, 그에게 복수해주기를 갈구하는 눈빛으로 저를 쳐다볼 때마다 저는 티브이를 틀어 어머니의 관심과 시선을 그쪽으로 유도했어요. 그러다 무심히 말했습니다.

엄마, 이 동네엔 가난한 사람들밖에 없잖아.

지긋지긋해.

그중에서도 우리가 제일 가난하잖아.

내가 이렇게 살 줄이야.

그러니까 그런 말 좀 하지 마.

어머니는 제 말을 귀담아듣지 않았습니다.

몸뚱이를 창밖으로 던져서 박살 내고 싶어.

어머니가 그런 말들을 중얼거리다 잠든 밤이면 저는 귀퉁이가 해진 상자를 열어 어머니의 초라한 결혼식 사진을 꺼내 가만히 들여다봤습니다. 어머니의 몸뚱이가 고운 분홍색

몸과 고백들

한복에 가려져 있었지요. 보이지 않더라도 빛날 것이 분명한 사진 속 어머니의 몸뚱이. 그것은 눈앞의 실재와는 달라 보였습니다.

엄마는 왜 항상 몸뚱이라고 해? 왜 몸에 뚱이를 붙여? 저는 속으로만 물었습니다. 뚱이. 그것은 몸을 무겁고 속되고 성가신 것으로 느껴지게 하는 단어였습니다. 저는 삶뚱이, 가난뚱이, 엄마뚱이 같은 단어를 머릿속으로 만들다 그것들이 뒤뚱뒤뚱 걸어와 제 등에 와락 업히는 장면을 상상했습니다.

방법이 없겠니? 잘 생각해본 거야?

이모가 저를 쳐다보며 물었습니다. 대문 대신 뒷골목으로 통하는 쪽문을 자주 이용하던 이모는 늘 연락도 없이 불쑥 나타나 저와 한참 얘기를 나누다 돌아가곤 했습니다. 방 안에 누워 있는 어머니와는 인사도 하지 않았어요.

제 힘으로 대학을 다니는 딸을 어머니는 징그럽다는 듯이 쳐다보았습니다. 그 몸뚱이를 어디에 쓰려고 해. 어머니는 자주 그렇게 물었습니다. 졸업 후 어디에 취직할 것인지 묻는 의미였으나 누구의 귀에도 곱게 들리지 않을 만한 어투였지요. 저는 우리에게 빚이 있다는 사실을 상기시켜주었습니다. 오래전부터 어머니가 차곡차곡 만들어놓은 것이었어요.

방법이 아예 없는 건 아니야. 대화만 하면 되는 곳이 있어.

이모가 두 눈을 크게 뜨더니 제게로 몸을 기울였습니다. 그 바람에 이모가 묻혀 온 알싸한 향내가 코끝에 닿았지요. 그 순간 데자뷔가 일어난 것처럼 비슷한 상황을 겪었던 게 떠올랐습니다. 과거에도 이모와 그런 순서로 대화한 적이 많았습니다. 정말로 방법이 없니? 최선을 다해 생각해본 것이 맞아? 하고 이모가 물을 때마다 저는 눈을 가만히 내리깔고서 제가 시도해볼 수 있는 일들을 떠올리곤 했습니다. 만일 내가 그렇게 한다면…… 생각이 꼬리를 물고 길게 이어졌고, 하지만 나는 (여자라서) 그걸 못해…… 혹은 (여자이기에) 그렇게 해야만 하는 게 아닐까, 그런 결론을 내린 적이 자주 있었지요. 그때도 역시 비슷한 결론이 내려질 참이었습니다. 그러나 뜻밖에도 이모는 제 대답을 듣고 나서 정신 차리라며 등짝을 내리치지 않았습니다. 도리어 이모는 제 말에 흥미를 느낀 것 같았어요.

그래, 거기선 얼마나 준다고 해?

적은 곳은 최저 시급의 세 배, 많은 곳은 다섯 배 정도.

많이 주는구나. 혹시 술도 마셔야 하니?

이모는 그 말을 하면서 의자를 뒤로 살짝 빼더니 저를 빤히 보았습니다. 이모의 눈은 흡사 소의 눈처럼 지나치게 컸고 촉촉한 막이 씌워진 것처럼 번들거렸어요. 이모의 시선이 저의 쇄골과 가슴, 배와 허리, 엉덩이와 종아리에 차례로 머무는 걸 보면서 저는 몸 둘 바를 몰랐습니다. 제 몸을 어딘가에 숨겨두고 싶었어요.

술은 마시지 않아도 된대.

대화만 해도 그렇게 많이 준다는 거야?

이모는 반지를 만지작거리며 고민에 잠겼고, 저는 이모가 결정을 내릴 때까지 다소곳하게 앉아 있었습니다.

하긴, 지금이 가장 예쁠 나이니까.

이모는 제가 선택받은 사람인 것처럼 말했습니다. 가장 예쁠 나이. 그러므로 그런 돈을 받는 건 이치에 맞는 일이었지요. 예상하지 못한 답변이었지만 놀란 내색은 하지 않았습니다.

혹시 이모도 그런 일 한 적 있어?

나는 기회가 없었어. 이젠 청소나 식당 일, 보험 판매 아니면 할 게 없고. 네가 부럽다. 대화만 해도 그 정도 돈을 받을 수 있다니 역시 젊은 아가씨라 좋구나.

이모는 묘한 시기심을 드러냈습니다. 그렇게 함으로써 제가 죄책감이나 망설임 없이 그 일을 선택할 수 있게 도우려는 심산 같았지요.

조카에게 '대화만 해도 되는 일'을 권한 이모는 나쁜 어른임이 틀림없었을까요. 만일 그 말을 하려는 것이었다면 저는 이 자리에 서지 않았을 것입니다. 솔직히 말하면 그때 저는 이모에게 고마움을 느꼈습니다. 수치심을 가려주기 위해 노력하는, 크고 번들거리는 눈으로 감정을 고스란히 드러내면서도 그걸 감추려는 이모에게 고마움을 느꼈습니다.

대화가 거의 끝나갈 즈음 빚쟁이가 대문을 두들기며 나타났습니다. 일주일에 한 번은 방문하는 사람이었지요. 사색이 된 이모가 쪽문으로 다급히 빠져나가며 했던 말을 저는 지금도 기억합니다.

이런 상황을 견디고 있는 네가 너무 대견해.

도망칠 데가 없어, 이모.

너는 꼭 성공할 거야. 시련이 없으면 열매도 없다는데, 너는 많은 열매를 얻을 거야.

이모는 샌들을 제대로 꿰어 신지도 못하고 한쪽 발을 질질 끌면서 뒷골목 모퉁이 너머로 사라졌습니다. 이모는 빚쟁이를 가장 무서워했습니다.

이모가 떠난 뒤 저는 이모의 말을 며칠 동안 곱씹었습니다. 거울을 보며 나이와 몸에 대해 생각하다 시간이 흐르면 모두가 원하는 나이에서 멀어지고 자연스레 몸-뚱이도 늙어간다는 것을 떠올렸지요. 나중엔 그만한 돈을 못 받는 나이가 될 테니 나이는 곧 몸이라는 사실을 명심해야 하며, 몸은 곧 노동이고, 노동은 대가이며, 대화만 나누는 대가로 최저시급의 세 배를 받는 것은 제 나이의 당위성이라고 결론 내렸습니다.

그 과정은 예상했던 것보다 고통스럽지 않았습니다.

눈을 꼭 감고 이불을 말아 쥔 채 모로 누워 있는 어머니를 바라보다 말했습니다.

엄마는 몸뚱이를 둘로 나누잖아. 깨끗하고 더러운 것으로.

어머니는 잠꼬대라는 듯이 흐으응 아무런 의미도 없는 소리를 냈습니다.

아래층 할머니를 싫어했잖아. 술을 따랐다고.

어머니가 서서히 눈을 뜨더니 제 얼굴을 가만히 보았습니다. 그러더니 패각을 열어줄 기미를 보였지요. 달그락 달그락. 제 귀에도 소리가 들렸습니다. 불길한 조짐을 느낀 어머니가 저를 안으로 들이려는 것 같았습니다. 패각으로 된 자신의 품 안으로요. 저는 주저 없이 자리에서 일어나 방을 나왔습니다. 문이 닫히기 직전 등 뒤로 어머니의 목소리가 들려왔어요.

얘야, 어딜 가니?

저는 대답하지 않았습니다.

응? 얘, 어딜 가려고?

어머니의 물음은 두어 번 더 반복되다 이윽고 영원히 멈추었습니다.

*

술은 정말로 마시지 않아도 되었습니다.

그러나 손님이 저를 찾지 않으면 제가 그곳에 있어야 할 이유도 사라졌지요. '키키'라는 가명으로 일했던 저는 술을 좋아한다고 먼저 말했습니다. 이제 막 술을 배우는 단계라 잘은 모르지만 좋아하는 것 같다고 수줍어하며 말할 때마다 손님들은 이유 없이 기쁨을 드러냈습니다. 술을 잘 모른다는 사실이 기뻤던 건지, 그럼에도 좋아한다는 말이 마음에 들었던 건지는 모르지만 제 말을 듣고 나선 표정이 하나같이 너그러워졌습니다.

술을 잘 모르면서 여기서 일하려면 힘들지 않아?

저는 괜찮다고 대답했습니다. 매너 좋은 손님들이 많이 오시고, 그들에게서 배우는 것들도 있다고요. 손님은 아주 기특하다는 듯이 저를 바라보았습니다. 너도 매너 좋은 손님이 되라는 의미였지만 속뜻을 알아듣지 못하고 제 손을 잡더니 힘들지 않으냐고 물었지요. 자기도 힘들 때가 많은데 남자는 노가다밖에 할 수 있는 일이 없다면서요. 여자는 이렇게 편하게 앉아 술이나 따르면서 매너 좋은 신사들과 대화하고 세상일을 배우니 얼마나 좋으냐고요. 그러다가도 갑자기 그래, 좋지는 않겠지. 말을 안 해서 그렇지, 안 좋은 일도 겪었을 거야. 그렇지만 일이라는 건 원래 다 힘들어. 키키도 앞으로 그 사실을 깨닫게 될 거야. 살다 보면 알게 되는 가장 큰 진실이지. 그렇더라도 키키는 여자니까 몸이 힘든 일은 안 해도 돼.

몸이 힘든 일이요?

몸 쓰는 일 말이야.

저는 이미 몸 쓰는 일을 하고 있다고 생각했으나 순순히 고개를 끄덕였습니다. 가장 예쁠 나이의 몸으로 손님들 앞에 앉아 있는 건 왜 몸 쓰는 일이 아닐까요. 그들 기준으론 근력을 사용하는 게 아니라면 몸 쓰는 일이 아닌 것 같았습니다.

그들은 미심쩍은 표정을 지으며 저에게 물었습니다. 키키는 왜 이런 일을 해? 등록금을 벌려는 거야? 저는 그들이 갖고 있는 선입견에 부합하는 가난하고 젊은 여성의 이미지를 취해야 할지 거부해야 할지를 고민했습니다. 그곳을 일터로 택한 건 가난이 원인으로 작용하긴 했지만 그것이 전부는 아니었고, 무엇보다 저 스스로를 가난의 피해자로 생각하고 싶지 않았습니다. 가난은 범죄가 아니니까요. 그저 선택의 폭이 넓지 않은 현상일 뿐입니다.

학교는 잘 다니고 있는 거야?

저는 지각조차 하지 않는다고 말해 손님들의 탄성을 자아냈습니다.

친구들은 어때? 친구들도 이런 일 많이 해?

저는 '이런 일'이 어떤 일인지 모르겠다는 표정을 지었지만, 가끔은 손님이 뜸한 시간에 테라스로 나가 지저분한 유흥가를 바라보며 생각에 잠기기도 했습니다.

토킹바 사장은 저보다 나이가 열 살쯤 많은 여성이었고, 스폰서가 차려준 가게가 인근에 네 개나 더 있다고 했습니다. 프렌치레스토랑과 두 개의 카페, 모던바. 동료였던 이지는 토킹바와 모던바의 차이를 묻는 제게 비슷한 업종이라고 답했습니다. 그나마 유니폼의 유무가 차이점이라 할 수 있지만 그마저도 가게마다 다르다면서요. 저는 사장이 운영하는 모던바 앞을 지나며 흰 블라우스에 검은 조끼를 갖춰 입은 여성 직원을 훔쳐보았습니다. 그곳엔 남성 직원도 있었습니다. 그도 단정하고 세련된 정장 차림이었지요. 저는 이지의 말이 틀렸다는 걸 직감적으로 알았습니다. 다른 모던바는 그러지 않을지 몰라도 사장 언니가 운영하는 모던바엔 남성 직원이 있었고, 밖에서 실내를 볼 수 있게끔 유리창이 투명했어요. 제가 일하는 토킹바의 창문이 불투명한 검은색인 것과는 상반되는 분위기였습니다. 남들에게 보여주어선 안 될 행동을 하는 곳이라는 의미였지요.

시간이 흐를수록 저는 이중적인 사람이 되어갔습니다. 무엇을 하든 당당한 동시에 움츠러들었어요. 마음속에 혼재하는 이중성을 느낄 때마다 양주를 마시고, 변기를 붙잡은 채 속을 게워내고, 집으로 돌아가는 길에 숙취 해소 음료를 마시면서 오후까지 제출해야 할 리포트를 떠올리는 가장 예쁠 나이에 도달한 이중적인 여성이었습니다.

언젠가 폭설이 내린 탓에 손님이 끊겨 이지와 함께 야식을 사러 나간 적이 있었습니다. 인근 업소에서 바닥에 흩뿌려놓고 간 전단을 발견했어요. 저는 화려한 전단에 쓰인 문

몸과 고백들

구를 큰 소리로 읽었습니다.

여대생 다수 보유. 퀄리티 있는 선택, 초이스!

이지가 제 의도를 오해하고 물었습니다.

우리도 전단을 나눠주자고 할까?

저는 그런 의미가 아니라고 말했습니다.

단어가 중복으로 쓰인 게 웃기잖아. 퀄리티 있는 선택, 선택이라니.

이지는 웃지 않고 가던 길을 마저 갔습니다.

저는 지금도 가끔 그 문구가 떠오릅니다. 퀄리티 있는 선택, 선택! 그건 누구에게 하는 말이었을까요. 물론 외견상으론 잠재적 손님들에게 하는 말이었지만 어쩐지 제 선택을 비웃는 문장처럼 느껴지기도 했습니다. '선택'과 '수준'을 굳이 영단어로 적음으로써 오히려 선택의 수준을 낮아지게 하는 아이러니가 제 삶에 도사리고 있는 것 같았지요.

*

신정과 구정 사이, 다수가 신년 계획을 세우고 금연이나 규칙적인 운동 등 연초마다 떠오리는 결심을 새로이 지키기 위해 작심삼일에 매진하는 동안 가게 손님이 급감했습니다. 사장 언니는 우리를 닦달하기 시작했습니다. 옷에 신경을 덜 쓰는 것 같아. 예쁘게 좀 하고 나와. 우리를 볼 때마다 잔소리를 하는 사장 언니에게 이지가 말했어요. 라이벌 가게에서 전단을 돌렸는데 단골이 그리로 다 가버린 건 아닌지 모르겠다면서요. 그 말에 사장 언니는 당장 전단 천 장을 인쇄해왔고, 우리에게 거리로 나가 남자들 손에 전단을 쥐여주라고 명령했습니다.

우리는 사장 언니에게 등 떠밀려 가게 밖으로 나왔습니다. 거리엔 인적이 꽤 많았고, 덜 녹은 눈 때문에 바닥이 진흙탕처럼 질척거렸지요. 동료들을 따라 마지못해 가게를 나서기는 했으나 저는 아는 사람과 마주칠까봐 고개를 푹 숙인 채 걸었습니다.

고개 들어. 네가 부끄러워하면 사람들이 우릴 더 우습게 봐. 이 거리엔 다 남자뿐이야. 우릴 비난할 사람은 없어.

고개를 슬쩍 들어보니 이지 말대로 남자만 있는 것은 아니었으나, 점차 여성은 시야에서 소거되며 잠재적 손님인 남자만 눈에 들어왔습니다. 이지가 동료들에게 큰 소리로 말했습니다.

있는 대로 끼를 막 부리자. 기로 확 눌러버리자.

끼를 부리는 것과 기로 누르는 것은 다른 의미였으나 우리는 그 말이 무슨 의미인지 단박에 알아들었어요. 우리는 끼를 막 부리며, 기로 확 누르며 남자들의 눈앞으로 전단을 들이밀었습니다. 남자들은 얼결에 혹은 반기며, 할인 이벤트를 하느냐고 물으며, 어디 아가씨들이길래 하나같이 다 예쁘냐고 말하며, 다리가 춥지 않으냐고 걱정해주며, 아무런 말

몸과 고백들

도 하지 않으며, 눈길을 피하며, 불쾌한 듯 미간을 찡그리며, 종종걸음으로 멀어지며 우리가 나누어주는 전단을 받아 갔습니다. 우리를 향한 몇몇 남자들의 시선은 뜨거웠어요. 우리는 고개를 꼿꼿이 들고 상냥한 표정을 유지하며 행진했습니다. 그러는 동안 지구 한 바퀴를 돌 수 있을 정도로 기운이 차올랐고, 폐쇄된 창 아래 앉아 술을 따르는 것과 모두가 볼 수 있는 거리에서 술을 따라줄 테니 우리에게 오라고 크게 외치는 것은 참으로 다른 일이라는 것을 깨달았습니다. 후자의 경우에 우리는 부끄럽지 않았습니다. 전자의 경우는 방문자 다수가 비밀로 하고 있는 일이니 우리도 그래야 할 것 같았습니다. 그날 그 거리에서 우리는 마치 연예인 군단이라도 본 것처럼 휘둥그레진 눈으로 우리를 돌아보는, 우리의 몸과 얼굴을 훑고 전단에 머물렀다가 다시 우리에게로 돌아오는 시선을 의식하며 서로를 치켜세우고 끼를 막 부리며 기로 확 누르면서 앞으로 나아갔습니다. 그러다, 제가 그만 실수를 하고 말았습니다.

남자는 당황하며 제가 건넨 전단을 받아들었습니다. 저와 동료들을 봤다면 외면했을 법도 한데 얼결에 팔을 뻗었겠지요. 저 역시 기계적인 동작으로 행인에게 전단을 나눠주다 그에게도 건네고 말았습니다. 그와 손을 잡고서 걷고 있던 여자를 보지 못한 상태였어요. 문제가 된다고 생각하면 도리 없이 문제가 될 것입니다. 왜 연인 사이를 훼방 놓는 것이냐. 버젓이 손까지 잡고 있지 않았느냐. 그럼에도 저는 미처 몰랐습니다. 커플은 우리를 스쳐 지나갔지만 제 귀에 여자의 앙칼진 목소리가 들려왔습니다.

미친 거 아니야? 그걸 왜 받아?

남자는 쩔쩔매며 말했습니다. 몰랐어. 무슨 가게인지 모르고 받은 거야.

그걸 어떻게 몰라? 옷을 다 벗고 화장을 저렇게 진하게 하고 있는데도 몰라?

몰랐어. 옷은 보지도 못했고 화장이 이상하단 생각은 나도 했어. 근데 무슨 이벤트인 줄 알았어. 지난번에 국숫집에서도 저런 행사를 했었잖아.

거긴 댄서들이었잖아. 쟤네들은 그런 과가 아닌데 그걸 왜 몰라?

정말이야. 몰랐어. 내가 저런 여자들을 본 적이 있어야 알지.

급기야 커플은 걸음을 멈추고 지나가던 사람들이 돌아볼 정도로 큰 소리로 다투기 시작했습니다. 저도 걷기를 멈추고 뒤를 돌아보았고, 동료들 역시 행진을 중단하고 제 시선을 따라 여자를 쳐다보았지요. 여자가 저를 향해 외쳤습니다. 이봐요! 그러더니 흙탕물을 튀기며 제게로 빠르게 걸어왔습니다.

이걸 왜 준 거예요?

……가게에 오시라고요.

저랑 손잡고 있는 거 못 봤어요?

봤어요.

저도 모르게 거짓말을 했습니다.

근데 이걸 왜 준 거예요?

와서 술 드시라고 드렸어요.

야, 너 미쳤어?

여자는 소리를 지르며 저를 노려보았습니다. 동료들이 여자와 저를 번갈아 쳐다봤지요. 여자가 저에게 가까이 다가오더니 돌연 허벅지를 세게 걷어찼습니다. 저는 방어도 하지 못하고 진흙탕 바닥에 나동그라졌어요.

창녀 주제에.

여자는 그렇게 일갈한 뒤 뒤돌아 당당히 걸어갔습니다. 남자가 여자를 황급히 쫓아갔습니다. 바닥에 넘어진 저는 머릿속이 하얘져 아무것도 하지 못했습니다. 뒤늦게 창피함과 분노가 치밀었지요. 나는 창녀가 아니야! 아마도 제 인생을 통틀어 가장 또렷한 경계선을 그은 순간이었을 것입니다. 이지가 저를 바닥에서 일으켜 세우더니 제 치마에 묻은 진흙을 털어주며 나무라듯 말했습니다. 그렇게 사람을 봐가며 줬어야지. 저는 그때까지도 어안이 벙벙한 표정으로 여자의 뒷모습만 쳐다보았지요. 저와 그다지 친분이 없었던 안나가 달려가 여자를 붙잡았습니다. 안나는 여자를 돌려세운 뒤 사납게 말했습니다.

못생긴 주제에 얻다 대고 화풀이야!

여자는 붉게 달아오른 얼굴로 안나를 쏘아보았고, 제 동료들은 입 모아 외쳤습니다.

못생긴 주제에!

여자는 바들바들 떨면서 우리를 향해 달려오려다 남자친구에게 제지당했고 결국 끌려가다시피 하며 멀리 사라졌습니다.

우리의 행진은 다시 시작되었습니다. 그러나 제 머릿속엔 창녀 주제에, 못생긴 주제에, 두 문장이 계속 맴돌았지요. 그것은 여성에게 할 수 있는 가장 심한 말일까요? 더한 것도 물론 있습니다. 하지만 그 자리, 모두가 보는 거리에서 저는 한없이 위축되어 '못생긴 창녀'가 된 것처럼 고개를 푹 숙이고 걸었습니다.

이게 뭐예요?

물음에 고개를 드니 정장 차림의 남자들이 보였습니다. 그들은 전단에 큰 관심을 가졌습니다. 오픈 행사예요? 스트립쇼 같은 것도 해요? 제가 대답하지 못하고 머뭇거리자 이지가 재빨리 그들을 가게로 이끌고 갔습니다. 오픈 행사가 아니었고 스트립쇼 같은 것도 없었지만 이지는 농담을 던져 그들을 끊임없이 웃게 했지요. 때마침 유흥가 끝에 다다라 모두가 일시에 걸음을 멈춘 참이었습니다. 다시 일터로 돌아가야 할 시간이었어요. 우리는 동시에 고요해졌습니다.

칼바람이 불어와 우리의 상기된 뺨을 베어내듯 식혀주었습니다. 이마가 차가워지고 손끝이 딱딱해졌어요. 그제야 온몸이 냉동 고기처럼 얼어버렸다는 걸 깨달았습니다. 다리가 훤히 드러나는 치마, 네크라인이 깊게 파인 니트. 기장이 짧은 퍼 코트와 질 나쁜 가죽 재킷. 그것들에 둘러싸여 입김을 내뿜으며 떨고 있는 냉동 상태의 여성들……. 돌이켜보니 그것은 제 인생의 첫 행진이었습니다. 다 같이 뜻을 모아 의지를 다지고 한마음으로 걸었던 순간이었지요. 물론 우리가 걷는 방향을 따라 형성되던 양 옆의 높은 벽을 보지 못한 것은 아니었습니다. 하지만 못 본 척했어요. 아니, 그것이 존재하는 게 당연한 듯이 굴었어요. 저 벽을 부수고 우리가 진실로 어떤 여성인지 보여주자는 생각은 아무도 하지 않았습니다.

그런 멋진 일을 왜 그 지저분한 거리에서 하겠습니까.

계단을 올라 문을 열자마자 웃음소리가 들려왔습니다. 정장 차림의 남자들이 이지의 말에 귀 기울이는 광경이 보였어요. 저는 외투를 벗어 옷걸이에 걸고 스태프룸에서 나와 저의 자리로 돌아갔습니다. 카운터 테이블 안쪽 술병이 나열되어 있는 선반 아래, 사장석에서 가장 잘 보이는 자리에 앉아 그에게 미소를 던졌습니다.

안녕하세요.

그의 목소리를 듣고 나서야 그가 일행과 다른 성별을 가진 사람임을 알아챘습니다. 그는 낯빛이 파리했고 눈썹이 짙고 입술이 붉었어요.

오늘은 날씨가 좀 따듯하네요. 언제 출근했어요?

그는 마치 그 공간에 우리 둘만 있는 것처럼 친근하게 말을 걸어왔습니다. 아무리 봐도 남성용 정장으로 보이는 옷을 입은 그에게 물었지요.

왜 남자 옷을 입었어요?

편해서요.

그가 여성이라는 건 그의 동료들에게 크게 의식되지 않는 일인 것 같았습니다. 그와 함께 토킹바에 들어오는 것을 선뜻 실행했고, 여직원과 친밀하게 대화하는 걸 보고도 의아해하거나 궁금해하지 않고 그냥 내버려두었습니다. 그들은 이지와 안나에게 주의를 기울였고 웃고 떠들고 술을 마시고 손을 잡더니 손금 얘길 늘어놓았고, 좋아하는 술과 영화, 특히 여성 바텐더들이 잔뜩 나와 핫하고 섹시했던 영화 속 한 장면에 대해 길게 말했습니다. 그들은 '핫'과 '섹시'라는 촌스러운 영단어를 '퀄리티 있게 선택, 초이스!' 했고 그때마다 이지와 안나는 핫하고 섹시한 표정을 지으며 그들의 웃음 속으로 섞여 들어갔습니다. 저는 어느새 의자를 옆으로 조금 띄어 앉았고, 그도 시끄러운 동료들에게서 약간 떨어져 앉으며 저에게 이름을 물었지요. 그의 이름은 요영이었습니다. 저는 본명이 아닐 거라고 짐작했어요.

그는 한 손을 팔 아래 둔 채 제가 따르는 술을 정중히 받더니 곧바로 저에게 두 손으로 술을 따라주었습니다. 일부러 과장된 매너를 보여주려는 것 같았어요. 그런 행동을 익히며 살아왔을 그의 인생이 무척 궁금했습니다. 저와는 다른 세계에서 살아가고 있다는 걸 직감적으로 알았어요.

요영이 제 눈치를 슬쩍 살피며 말했습니다. 아까 지나가다 싸우는 걸 봤는데 그 광경이 좀 슬프더라고요. 그런 말들밖에 할 수가 없나. 싸울 때야말로 가장 정확한 말을 써야 하는데.

어떤 게 정확한 말인데요?

당사자들 모두 동의하는 말이죠.

하지만 싸울 땐 일부러 상대를 찌르는 말만 하잖아요.

그러니까 품위가 없어지는 거예요.

요영은 품위 있게 웃으며 넥타이를 느슨하게 풀었습니다. 저는 빛나는 넥타이핀을 바라보며 어느 브랜드일까, 얼마짜리일까, 짐작해보았지요. 요영이 이니셜을 새긴 셔츠 소매를 슬쩍 보여주더니 맞춤 셔츠를 꼭 한번 사 입어보라고 말했습니다.

키키한테 필요할 것 같아요.

맞춤 셔츠요?

자부심이요.

요영의 시선으로 봤을 때 저는 자부심이 없는 사람인 듯했습니다. 반쪽짜리 진실이었으나 잠자코 고개를 끄덕였습니다. 우리의 대화는 잠시 끊겼고, 요영의 동료들이 우리에게 말을 걸기 시작하면서 그들과도 대화를 나누게 되었습니다. 여긴 고급스러워서 좋네요. 건전하고. 맞아, 정말 대화만 하네. 그럼 뭘 더 하려고? 실제로 매너 좋은 손님들이 많이 오세요. 여러분도 매너가 좋으시고. 아, 우리야 매너 좋지. 근데 다들 일이 힘들어서 그래. 여기 와서 스트레스 푸는 거야. 지난번에 갔던 거긴 여자들이 진짜 싸 보이더라. 그들은 우리가 술집 여자 같지 않아서 좋다고 재차 말했습니다. 그때마다 저는 일그러진 표정으로 웃었어요. 이지와 안나도 그 말이 욕인지 칭찬인지 모르는 듯했지요.

그날 이후로 요영은 가게에 자주 들러 저와 대화를 나누고 돌아갔습니다. 손님들은 남성용 정장을 입은 요영을 남성이라고 쉽게 착각했어요. 동료들은 요영의 정체를 알았으나 성별과 근무지에 대한 것뿐이었고, 요영이 저하고만 술잔을 기울이다 돌아가는 것을 두고 등 뒤에서 수군거렸지요. 대놓고 호기심을 드러낸 사람은 사장 언니였습니다.

둘이 무슨 얘길 그렇게 재미있게 해?

별 얘기 안 해요. 요영 씨는 일 얘기 하고, 저는 책이나 영화 얘기.

그래…….

안 오게 할까요?

무슨 소리야. 자주 와주면 좋지. 단골손님인데.

사장 언니는 요영에게 관심을 보였지만 다른 손님들에게
하듯이 말을 걸지는 않았습니다. 적절한 선을 지켜야 한다고
생각하는 것 같았어요. 적당히 물러나 있으려는 사장과 동료
들의 태도에 저는 의아함보다는 편안함을 느꼈습니다.

*

온종일 흩뿌리듯 비가 내렸던 어느 날 밤에 골프복을 입
은 한 무리의 중년 남자들이 가게 안으로 들어왔습니다. 그
들의 손엔 검은 비닐봉지가 들려 있었습니다. 가끔 난감한
식재료를 들이밀며 안주를 만들어달라고 요구하는 손님이
있었기에 저는 긴장한 표정으로 그들을 맞이했습니다. 상냥
하게 인사를 건넨 뒤 알코올 도수가 낮은 술을 부드럽게 권
했지요. 사장 언니도 제 행동을 눈짓으로 제지하지 않고 지
켜보기만 했습니다.

그들은 제가 권하는 술을 단칼에 물리치더니 독하고 비싼
양주를 주문하고는 비닐봉지를 풀어 헤쳤습니다. 그 안엔 비
릿한 냄새를 풍기는 길쭉한 구근이 달린 식물이 들어 있었
어요. 그들은 산에서 막 채취한 약초라며 대뜸 저에게 먹어
볼 것을 권했습니다. 저는 일언지하에 거절했습니다. 약초

를 생으로 먹어본 적도 없거니와 맛이 궁금하지도 않았지요. 그러나 그들은 막무가내였고, 소금장을 만들어달라며 생떼를 썼습니다. 결국 사장 언니가 주방에 지시를 내려 소금장을 가져오게 했습니다. 무슨 약초인지 물어도 웃기만 할 뿐 아무런 대답도 해주지 않더니 그들 중 한 명이 저를 골리려는 표정으로 물었습니다. 뿌리가 뭔가를 닮지 않았어? 자주 보는 걸 텐데. 그가 원하는 대답이 뭔지 짐작했지만 저는 모른 척 고개를 젓기만 했습니다. 한바탕 크게 웃음을 터뜨리고 나서 그들은 정체불명의 약초를 나누어 먹기 시작했습니다. 제게도 한 줄기를 불쑥 내밀었지요. 먹지 않겠다는 제 말을 그들은 존중해주지 않았습니다.

무슨 소리야. 손님이 주면 먹어야지.

그들은 입을 막으려는 저의 손을 붙잡더니 기어이 제 입속으로 약초를 뿌리부터 밀어 넣었습니다. 거부하려는 저를 아무도 도와주지 않았습니다. 그런 행동을 폭력으로 인지할 사람은 그곳에 없었지요. 순간 요영의 얼굴이 떠올랐습니다. 그가 가게 안으로 들어와 이 광경을 본다면 어떻게 행동할까. 이들을 때려눕히고 나를 구해 달아날까. 하지만 요영은 그들보다 체구가 훨씬 작았습니다. 도리어 두들겨 맞고 쫓겨나지나 않으면 다행이었지요. 저는 고루한 상상을 멈추지 않으며 입안에 든 것을 천천히 씹었습니다. 삼키지 않으려 조심하면서요.

몸과 고백들

맛이 어때?

구근이 터지며 강한 흙냄새가 올라왔습니다. 시큼털털하고 쓰고 무엇보다 식감이 불쾌했습니다. 씹을수록 점점 더 질겨지는 것 같았어요. 저는 반사적으로 손바닥 위에 씹다 만 약초를 뱉어냈습니다. 그 직후, 두툼하고 뜨거운 손바닥이 뺨을 베고 지나갔어요.

이년아, 네 몸뚱이보다 더 비싼 거야.

그는 그렇게 말하며 제가 뱉어낸 약초를 집어가 자신의 입속에 넣고 질겅였습니다.

집으로 돌아가는 길에 저는 늘 다니던 번화가 대신 어두운 공원 속 숲길로 방향을 틀었습니다. 인적은 없고 사방에서 식물 냄새가 강하게 올라오고 벌레 울음소리가 귀를 쏘아붙이듯이 크게 울려 퍼지는 밤이었습니다. 온종일 내린 비 때문인지 숲은 안개가 깔린 듯 음습했지요. 스펀지처럼 푹신한 잔디 위를 걷는데 발이 아래로 푹푹 꺼질 것 같았습니다. 그대로 끈끈한 어둠의 중심으로 낙하해도 전혀 이상하지 않을 것 같았어요.

저는 비척거리며 걸음을 옮기다 돌부리에 발이 걸려 넘어졌습니다. 고개를 드니 커다란 나무 앞이었어요. 둘레가 품에 다 들어오지 않을 정도로 제법 큰 나무였고, 그루터기에 노르스름한 작은 손이 솟아 있었습니다. 신이 되지 못한 아이, 아이가 되지 못한 신이 급격히 노화해 쪼글쪼글하게 주름진 손을 내민 것 같았지요.

어릴 적 옥상 계단 아래서 보았던 것에 비하면 그것은 상당히 불길한 기운을 내뿜고 있었습니다. 접촉하면 안 될 것 같았어요. 그러나 저는 넘어진 채로 그것을 향해 손을 뻗었습니다. 아이가 될 수 없는 저를 떠올리면서요. 그건 고된 노동에 시달린 어른이 자주하는 따분한 한탄이자 몽상이었으나 그 순간에는 사무치게 슬픈 일이었습니다. 왜 나는 계속 돈을 벌어야 하는가. 그것도 이런 몸-뚱이로. 이름도 모르는 약초보다 값싼 몸-뚱이가 되어 뺨을 맞고, 입 벌림을 당하고, 뱉어낸 약초를 도난당하고.

그랬습니다. 저는 약초를 도난당했다고 생각했습니다. 그 약초를 전혀 탐내지 않았으면서도 제 입에서 나온 약초가 그의 입속으로 들어가는 모습을 본 순간 눈앞에 불꽃이 번쩍 튈 정도로 화가 났지요. 그것은 참으로 수치스러운 일이었습니다. 침이 묻은 걸 먹으라고 강요하는 타인만큼이나 제 침을 허락 없이 먹은 그도 견딜 수가 없었어요. 나중에 그는 가게를 떠나며 저에게 팁을 두둑하게 쥐여주고 말했습니다. 딸, 받아.

씨발, 내가 왜 당신 딸인데?

땅에 엎드려 욕설을 퍼붓다 갑자기 미친 듯이 배가 고파졌습니다. 저는 고개를 쳐들어 눈앞의 버섯을 보았습니다.

　　　　　　　　　　　　　몸과 고백들

수분을 가득 머금은 버섯의 갓은 보드랍고 차갑고 축축했습니다. 더 가까이 기어가 냄새를 맡아보았습니다. 먼지 냄새 같기도 하고 풀 내음 같기도 한 은은한 향이 감돌았어요. 그때까지도 불에 덴 듯 화끈거리는 뺨을 버섯에 가만히 대어보았습니다. 축축하고 시원한 버섯의 촉감이 뺨에서 시작되어 온 얼굴에 퍼진 열기를 식혀주었습니다. 저는 버섯에 뺨을 부비다 코를 부비고 입술을 부비고 이마를 부볐습니다. 그러곤 갓의 가장자리에 혀를 대보았다가 조금씩 빨아먹기 시작했어요. 그러자 선혈이 퍼진 것처럼 뜨겁고 비릿했던 입 안의 열기가 차츰차츰 가라앉았습니다. 저는 버섯을 좀 더 강하게 빨았습니다. 나중엔 아기가 어머니 젖을 빨듯 필사적이 되었지요. 그러는 동안 축축한 흙바닥 위에 엎드려 팔과 다리를 버둥거렸습니다. 신열처럼 오른 수치심이 점점 사그라지면서 가슴이 몹시 답답해졌어요. 블라우스를 벗고, 속옷도 벗어 던지고서 버섯에 얼굴을 묻고 흙 위에 가만히 엎드렸습니다. 그 상태로 아무것도 생각하지 않았습니다. 그저 흙에서 올라오는 보드라운 냉기를 온몸으로 흡수하기만 했어요. 한참 후에 고개를 들어보니, 저 멀리 안개 속에서 신기루처럼 솟아났다가 가라앉는 숲의 대지가 보였습니다. 저는 헛것을 보는 게 조금도 두렵지 않았습니다.

버섯을 발견한 건 그날 밤이었습니다. 집으로 돌아와 몸을 씻다 옆구리에서 새끼손가락 한 마디만 한 크기의 버섯을 발견했어요. 처음엔 당연히 숲에서 묻혀 온 것이라 생각했기에 무심히 털어내려 했지만 그것은 떨어지지 않았습니다. 믿기지 않게도 제 몸에서 자라난 버섯 같았어요. 갓을 제쳐보니 제 몸과 자루 끝이 매끈하게 연결되어 있었지요. 자루가 짧고 갓이 대부분이며 주름이 촘촘히 퍼진 갈색 버섯. 흡사 치마 모양 같았어요.

저는 그날 처음으로 소리 내어 웃었습니다.

*

들뜬 기분으로 며칠을 지나 보냈습니다. 사람들은 제게 좋은 일이라도 있느냐고 물었어요. 저는 대꾸 없이 미소만 지었습니다. 오랜만에 가게에 나타난 요영에게도 비밀을 털어놓지 않았어요. 그는 술잔을 한참 만지작거리다 이윽고 골똘한 표정에서 벗어나더니 말했습니다.

뇌의 어느 한 부분이 손상돼서 동물만 죄다 잊어버린 사람들이 있어. 예를 들면, 사자와 고양이를 구별하지 못하고 펭귄과 참새가 뭔지 모르는 거야. 동물에 관한 것만 모두 잊은 거지. 신기하지 않아? 만일 인간의 성별에 대해서도 비슷한 일이 일어난다면 어떻게 될까. 남자와 여자를 구별하지 못한다면.

저는 요영의 말이 어떤 의도를 담고 있는지 몰랐기에 적절한 대답을 하지 못했습니다. 그러자 요영이 나직하게 말했어요.

키키, 내 몸은 처음부터 남자 몸이었어. 하지만 내가 원하면 여자 몸이 될 수도 있어.

그게 무슨 뜻이야?

어떤 몸인지 결정하는 순간 그 몸이 된다는 거야.

수술 없이?

응. 수술 없이도.

요영은 혼잣말처럼 작게 덧붙여 말했습니다. 『규화보전』의 진정한 의미는 그거였을 거야.

저는 의미를 알 수 없는 요영의 혼잣말에 집중하기보다는 그에 앞서 했던 말을 고심했습니다. 그건 요영의 다리 사이에 있는 것은 여성의 클리토리스가 아니라 남성의 클리토리스라는 의미 같았습니다. 바꿔 말해 요영이 의학적으로 남성으로 지정된 몸이지만 자신이 여성이라고 생각한다면, 남성의 페니스가 아니라 여성의 페니스를 갖고 있는 거라는 의미였습니다. 형태의 변형을 꿈꾸거나 시도하지 않더라도 요영의 몸과 정신은 항상 합일될 수 있다는 의미 같았지요.

저는 그런 생각을 품고 이 사회에서 살아가려면 상당히 불편하겠다고 대꾸했지만, 샤워를 마치고 돌아와 요영의 곁에 누웠을 땐 (요영의 집에 간 건 그날이 처음이었습니다) 달리 생각하기 시작했습니다. 요영은 불편하지 않을 것입니다. 불편함은 요영을 바라보는 이들의 몫이었지요. 요영을 정해진 범주 안에 넣으려 애써 노력하는 이들의 몫.

너도 처음 날 봤을 때 성별이 가장 궁금했지?

솔직히 말하면 나는 그랬지만, 그런 걸 궁금해하지 않는 사람도 어딘가 있을 거야.

그저 인간으로 보는?

그저 동물로 보는. 모두가 동물일 뿐인.

저는 요영이 듣고 싶어 하는 말만 해주었습니다. 묻고 싶은 게 있었지만 속으로 삼켰습니다. 그건 요영이 술집에서 여성이 따라주는 술을 마시며 음담패설을 늘어놓는 남자들의 문화를 순순히 용인한다는 점이었지요. 마음먹기에 따라 남자든 여자든 원하는 성별로 살 수 있으므로 페니스가 있어야 할 자리에 클리토리스가 있어도, 클리토리스가 있어야 할 자리에 페니스가 있어도 상관없다고 말하는 요영의 생각은 가까스로 이해할 수 있었지만, 왜곡된 '남성성'에서 비롯되었을 실망스러운 행동은 이해할 수 없었습니다. 그러나 그에 대해 따져 묻지는 않았습니다. 요영을 좋아하는 마음이 컸기 때문이지요.

요영의 집에서 자고 일어난 다음 날 아침, 제 옆구리에서 훌쩍 커진 버섯을 발견했습니다. 예상과 다르게 요영은 제 고백을 듣고도 버섯을 오래 쳐다보기만 했을 뿐 그리 놀라

몸과 고백들

지는 않았습니다. 버섯을 만지작거리며 정말로 버섯이네, 하고 중얼거렸을 뿐이지요.

요영의 집에 머물렀던 일주일 동안 버섯은 빠르게 자랐습니다. 요영을 향한 마음처럼 무럭무럭 자라난 버섯 때문에 움직임이 불편해졌지요. 그러자 요영이 과도를 가져오더니 주저 없이 버섯 밑동을 댕강 잘라냈어요. 그러나 버섯은 하루 만에 다시 자라났지요. 요영은 저보다 버섯에 대해 아는 것이 더 많았습니다.

버섯은 균류야. 식물이나 동물이 아니라. 네 몸에 균류가 퍼져 있어서 그 번식기관인 버섯이 옆구리에서 자랐을 거야.

요영의 말을 듣고 나니 제 몸이 균류로 바뀌었을 거라는 게 타당한 인과처럼 느껴졌습니다.

왜 내 몸이 균류가 되었을까?

그건 아무런 전조와 이유가 없는 일이었고 무엇보다 믿기 어려웠습니다. 배가 아프다거나 열이 나지도 않았고 어지럽거나 속이 메스껍지도 않았어요. 기억력은 온전했고 식욕, 수면욕, 성욕까지 모든 게 그대로였습니다. 더 강해지지도 약화되지도 않았어요. 만일 제 몸이 균류로 바뀌었다면 인간이기에 어딘가 탈이 나야 했지만 저는 여전히 건강했습니다.

균류는 위대한 생물이야.

요영이 저를 안심시키려는 듯이 말했습니다.

지구에서 인간보다 훨씬 더 오래 살았고, 나무에 기생하는 동시에 나무와 공생하고, 자연의 온갖 사체를 분해해서 다시 자연으로 돌려보내는 중요한 역할을 해.

요영이 버섯에 대한 자료를 계속 찾아보게 된 건 당연한 일이었습니다. 의사에게 묻지 않고 제 몸에 일어난 중대한 변화와 수수께끼를 풀어야 했으니까요. 병원은 최후의 수단이라는 것에 우리는 선뜻 동의했습니다. 어느 모로 보아도 버섯이 틀림없었기에 내릴 수 있는 결정이었지요. 저는 실험체가 되는 것을 원하지 않았고, 요영은 매스컴에 자극적인 화제로 오르내리게 되는 것을 염려했습니다.

버섯인간의 출현. 그런 광고가 걸리겠지.

우리는 매일 제 옆구리에서 자라는 버섯을 관찰했습니다. 그것은 하루에 평균적으로 약 0.5센티미터씩 성장했어요. 움직임이 불편해질 때쯤이면 요영이 과감히 밑동을 잘랐습니다. 불쾌한 통증은 느껴지지 않았습니다. 버섯은 늘 다시 고요히 자라났지요. 아마도…… 그때부터였을 겁니다. 성별과 나이 등을 사회적 기준에 맞춰 분류하거나 정의하는 일에서 멀어진 것은요. 저는 버섯인간이었고, 그건 혼종의 상태를 어떻게든 견뎌야 한다는 의미였습니다.

요영, 너는 여자든 남자든 마음먹은 대로 성별을 취할 수 있다고 말했지만 만일 네가 스스로를 버섯인간이라 생각한다면 그건 인정해줄 수 없어. 버섯인간이 되려면 반드시 버섯이 있어야 해.

몸과 고백들

그건 그래.

요영은 순순히 제 앞에 무릎을 꿇었습니다. 제가 위계를 세우려는 것을 받아들였지요. 저는 버섯에 대해 공부하며 버섯이 없는 여느 인간에 비해 제가 훨씬 더 낫다는 결론을 내리게 되었습니다.

버섯도 성별이 있습니다. 제 몸에서 자라는 버섯과 흡사한 치마버섯의 성별은 2만 개가 넘습니다. 그러므로 성별에 중요한 의미를 부여하긴 어렵지요. 주변의 다른 치마버섯과 교배할 수 있는 가능성이 높아진다는 것에 그나마 의의가 있습니다. 또한 버섯은 포자를 담고 있는 생식기관입니다. 자손을 널리 퍼뜨리기 위해 갓 아래에 포자를 고이 감춰두지요. 최초의 나무가 해를 많이 보기 위해 위로 솟아오른 원시식물이었던 것처럼, 최초의 버섯인간 역시 균류와 합쳐져 원하는 바에 더 가까워지기 위해 출현한 것인지도 모릅니다. 말하자면, 인간이기만 해선 안 되었던 것이지요. 버섯과 합쳐진 인간이어야만 했던 것입니다.

나무 그루터기에서 한 개의 버섯이 자라나면 땅 전체에 균류가 세밀하게 퍼져 있기도 합니다. 균류가 지구에서 가장 거대한 생물이라는 것도 제 몸에 버섯이 자라고 난 뒤에야 알게 된 사실입니다. 우리의 눈에 보이는 버섯이 전체 균류의 극히 일부임을 감안해보면, 제 몸이 균사체로 가득 차 있다 하더라도 틀린 말은 아니겠지요. 어쩌면 은밀하고 조용하게 포자를 널리 퍼뜨리고 있을지도 모릅니다. 원시인간을 버섯인간으로 만들기 위해서요.

그런데, 왜 그런 일이 필요한 것일까요.

그 당시 저는 그 질문에 대한 답을 찾지 못했습니다. 다만 제가 완성형이 아니라는 어렴풋한 직감만 있었을 뿐이지요. 과연 버섯인간에서 멈출까? 다른 것과 합쳐져 또 다른 혼종이 될 수도 있지 않을까? 그것은 저에겐 나쁜 일이 아니었습니다. 불길함을 느끼지도 않았습니다. 미완의 상태. 미완이라는 말이 주는 설렘. 알 수 없고 겪어보지도 못한 일이 막 시작되었으며, 어쩌면 영원히 미완일지도 모르기에 저는 삶을 온전히 사랑하기 시작했습니다. 그제야 비로소 그렇게 할 수 있었습니다. 단정 지으려는 태도를 버리고 아직 미완이라는 자세로 삶을 대하면서 제가 유구한 시간의 흐름 속에 있다는 것, 결코 궁극에 닿지 못할 존재임을 깨달았지요. 그러므로 계속될 행진이라는 것을요.

저는 그것이 섹슈얼리티의 진정한 의미이기도 하다고 생각합니다.

*

이 모든 이야기가 어떻게 전달될지 알 수 없어 조바심이 듭니다. 버섯인간에게는 새로운 언어가 필요할 텐데 저는 아직까지 그것을 발명하지 못했습니다. 그런 이유로 원시인간

몸과 고백들

의 언어로 고백을 이어가고 있는데, 여러분은 제 이야기를
어떻게 이해하고 있나요?

만일 제가 버섯인간의 언어를 발명한다면 그것은 고백과
수다의 형식으로 이루어질 것입니다. 고백 후 죄를 면죄받기
위함이 아니라 연결을 꿈꾸기 위해서고, 돌아보니 남은 것이
없는 수다가 아니라 살아 있기에 줄줄 새어나오는 목소리로
서의 수다이지요. 스몰토크가 아니라 작고도 큰 이야기. 작
은 제가 말하는 저보다 큰 이야기입니다.

*

원시인간 요영이 신청한 버섯 채취 모임에 나갔습니다. 도
시를 벗어나 남쪽 지방의 커다란 숲에서 만난 사람들과 뿌
연 안개를 헤치고 걸으며 어깨에 둘러멘 통에 버섯을 채취
해 넣었어요. 끝에 도달할 수 없을 것만 같은 광대한 숲이었
습니다. 하긴, 저는 지금까지 한 번도 숲의 끝과 맞닥뜨려본
적이 없어요. 그것은 어떤 풍경일까요. 숲이 끝나는 지점에
서 곧바로 황무지가 연결될까요, 가파른 벼랑 아래로 계곡이
나 인가가 나타날까요. 경계가 세워지며 숲이 사라지는 풍경
이 저로서는 상상이 잘 되지 않습니다. 그것은 원시인간이
버섯인간으로 변하는 것 같은 전환 내지 연결이 아니라 단
절만 떠오르게 합니다. 그런 지대가 과연 있을까요. 어쩌면
단절은 물리적 현상이 아니라 원시인간의 개념일 뿐인지도

모릅니다.

요영과 저는 회원들과 흩어져 숲을 걷다가 아무도 없는 곳에서 제 옆구리에 있는 버섯을 잘라 통 안에 넣었습니다. 우리에겐 계획이 있었습니다. 위험한 행동을 저질러보기로 결심한 것이지요.

약속한 시각에 회원들이 캠핑장에 모여 들었습니다. 채취해 온 버섯을 다함께 요리해 먹기로 이미 결정이 되어 있었습니다. 제 옆구리 버섯을 통에 넣어두었던 건 그런 이유였습니다. 독버섯 모양새가 아니라 치마버섯과 흡사한 외형이기에 먹고서 탈이 나진 않을 거라 안일하게 생각했지요. 누군가 그 버섯을 먹는 걸 거부한다면 타당한 이유를 들을 수 있을 거라는 기대도 했습니다. 처음 본 버섯이므로 먹어선 안 된다든지, 전설로 전해져 내려오는 버섯인간의 몸에서 자라난 버섯이라든지, 그 어떤 정보라도 듣고 싶었습니다. 무엇보다 그 버섯으로 인해 제 몸에 이상이 생긴 것은 아니니 섭취해도 괜찮을 것 같았어요.

예상과 달리 제 버섯은 치마버섯으로 짐작된다는 것 외엔 아무런 감흥도 불러일으키지 못했습니다. 통상적으로 치마버섯은 약재로 쓰일 때가 많지만 그 자리에선 과감히 요리를 해서 먹어보기로 했지요. 들뜬 분위기에서 내린 성급한 결정이었지만 누군가 나서서 그걸 지적하지는 않았습니다. 다들 맥주와 와인을 잔뜩 마시고 긴장이 풀린 표정을 짓고

몸과 고백들

있었어요. 저는 요영이 넌지시 일러준 이 모임의 수상한 점을 떠올렸습니다. 회원 수가 무척 적다는 점과 드레스코드가 블랙이라는 점, 미지의 버섯일지라도 마음이 동하면 먹어보겠다는 태도를 드러낸다는 점에서 자살에의 충동이 감지된다고요. 그런 방식으로 동반 자살을 모의하는 이들이 어딘가에 있을 것도 같았으나, 그날 그 자리에 모인 사람들이 그러할 거라는 생각은 하지 않았습니다. 그저 호기심이 매우 강하고 죽음을 두려워하지 않는 것뿐인데, 그건 죽지 않을 것임을 굳게 믿기 때문에 가능한 것이리라고 생각했지요. 실제로 그들은 스스로를 버섯 박사라고 칭하며 서로에게 안정감을 심어주려 노력했습니다. 불안해할 필요가 전혀 없다는 듯이 굴었어요. 그렇게 모두가 선뜻 동의하고 나서 제 버섯을 다른 버섯들과 같이 잘라 버터에 달달 볶았습니다. 소금과 후추로 간도 했지요. 그러곤 접시에 나누어 덜었고 마침내 먹기 시작했습니다. 저는 요영의 옆구리를 쿡 찔러 제 버섯을 먹지 말라고 눈짓했으나 요영은 개의치 않았습니다. 분위기에 휩쓸려버린 것 같았어요.

그건 제 버섯에서 비롯된 현상이었을까요?

요영을 비롯해 버섯을 섭취한 이들이 캠핑장 바닥에 대자로 누워 흐느끼고, 계곡 옆에 쪼그려 앉아 몸을 앞뒤로 흔들며 침을 흘리고, 옷을 벗고 나무를 꼭 껴안은 상태로 열정적인 혼잣말을 속삭이기 시작했습니다. 그들은 보이지 않고 들리지 않는 것을 보고 듣는 것 같았습니다. 저는 캠핑 의자에서 벌떡 일어나 나무 둥치에 가슴을 비비고 있는 요영의 팔을 잡아끌었어요. 그러나 요영은 제 팔을 뿌리치더니 명료한 시선으로 저를 보았지요. 먹느냐 먹지 않느냐 미처 고민할 새도 없이 요영은 옆구리 버섯을 제 입속으로 밀어 넣었습니다. 너도 꼭 알아야 해, 라고 말하면서요.

그 후에 일어난 일은 저도 믿기가 어렵습니다.

우리는 우리를 둘러싸고 있는 자연이 균사로 촘촘하게 연결되어 있는 광경을 목격한 동시에 피부로 느꼈습니다. 시각과 촉각을 동시에 감각한 것입니다. 나무와 풀과 이끼와 새집과 새와 흙과 버섯이 미세한 균사로 연결되어 있었습니다. 외형은 희미해지고 균사로 빼곡히 연결된 내부가 눈에 보이고 피부로도 느껴졌어요. 차갑고 축축했습니다. 차가운 거미줄 같았어요. 그 광경엔 인간도 포함되어 있었습니다. 우리의 몸은 머리부터 발끝까지 균사로 가득 차 있어 언뜻 보면 균사체로 보였습니다. 제각기 생성하고 소멸한 뒤 해체되는 게 아니라, 함께 생성하고 소멸하고 해체되는 하나의 커다란 균사체였습니다. 그런 깨달음은 언어가 아니라 눈앞에 펼쳐진 광경과 피부로 느껴지는 질감, 귀로 들려오는 소리, 코를 자극하는 냄새 같은 거의 모든 감각에서 비롯된 것이었습니다. 저는 새가 크게 지저귀는 소리와 강한 흙냄새를 동시에 듣고 맡았는데, 나중엔 흙이 크게 지저귀는 소리와 새가 뿜

몸과 고백들

어내는 강한 흙냄새를 듣고 맡았습니다. 형상과 감각 체계가 뒤섞여 세계가 일시에 눈앞에서 엎어졌지요. 그 바람에 오감과 형상이 뒤엉켜 전달되고 있었습니다. 엎어진 자연과 쏟아진 우주가 모두 동일한 균사로 연결되어 있었어요. 저는 팔을 뻗어 차가운 거미줄 같은 균사의 일부를 손으로 만져보았습니다. 손으로 집어서 위로 들어 올려도 봤습니다. 그러자 온 숲과 땅과 하늘이 끌려 올라왔지요. 마치 깨끗한 웅덩이에 비친 풍경을 통째로 집어 올린 것처럼요. 제 시선이 어디쯤에 있는지는 도통 가늠할 수가 없었어요. 하늘 위도 아니고 땅 아래도 아니었습니다. 그 모든 걸 볼 수 있는 자리였으나 도무지 제 시선이 어디에 있는지는 알 수 없었습니다. 그것조차 마구 뒤섞이고 엎어져 어딘가에 있긴 한 것 같았으나 찾아낼 수가 없었지요. 그러나 찾지 않더라도 될 것 같았습니다. 볼 필요가 없었습니다. 말할 필요도 없었어요. 그저 나무에 몸을 비비며 밀어를 속삭이고, 계곡 앞에서 눈물을 쏟아 맑은 물에 섞어 흘려보내고, 땅바닥에 누워 엎어진 숲과 쏟아진 하늘을 입 벌린 채 받아먹기만 하면 되었습니다.

저는 또다시 허기가 밀려와 입을 크게 벌렸습니다. 이번엔 버섯이 아니라 뒤섞인 세계를 삼켰습니다.

숲에서 돌아온 요영은 밖으로 나가려 하지 않았습니다. 요영은 숲에서의 기묘한 경험이 잊히지 않아 제 옆구리 버섯을 잘라 먹으며 아무것도 하지 않고서 살아가고 싶다고 말했지요. 그러나 저는 버섯을 내주고 싶지 않았습니다. 그런 강렬한 체험은 일생에 한 번으로 충분하니까요. 요영은 제 말에 수긍하면서도 자꾸만 반박하려 들었어요.

어느 밤에 저는 요영이 들어가 잠든 고치를 바늘과 실로 촘촘히 꿰매었습니다. 다시 밖으로 나오지 못하게 단단히 박음질했지요. 저도 그 안에 든 채였습니다. 요영이 떠나고 나서야 제가 이미 그랬다는 걸 깨달았습니다.

저는 이 고치가 점점 안락하게 느껴집니다. 제가 보고 듣고 느낀 것이 영원히 박제되어 있는 이 안에 누워 있을 땐 시간성이 일시에 사라집니다. 손을 뻗어 벽을 더듬으면 작은 돌기들이 만져집니다. 클리토리스처럼, 작디작은 산봉우리처럼 봉긋봉긋 솟아 있어요. 손으로 만지면 그 숲에서 느꼈던 감각들이 되살아납니다. 하늘이 쏟아지고 숲이 엎어지고 모든 게 회오리바람 안으로 휩쓸려 들어와 아우성치다 마침내 고요히 가라앉지요. 그러면 비로소 온몸을 편안하게 늘어뜨리고 잠들 수가 있어요.

저는 버섯과 최초로 조우한 시절부터 이야기를 시작했습니다. 산동네 양옥집 옥상 계단 아래에 어린아이의 손처럼 불쑥 솟아 있던, 저에게 내밀어진 호의와도 같았던 버섯. 어쩌면 배고픔을 참지 못해 그것을 허겁지겁 먹어버린 뒤부터 저는 버섯인간이었던 건지도 모릅니다. 버섯이 발현되어 눈앞에 드러날 때까지 스스로 원시인간이라 착각하며 살았던, 정체를 자각하지 못했던 버섯인간인지도요.

사실 버섯인간이 버섯인간임을 안다는 것은 이상한 일인지도 모릅니다. 버섯은 자신이 버섯임을 자각하지 않고 존재할 수 있으나 인간은 그렇지 않기에 일어나는 일일 테지요. 인간은 끊임없이 인간이란 무엇인가, 나는 어떤 삶을 살고 있나, 하고 궁리하는 존재입니다. 하지만 버섯은 그러지 않을 것입니다. 더 진화한 존재라서가 아닙니다. 진화라는 서열 체계가 없는 곳에서 탄생하고 존재하는, '생'하는 게 아닌 '생' 그 자체이기 때문이겠지요. 발생, 그 자체.

저는 어머니와 함께 살던 집을 떠나 작은 원룸에 살림을 꾸렸습니다. 토킹바 같은 임시적인 일자리가 아니라 오래 정착할 수 있는 일을 어렵게 찾았지요. 노동하는 버섯인간의 모습은 노동하는 원시인간의 모습과 그리 다를 바가 없습니다. 일하다 옆구리가 가려워질 즈음이면 퇴근을 준비합니다. 그런 의미에서 이 가려움증은 버섯이 저에게 보내는 신호인지도 모르겠습니다. 이제 그만 일을 마치고 우리의 안락한 집으로 돌아가 함께 쉬자는 뜻이지요.

계단을 오르며 같은 건물에 거주하는 사람들이 내는 생활의 소리를 귀 기울여 듣곤 합니다. 한숨 소리나 웃음소리는 들은 적이 없어요. 음악 소리와 물소리, 청소기 소리와 고함을 내지르는 소리는 가끔 듣습니다. 그 순간에는 옆구리의 가려움증도 잠잠해지는데 아마도 버섯 역시 저처럼 귀를 기울이고 있는 게 아닐까요. 저것이 원시인간의 생활이구나, 하고 생각하면서요. 층계참에 놓아둔 바퀴 달린 장바구니와 찌그러진 고구마 상자, 모가 기울어진 빗자루와 이가 빠진 쓰레받기 따위를 보면서 인간의 살뜰함과 무엇이든 편리하게 하려는 노력을 가엽게 생각할지도 모릅니다. 그러다 우리가 거주하는 원룸으로 들어가 문을 닫으면, 그때부터는 인간과 결합된 버섯으로서의 자신에 대해 곰곰이 생각해보지 않을까요.

우리의 결합은 무슨 의미지.

의미는 무슨. 그저 발생한 거야.

인간과 나는 진정 하나가 될 수 있나.

하나는 무슨. 그것은 세어볼 수 있는 게 아니야.

하나도 아니고 둘도 아니라면 대체 무엇이지.

그것이 혼종의 의미.

의미는 무슨. 그저 발생한 거지.

몸과 고백들

이렇듯 도돌이표를 그리고 있을지도 모를 버섯과 연결되어 저는 생각합니다. 제 몸에서 버섯이 자라나 혼종이 된 것은 위반, 금기, 진화와 퇴보 중 무엇일까요.

혼종이 되면 우리가 거의 모든 것과 연결되어 있음을 깨닫습니다. 심지어 지대와 금기와 비밀과도 연결될 수 있어요. 금기를 어기는 것이 아니라 금기와 연결되는 것이고, 비밀을 갖는 것이 아니라 비밀과 연결되는 것입니다. 지대에 머무르는 것이 아니라 지대와 연결되는 것이지요. 여자들, 타인들과 연결되는 것입니다. 그러나 몸과 연결될 수는 없습니다. 몸은 그것 자체로 우리입니다.

몸은 무엇이지.

그걸 생각하는 당신.

몸은 주위를 향해 열려 있나.

매일 혼종이 될 준비를 해.

누군가 개념을 재발명하면.

혼종의 시작.

사회는 혼종이 될 준비를 하십시오.

그리고 그것에 대해 고백하세요.

어찌 보면 고백하는 모든 이는 버섯과 다름없는지도 모릅니다. 거대하게 퍼져 있는 균류에서 돋아난 생식기관, 즉 퍼뜨리기 위해 태어난 존재이지요.

저는 지금도 습도가 높은 밤이면 숲으로 걸어 들어가 버섯을 찾습니다. 온 군데 버섯이 있고 어디에도 버섯은 없어요. 어쩌면 우리의 고백도 그러한지 모릅니다.

부디 고백을 마친 모두가 평안에 이르기를 진심으로 기원합니다.

어쩌면, 선언들

민가경

Body to come, Voice to come

우리 앞에 가로놓인 동시대를 노동, 거주, 젠더, 계급, 세대, 가족, 지역, 국적과 같은 다양한 렌즈로 집요하게 포착해온 이서수가, 이번에는 최소 단위의 거주 공간인 우리의 '몸'이 처한 오늘의 현실에 집중해본다. 앞선 이서수 소설의 결말들은 극적인 변화를 담보하지 않는다는 점에서 지독히 현실적임을, 그러나 그 소설의 진짜 지독함은 더 나아질 것을 기약하지 않는 현실에서도 기어이 다음 걸음을 내딛어보는 행위자들의 꾸준함에 있었음을 기억해보자.

그렇다면 이 연작소설은 조금 독특하게 읽힐 것이다. 이번 행위자들의 걸음만은 줄곧 옆길로 새는 데 그 목적을 두기 때문이다. 단정한 서간체에 기대어 지나온 시간을 회고하는 목소리들은 얼핏 듣기에 조곤조곤할지는 몰라도, 가장 먼 그때-거기의 기억을 경유하지 않고서는 지금-여기에 당도할 수 없었던 목소리라는 점에서 선명한 일직선의 내러티브가 아니다. 또 이 목소리들은 무한한 몸'들'을 기웃거리며 그 차이 속에 기어이 몸을 비집고 들어가보려는 소설의 움직임 그 자체이니, 그 이동을 좇기 위해 오늘날 '몸'의 곤경이 시작된 곳으로 거슬러 올라가보자.

성기라는 생물학적 헤드라인이 '선천성'의 이름으로 한 존재를 명하노니, 그 이름은 '남자' 그리고 '여자'라.

이 주문은 그 일생 전반을 결정하고, '젠더 정체성'이라는 내재화와 '젠더 표현'이라는 외재화 작업으로 그 존재 외연의 더께를 단단히 쌓아갈 것이다. 이 간결한 도식이 강제 점유해온 몸'들'의 역사에 이서수는 단순한 공식으로 포섭될 수 없을 만큼 이채로운 생명의 고백'들'을 덧칠해본다. 또 열역학적 소산의 부산물에 불과한 유성번식을 위해 강박적으로 굴러온 젠더와 섹스의 역사, 그 안에 잊혀 있던 진짜 '사랑'의 관념을 새삼 끌고 들어온다.

과숙되어 터져 나온 내러티브, 그 수동성은 사실 능동태의 사랑 고백에 진배없으니, 독자여, 단 한 번, 그리고 단 하나뿐인 고백에 경청을 요한다.

몸과 고백들

몸, 몸, 몸

먼저 「몸과 여자들」은 여성의 몸을 성적으로 구성하고 전유하는 폭력의 구조를 살피고, 「몸과 우리들」은 남/녀라는 이분법으로 환원되지 않는 중간 지대를 보여주며 우리가 전제한 생명의 토대랄 것이 얼마나 비약투성이인지를 드러낸다. 그 해체 작업은 「몸과 금기들」을 경유해 기존의 섹스가 경직시켜온 몸을 '윤리적 쾌락'에 도전하는 몸으로 활짝 열어젖힌다. 「몸과 무경계 지대」에 이르러 몸'들'은 물리적 실체뿐 아닌 경제, 주거 등 사회-물질적 맥락과 상관관계를 이루는 영토로 재의미화된다. 진정한 의미로서의 '확장'을 위한 이 도움닫기 작업은 「몸과 비밀들」에 착지하여 강력한 포스트 휴먼의 등장을 예고한다. 이 광활한 작업은 이분법에 대한 도전 차원을 넘어 각종 '중심주의 허물기'라는 근원적 차원에 도전한다.

「몸과 여자들」은 가부장제 아래 놓인 여성의 몸, 그 곤란의 필연부터 짚어내기 위해, 1983년생의 여성 화자가 1990년대의 사춘기, 2000년대의 첫 경험을 거쳐 2020년대의 결혼 시장에 관여하고 참여했다 하차하는 과정을 관통해본다. 이때 왜소한 몸과 뚱뚱한 몸, 생리하는 몸과 ('아직' 또는 '이제') 생리하지 않는 몸 모두를 억압하는 외부의 시선이 폭로되는데, 이는 소위 '비정상'되기는 너무나 쉽고 '정상'되기는 너무나 어려운 몸의 현실을 보여주며, 그것이 결국 여성을 향한 폭압적 시선에 진배없음을 역설한다. 특히 그 노정에서 어떤 몸에 대한 억압은 누군가의 해방이 되고, 그 해방은 또 다른 누군가를 향한 억압으로 작용하기도 하며, 몸의 '억압'과 '해방' 간에는 다자 간의 상호작용이 그리는 무한대의 굴레가 작동되고 있음을 보여준다.

특히 이런 '나'의 서사에 1959년생 '엄마'의 고백이 불쑥 틈입하며 1970-1980년대의 가부장제와 자본 체제 아래 지나온 또 다른 몸의 생애 주기가 교차된다. 이때 여성의 몸이 지닌 잠재성이 오로지 성 역할로만 국한된 채 도구화되어온 과정이 더 극적으로 드러난다. 술 시중을 들어야 하는 몸, 누군가를 성적으로 만족시킬 의무를 지닌 몸, 집요하게 달라붙는 시선을 감내해야 하는 몸, 기울어진 장에서도 악착같이 돈을 벌어야 살 수 있는 몸, '탈출'이라는 범박한 정리로 그것이 수행한 돌봄 노동을 폄훼당하는 몸, 당연히 출산할 것으로 ―그것도 건강한 아이를 출산할 것으로― 간주되는 몸'들'의 역사가 바로 그것이다. 이러한 성적 범주화 작업은 여성의 몸에 각종 경제-사회적 가치들을 기만적인 형태로 투사하고 교직해낸다.

중요한 것은 이서수가 이러한 성적 불균형을 이야기하는 과정에서 다른 성을 가진 몸의 의미를 희생시키는 제로섬 게임을 경계하거니와, 다른 젠더와 정체성까지 포괄하고 영

　　　　　　　　　　　　　몸과 고백들

리한 방식으로 의제를 확대하고 있다는 점이다. 이는 「몸과 우리들」의 화자 '미지'가 친구의 오빠를 짝사랑했던 자신의 모습을 통해 자기의 정체성을 곧장 '여성 정체성'으로 방증하려 했던 순간에 드러난다. 그 순간은 '미지' 안에 '젠더 항상성'에 대한 의구심이 처음 발아한 순간으로, 이때의 의문은 『규화보전』 속 몸을 남/녀로 뒤바꾸는 과정에서 오로지 여/남을 향한 이성애만을 수행하는 등장인물('임청하')의 인식 틀—'하나의 젠더'가 아니라면 응당 '그 반대의 젠더'라는 인식—에 대한 '은하'와의 의견차 안에서 본격화된다.

"문제는 어떤 성별인지가 아니라 성별 그 자체에 있었"다 (100쪽)는 '미지'의 진술은 인간 유전자의 23번쌍 염색체의 분류 체계, 즉 '성별 그 자체'에만 의거하여 하나의 존재 양식을 손쉽게 규격화한 근대의 데이터 처리 프로세스에 의문을 제기한다. 그렇게 고정불변의 구성체가 되어버린 '몸'은 애초에 100퍼센트의 남성/여성으로 수치화될 수 있는 몸이 존재할 수 없다는 생물학적 전제를 깨끗이 지우고, 불분명한 근사치 안에서 최소한의 차이 정도는 사상해보려는 노력조차 방기해온 근대의 산물에 다름 아니다. 요컨대 이 연작은 생물학적 알고리즘에 의한 젠더 결정 프로세스가 몸들의 비장소화가 시작된 지점임을 명확하게 지목 중인 셈이다.

또한 몸을 하나의 '전쟁터'로 간주하고 피아 식별이라는 룰에 충실한 '미지'의 연인이 '미지'의 몸을 "룰이 없는 전쟁터"(129쪽)로 판결하는 대목은 타인이 우리에게 부여하는 젠더와 우리가 타인에게 인식시키는 스스로의 젠더가 우리 존재의 '룰rule'이자 '롤role'로 귀속되는 양상을 보여준다.

결혼 제도를 하나의 역할극으로 보는 친구의 발화와 자매의 연극이 알레고리화하는 바—"우리 모두는 인형극을 하고 있는 것뿐"(147쪽)—도 이에 다름 아니다. 우리 몸에 투영된 외부의 시선이 '정체성'의 형태로 우리 내면에 깊이 뿌리내리는 양상, 또 반대로 우리가 '정체성'을 표출해 바깥에 고정시키는 외재화의 양상은 끈적한 순환 고리를 완성하며 우리 모두를 젠더 정치의 공모자로 연루*시킨다.

그렇게 단 두 개만의 선택지를 주고 결정을 촉구하는 세계, 그리고 계층화된 성별 피라미드의 상호작용 안에서 자기 존재를 전개할 토대를 아직 알지 못하는(미未-지知) 상태가 된 '미지'는 자신의 생식기/성기, 염색체 양상, 호르몬 활동에 근거해 '여성'이라는 단 두 글자로 자신을 거칠게 정리할 수 있을지는 몰라도, 차라리 "둘 다 되지 않는 편이 나을

---

* 이에 더해 「몸과 비밀들」 속 '요영'이라는 인물은 그 순환 고리에 한 꺼풀 더 깊이 파고 들어가는 질문을 던진다. '요영'은 자신이 어떤 몸으로 살아갈 것인지를 결정하고 그대로 살아가는 것, 그리하여 자신의 '젠더 정체성'—'젠더 역할'—'젠더 표현'을 의식적으로 일치시키는 작업의 중요성을 강조한다. 그러나 이서수는 이러한 일치화 작업 아래 역순으로 자행되는 폭력에 가담하고 있는 요영—즉 "술집에서 여성이 따라 주는 술을 마시며 음담패설을 늘어놓는 남자들의 문화를 순순히 용인"(268쪽)했다는 혐의로부터 자유롭지 못한 요영—의 모습을 통해 우리가 '진정한 몸'을 취득하기 위해 망각해야 할 것이 얼마나 많은지에 대한 질문을 던진다.

몸과 고백들

것"(145쪽)이라며 중간 지대-되기를 자처한다. 이는 곧 자기 '몸'을 "이미 색상이 정해져 있는 종이"(202쪽)가 아닌 "어떤 색이든 칠할 수 있는 종이"(202쪽)로 실천하겠다는 의지에 다름 아니다.

이에 더해, 모친의 언어로 그 존재를 명명받고 인정받은—"미지야, 너는 네가 원하는 사람으로 살면 돼"(100쪽)— 경험이 추후 '미지'가 각종 신체 기관에 대한 "멋대로 이름 짓기 놀이"(131쪽)를 수행하는 대목과 교차될 때 그 놀이의 의미가 몹시 의미심장해진다. 몸을 무한대의 존재로 변환시키는 '미지'의 명명 행위는 "성벽을 무너뜨리고 다시 쌓는 것을 숱하게 반복해야 할"(131쪽) 전쟁터 앞에서 자신만의 영구적인 룰을 세우기 위해 기왕의 전제들을 모조리 쓸어버리는 기초 공사가 된다.

이 '담 허물기'의 진풍경을 자본과 공간에 연결지어 조금 더 정밀하게 살펴보자. 「몸과 무경계 지대」에서 소묘되는 아이들의 몸은 "경계가 없는 다양성 속에선 확장되고, 상상력이 부재하는 획일성 속에서 축소"(195쪽)되며 공간과 유비를 이루는 몸이 된다. 요컨대 몸은 비단 물리적 실체일 뿐 아니라 한 존재의 인격을 형성해나가는 공간이자, 개인의 주권이 미칠 수 있는 최소한의 영토이기도 한 셈이다. 이를테면 부유한 아랫동네와 가난한 윗동네가 표상하는 경제 수준을 근거로 분할된 '나'의 몸은 남루함이라는 장소적 기제를 지니게 되고, 이는 마음과 인격의 확장에도 영향을 미친다. 이는 마치 가난한 윗동네가 장마철 동안 고지대의 안위를 누릴 수 있다고 해서 부유한 아랫동네를 바라보는 사시사철의 자격지심을 해소하지 못하는 것처럼 말이다. "분리했으되 너희들은 모두 평등하다"(214쪽)는 선생의 말이 전제하듯, 그 토대가 아무리 평평하다 해도 분리 작업이 수행되는 순간 그 평평함은 필시 무용지물이 될 것임을 이서수는 이미 적확하게 짚어내고 있다.

이때 제목부터 전면에 걸린 '무경계 지대'는 '세진'(쥐눈이콩)과 '단밤'이 끊임없이 찾아 나서야 할 궁극의 공간으로 제시된다. 부촌도 빈촌도 아닌, 보편화되지 않은 영역 말이다. 여기서 존재의 근거도 뚜렷한 고향이랄 것도 없이 혼류된 존재들—가령 '귀족 언니', 붕괴된 소련에서 온 '무명의 아이', 뇌성마비 장애인 '경서', 기지촌에서 술집을 운영하던 여성과 주한미군 남성 사이의 존재 '주나'—을 상기해보면, 작가가 이야기하려는 '확장'의 의미가 보다 선명해진다. 그것은 성적, 언어적, 국경적, 신체적, 인종적, 자본-계급적으로 다양한 존재들이 서로에 대한 조건과 자격을 허물고 나란히 존재하는 것이다. 또한 '후커스힐'처럼 다양성이 혼합된 무경계 지대에 자신을 노출시키며 스스로의 존재 확장을 허용해두는 자세이다.

이때 "본다는 게 실은 보지 않는 것일 수도 있다"(228쪽)는

몸과 고백들

'세진'의 발화가 목욕탕에 자기 얼굴을 담가버리는 '단밤'의 행위와 나란히 놓였음에 주목해보자. 이 때 '단밤'의 시각은 일체 중단될 것이다. 시각을 중지하면 판단하려는 맹목적 욕구도 중단된다.

이서수가 말하는 '몸'의 확장은 바로 그런 것이다. 판단 주체가 되어 몸집을 비대하게 불리는 데 목적을 둔 것이 아닌, 보이지 않는 수면 아래에서도 단지 무언가가 존재한다는 엄연한 사실을 인정하고 감각해나가는 것이다.

이토록 정치精緻한 정치政治

앞선 작업을 통해 몸의 권리와 다양성을 포용하기 위한 전략들을 개발해보았다면, 이서수가 수행한 또 다른 작업은 섹스의 계층구조, 즉 섹슈얼리티 안에 특권화된 계층과 주변화된 영역들을 가로지르며 그 구조의 허위를 해체해본 것이겠다. 이는 정상적이고 자연스러운 것으로 여겨지는 '이성애, 기혼, 일부일처, 전통적 체위 기반의 섹슈얼리티'가 비정상적이고 부자연스러운 것으로 여겨지는 '동성애, 미혼, 문란함, 가벼운 관계, 도구 사용 기반의 섹슈얼리티'를 경계 바깥으로 의도적으로 밀어내는 광경을 보여주며 개진된다.

먼저 「몸과 금기들」에서는 자신의 천연적인 욕구에 충실하려는 몸'들'의 분투가 드러난다. 그것은 자위, 거침없는 섹스 등 자신에게 강제된 섹스의 상한선을 기어이 초과해보려는 움직임의 형태로 드러난다.*

이성애 중심의 사회가 섹스를 정치적 범주에 포섭한 이래로, "사랑한다는 이유 하나"(170쪽)만을 섹스 행위의 당위적 근거로 지나치게 강조해온 맥락은 "자신의 욕망에 지나치게 충실하여 사랑이 아닌 다른 이유로 섹스를 하는"(171쪽) 화자의 등장으로 전복된다. "낭만이 끼어들 여지가 전혀 없"(171쪽)이 양자 간의 합의와 공평만을 기반하는 기능 중심적인 행위는 기존의 섹스에 통용되던 문법—'너'와 '나'가 나누는 '몸'과 '마음'의 교류—에 "넓은 우주에 자신의 감각세포만 남"(171쪽)기는 것으로도 충분하다는 새로운 공식을 아로새긴다.

그러나 그런 여성의 몸이 '남미새' 또는 '변태'로 불리거나

---

* 그러나 이서수는 '쾌락'을 다룸에 있어 금기의 타파만을 이야기하는데 그치지 않고, 성적 욕구를 경험하지 않는 것 역시 어떤 범위에서든 성욕을 가진 사람의 건강함과 동일시될 수 있다는 사실을 누락하지 않는다. 가령 「몸과 여자들」에서 자신의 몸을 무언가로 꽉꽉 채워야 한다고 믿는 '영석'과 텅 비운 채 있어도 된다고 믿는 '나'가 대화의 불가능성을 확인해나가는 과정을 통해 이서수가 그리고자 하는 것은 월담에의 욕구가 천연성으로 인정되어야 한다면, 그에 못지않게 월담하지 않기를 희망하는 사람의 욕구도 천연적인 것으로 인정해야 한다는 것이다. 이는 주인공의 무성애를 이해하지 못하는 동료 '영석'의 강요에 의해 어덜트 숍에 들어가야 했던 경험 이후 '나'가 쓴 글에서 잘 드러난다. 무성애라는 섹슈얼리티는 유성애자에 의해 성적 미숙 혹은 과도기적 단계에 불과한 것으로 치부되어 오롯이 '교정'의 대상이 된다는 점은, 이것이 또 다른 의미에서의 '성적 압박'이자 더 나아가 폭력이 될 수 있음을 시사한다.

몸과 고백들

자기 파괴적인 욕망을 가진 심리 치료의 대상이 되는 현실을 보여주며, 성적 쾌락이 남성의 전유물이 된 작금의 상황, 그리하여 모든 포르노그래피가 여자를 향한 순결에의 강요로만 이어진 억압적 고리를 분명히 다잡는다. 특히 "원나잇을 밥 먹듯 하는 여성"(173쪽)이 되어 팟캐스트 게스트로 출연한 '나'의 일화는 주목을 요하는데, 그곳에서도 '나'는 디제이에게 소위 '꼴림'을 자극하는 야한 멘트—"내 몸을 가져, 나 졸라 맛있어"(175쪽)—를 은연중에 강요받기 때문이다. '먹고' '먹히는' 식의 위계를 형성하는 정치政治적 방식이 몹시 정치精緻하게 구성해온 '성적 지배'의 언어는 오늘날 성적 유혹의 개념이 얼마나 지독한 판타지의 산물인지를 보여주며, '먹히는' 쪽의 몸을 언제든 성적으로 이용 가능한 대상으로 만든다. 이때 '나'는 몸이 단순히 "맛있고 맛없고 그런 차원이 아니"(175-176쪽)라는 사실을 알지 못하는 남성의 성적 무능에 조롱을 참지 못하고 속엣말을 쏟아낸다.

"먹고 먹히고 맛있고 맛없고, 너희들의 방식은 그런 거지? 그럼 내가 한입에 먹어줄 테니까 딱 기다려. 냠냠냠."

(176쪽)

이 낄낄거리는 목소리는 단지 '성 대결'과 같은 의미로만 국한될 수는 없으며, '먹으려는 몸'들이 가진 술어의 소유권을 '먹히는 몸'들이 박탈해 모욕적인 방식으로 되돌려주고 재전유한 결과물로 읽혀야 한다. '먹는 자'라는 위치에 대한 너의 독점을 더는 용인하지 않겠으며, 너의 '환상-무대'가 원활하게 작동하지 않도록 만들겠다는 모종의 선언인 셈이다.

이야기의 마지막에 이르러 결국 모텔을 찾은 화자가 유년의 자위 도구였던 '베개'로 회귀하는 대목이 보여주는 것은 '쾌락의 충족 불가능성'이 아닌, 결국 자기 성애에 이르기 위해 자기 손을 포함한 도구에 의존할 수밖에 없는 '취약성의 필연'일 수 있다. 그러나 이 취약성을 타자의 몸을 도구화하는 방식으로 탈취하는 섹스와 동일시해선 곤란하며, 보다 주목해야 할 지점은 금기를 넘어 신이 자신에게 부여한 또 다른 과제―'다음' 차원의 섹스―로 나아가기 위해 "십자가 대신 텔레딜도닉을 짊어지"(181쪽)겠다는 주인공의 제의적 표명이다. 쾌락과 윤리를 연결하는 사유가 우리에게 여전히 익숙하지 않을지는 몰라도, 화자는 기존의 금욕적 실천이 '존재론으로서의 몸'으로 하여금 스스로의 빗장을 단단히 걸어 잠그도록 작동해왔다는 유력한 가정을 전제하기에, 쾌락의 형태를 끝없이 바꾸며 몸을 활짝 열어젖히는 '쾌활한 실천'이 곧 신체 해방 프로젝트가 될 수 있음을 역설 중인 것이다.

그러나 물론 이 모든 금기를 주저하게 만드는 현실의 기저에는 "섹스를 좋아하고 원한다고 말하면 성범죄를 당했을

　　　　　　　　　　　　　몸과 고백들

때 보호받지 못"(170–171쪽)할지 모른다는 불안이 흐른다는 점을 간과할 수 없겠다. 이 연작이 과연 두드러지는 부분은 그러한 폭력을 포착하는 과정에서 가해/피해라는 이분법 구도를 소비 또는 재생산하기보다, 가해/피해의 역학 관계를 딱 잘라 특정하기 어렵게 만드는 불가해한 긴장 관계를 폭력의 현장 안에서 추출 중이라는 데에 있다.

가령 「몸과 우리들」 속 '주연'의 안전한 귀가를 약속했던 동기가 '주연'이 잠적하게 된 경위와 어떤 연관을 갖는지 알 수 없는 '미지'는 '주연'을 "섣불리 피해자로 여기고 싶지 않"(122쪽)다는 마음, 즉 그녀가 보여줬던 모습으로만 그녀를 기억하고 싶다는 생각으로 의문들을 자체 종결한다. 이러한 '미지'의 마음은 얼핏 정직해 보인다. 그것은 세상에 깔린 어떤 가정들을 의심하면서 '주연'의 편에 서겠다는 의도였기 때문이다. 그러나 결과적으로 '주연'만이 사회적 피해를 짊어지게 된 현실은 시간이 지날수록 '미지'에게 종결도 해소도 될 수 없는 꽉 막힌 그리움이 된다. "낙관하는 성실한 인간 최주연으로 마음속에 남겨두는 것 외엔 아무것도 하지 않"(122쪽)았던 '미지'의 모습은 기실 "사회가 어떤 정의를 구현하길 원하는지에 대해" "아무런 관심도 갖고 싶지 않았"(122쪽)던 마음과 크게 다르지 않기 때문이다. '미지'가 추구했던 정직은 결국 '주연'의 침묵 위에 세운 편안함과 동의어였는지도 모른다.

또한 「몸과 금기들」에서는 성적 우위를 점하는 방식으로 집단 구성원에 자신을 증명하고, 이를 위해 여자아이들에 대한 성희롱을 일종의 놀이 삼는 아이들('청'과 '흑')을 보여준다. 그렇게 "청과 흑은 늘 했어!라고 외치고, 여자애들은 항상 당했어! 라"고 외치"(163쪽)는 광경에서 양자 간에 흐르는 묘한 성적 긴장과 흥분을 포착하는 것은, 왜소하다거나 못생겼다는 이유로 그 놀이에서 철저히 주변화된 아이들의 발생 양상을 발견하는 것만큼이나 중요하다. 이서수는 '비장소'를 소외하는 방식을 통해 스스로를 우뚝 세우는 '장소'의 문법에 대한 이해를 바탕으로, 아이들의 몸을 장소/비장소로 서열화하는 '학원'을 몹시 양가적인 폭력의 공간으로 전환해낸다.

뿐만 아니다. 중학생이 된 '나'가 위계만 있고 감정의 결속은 없는 또래 집단 안에서 높은 서열을 선취하기 위해 "누가 누구와 짝지어질 것인가. 누가 누구를 따라 빈집 안으로 들어갈 것인가. 누가 누구와 그걸 할 것인가. 하고 나서 어떤 표정으로 나올 것인가"(168쪽)와 같은 물음의 형태로 성을 경험하는 대목에도 주목을 요한다. 왜냐하면 누가 폭력이자 욕망의 대상이 되고 될 수 없는지에 대한 판단에 개입하는 심급이 되려는 순간, 아이들의 몸은 상당히 정치적인 장소로 전환되기 때문이다. 그러니 이 '빈집'은 앞선 '학원'이라는 양가적 공간의 심화된 형태로 간주된다. 이곳에서 흐르는 수

몸과 고백들

상한 긴장은 이들의 단체 성행위가 집단적 긍지를 개발하는 상징적 행위임은 물론, 남성성/여성성을 부각하며 개개인의 성적 매력도를 증명하는 일이 집단 내 위계를 형성하는데 철저히 동원되고 있다는 점을 암시한다.

마지막으로 「몸과 비밀들」에서 신자유주의적 상업화, 가부장제와 같은 당대적 맥락을 함축하는 양가 지대로서의 몸, 즉 술집-여성 노동자 '키키'의 신체도 살펴보아야 한다. 봉지 쌀로 연명할 만큼 가난했던 집에서 태어나 허기를 달래기 위해 계단 틈에 난 버섯을 씹어 먹어야 했던 아이의 '몸'이 술집 여자 '키키'의 '몸-뚱이'로 변모해가는 과정은 한 여성이 상품 가치를 지닌 '몸'으로 성장했다가, 그 가치를 더 지니지 못한 '몸-뚱이'로 노화해가는 생애 주기와 나란히 놓인다. 또한 그녀의 몸에서 어떠한 가치가 거래되는지에 대한 문제부터, 그녀가 어째서 '그 선택'을 '선택'했는지에 대한 문제는 홍보 전단의 "여대생 다수 보유. 퀄리티 있는 선택, 초이스!"(249쪽)라는 문구에 함축된다. 이는 여대생의 '몸'을 언제든 '선택, 초이스!'할 수 있는 구매자와, 그 노동을 '선택, 초이스!'당할 수밖에 없는 여대생의 관계가 '수준'과 '선택'이라는 단어에 의해 한 궤로 꿰어지며 완벽히 불평등한 거래를 수반한 주종 관계를 그리기 때문이다.

아울러 '거리의 여자'라 기표화된 몸은 어떠한 기의를 과시하지도 숨기지도 않고 거리를 '행진'할 뿐이건만, 그 '행진'이 얼마 못 가 한 여성의 일갈—"창녀 주제에"(261쪽)—
과 함께 중단된다는 점도 특기할 만하다. 가부장적 가족 질
서에 편입되지 못한(혹은 '않은') 여성 신체에 대한 경계와
멸시를 내포한 언어가 발화된 순간, '거리'라는 공간은 '키
키'에게 오묘한 기시감 그 자체가 된다. 또한 '키키'의 동료
들이 해당 여성에게 그 일갈을 되돌려주는 광경—"못생긴
주제에"(262쪽)—과 함께 '거리'는 더 복합적이고 정치적인
공간이 된다. 외피는 상대를 향한 경멸이나, 그 알맹이는 기
실 육체를 향한 혐오에 다름 아닌 언어가 여성과 여성에 의
해 교환되고 있기 때문이다.

특히 약초를 권하는 손님에게 거절 의사를 밝혔음에도 불
구하고 입이 강제로 벌려지며 약초를 받아들여야 했던 경
험은 '키키'의 몸에 극한의 무력감을 각인한다. 이를 성행위
에 대입해보면 여성이 섹스를 거부했다는 이유로 돌변한 남
성이 여성의 신체를 향해 자기 파괴성을 가차 없이 드러내
는 과정에 진배없다. 그 완력은 자신이 금전을 지불한 시스
템이 어떻게든 자기 욕망을 보상해줄 것이라는 믿음과, 어떠
한 완강한 형태의 분노 표출도 자신이 지불한 시스템 안에
서는 안전할 것이라는 믿음을 기반한다. 게다가 약초를 차
마 다 씹지 못한 채 뱉어낸 '키키'의 뺨을 내리치는 것도 모
자라, 인격을 파괴하는 언어—"이년아, 네 몸뚱이보다 더 비
싼 거야"(261쪽)—는 '키키'의 존재를 '몸'의 서열화 형태인

'몸-뚱이'에서마저 밀려나 하나의 작물보다 손쉽게 거래할 수 있는 비체卑體 단위로 전락시킨다.

그러나 이서수는 바로 그 귀갓길에서 '키키'의 몸과 '버섯'의 몸을 우연히 마주치게 하며, 이종 간의 관계 맺음이라는 전격적인 사건을 제안한다. 오늘날의 상징 질서로 무너진 여성의 몸에 '혼종'이라는 미학적 원리를 덧대보고, 그 신체의 경계를 조정할 수 있는 대안적 유기물로 채택한 것이다. 이때 그녀의 몸은 성-자본이라는 권력의 배치로부터 자유롭지 못한 '키키'도 아니요, '원시인간'이라는 임시방편의 존재도 아닌, 궁극에 닿지 못할 만큼 무한히 변화하는 포스트 휴먼, 즉 '버섯인간'으로 개발된다. 이 짜릿하고 단단한 결합은 '나'로 하여금 전회의 형태로 '행진'을 이어나가게 한다.

하이퍼-사랑

우리는 이 '버섯인간'을 본격적으로 얘기함에 앞서, 사랑, 이 하이퍼한 감각의 사랑에 대해 이야기하자.

한때 유력했던 국가 체제의 붕괴와 구름의 생물 안에 예고되어 있는 자기 생의 유한함을 보며 "슬픔 대신 갈증을 느"(96쪽)끼던 아홉 살짜리 아이가 '사랑을 아는 사람'일 수밖에 없었다는 대목은 상당히 많은 것을 설명한다. 떠오르는 아침 해의 성별을 따져 묻기보다 그 '해'-스러움 만으로 "삼킬 수 없을 정도로 뜨거"(204쪽)워지는 마음을 껴안는 그 사랑의 모양이 몹시 심원하기 때문이다. 어떤 당위에 의한 이끌림보다, 태어나고 죽어가는 존재의 유한함을 향해 건네는 "오래 달인 탕약 같"(116쪽)은 시선, 그 애정과 연민 어린 눈동자들은 이 모든 사랑을 '첫사랑들'로 전환해내는 에너지에 다름 아니다. 그러니 이 연작소설집은 존재의 탄생과 죽음, 생성과 소멸 사이의 지대를 조율하는 몸과 섹스 안에서 방황하는 인간에게 '사랑'이라는 진정한 무경계 지대를 대안으로 제시 중인 셈이다.

혹자에게 사랑 타령은 너무 식상한 것일지 모르나, 이 사랑은 이성애 중심의 사랑에 국한되지 않고, 규범화되거나 제도화되며 낭만적 신화에 불과해진 오늘의 사랑을 상정하지도 않는다. 이 사랑은 특정한 광경만을 유토피아로 촉진하려는 순진한 동화도 아니고, 다른 양태의 사랑을 은폐할 만큼 교묘하지도 않다. 새로운 유전자의 유입 없이는 적응할 수 없을 만큼 급변하는 환경 속에서 사실상 모든 동식물, 곰팡이, 원생생물의 세포 진화 역사에 내재돼 있는 '하이퍼-섹스'의 경험은 이 모든 규범성―심지어는 같은 개체 내에서만 결합할 것을 상정하는 초집단화된 섹스까지도―을 폐기하는 '하이퍼-사랑'을 오래전부터 예견하고 있었다.

요컨대 이 '하이퍼-사랑'과 혼종적 상상으로 빚어낸 '버섯인간'의 현전은 다양한 몸'들'과 연합하지 않고는 다음 단계로 나아갈 수 없는 작금의 현실에 깊이 뿌리내린 질문이다. 동시에 그것은 모든 몸'들'의 전제를 향해 행위자들이 던진 강력한 의문이며, 고심 끝에 응답된 생존 대안이자, 몸에 대한 단지 하나의 수정된 도표이다.

또한 여기서 이서수는 경계가 뒤섞이는 기쁨과 경계를 구성할 때의 책임을 동시에 논하고 있다. 이 말인즉슨 이 공생적 합체가 우화도, 은유도 아니요, 섹슈얼리티 정의를 위한 이론적 연구에 불과한 것도 아닌, 직접 살아내야 할 삶의 실험 그 자체라는 사실을 기억해나갈 책임이다. 그러니 "왜 내 몸이 균류가 되었을까?"(267쪽)라는 물음보다는, 애초의 우리 존재가 "인간이기만 해선 안되"(269쪽)는 "미완의 상태", 그리하여 "다른 것과 합쳐져 또 다른 혼종"(270쪽)으로 빚어져야하는 열림의 존재라는 사실을 인식하고, 그 불편과 이질성을 어떻게든 껴안아야 함을 기억해야 한다. 버섯과의 결합을 경험한 이들이 숲에서 발산하는 존재의 표현은 불편하리만치 생기로 가득하지 않은가. 자립적으로 살거나 순수한 자기 성분으로만 구성될 수 없는 존재의 나약함을 깨달을 때 비로소 도래하는 해방의 감각, 그 아이러니의 한복판에 '버섯인간'이라는 사이보그가 존재한다.

"마치 수소와 산소가 합한 것이 물인 것과 같이."[*]

정확히 90년 전, 여자도 사람이라는 하나의 진실을 송신하기 위해 자기 생애를 온몸으로 증언했던 한 여성의 곡진한 고백을, 당신도 아마 알고 있을 것이다. 비록 그 생애는 신원도 연고도 없이 버려진 몸과 함께 스러졌을지 몰라도, 그 고백만은 종결되지 않은 형태로 지금-여기에 매 순간 귀환하고 있다. 그렇다면 「몸과 비밀들」 말미, 시간성의 움막 안에서 '버섯인간'이 지금까지 "보고 듣고 느낀 것"(276쪽)들을 술회하며 쏟아낸 그것, 잔뜩 곪은 기다림 뒤로 힘겹게 터져 나온 그 무른 마음 덩어리, 그것을 우리는 고백이라 부르자.

그리고 이 모든 것이 누군가에 의해 강요되거나 부추겨지지 않은 채 스스로 터뜨려낸 형질의 이야기라는 점은 정말로 중요하다. 이 고백은 '마음이라는 몸'의 안과 밖을 뒤섞어놓는 재배치 형태로 작동하기 때문이다. 모든 형태의 고백'들'은 그 의도와 무관하게 발화자에 의해 직접 수행됨으로서 발화자 자신을 가장 먼저 위로해왔다. 그것이 애초에

---

[*] "그러나 여보셔요, 아직까지도 나는 내게 적당한 행복된 길이 어디 있는지를 찾지 못했어요. (……) 그러나 인생은 가정만도 인생이 아니요, 예술만도 인생이 아니외다. 이것저것 합한 것이 인생이외다. 마치 수소와 산소가 합한 것이 물인 것과 같이." 나혜석, 「이혼 고백장」, 『삼천리』, 1934년 8~9월.

겨냥했던 것은 진실도 아니요, 인정의 쟁취도 아니요, 단일한 지배 기반을 찾기 위함은 더더욱 아니었다. 고백은 오로지 자기 자신을 구하기 위해 자기 '안'의 이야기를 자기 '바깥'에 스스로 세우는 일이다.

그러니 자꾸만 더듬거리고, 주저하며, 중단되고, 방황할 수밖에 없다. 그러나 생각해보자. 이것이 바로 우리가 누군가의 고백 앞에 우리의 행위와 소리를 일체 중단할 수밖에 없는 이유 아니던가. 고백은 결국 누군가와의 연결을, 단지 당신의 상관을 필요로 한다. 특히 잠자코 경청하는 일이 '네 말이 맞다'는 신용을 상대에게 보태주는 일이라면, 그리하여 경청되는 사건이 어떤 목소리에 권력을 덧대어줄 수 있는 일이라면, 이 고백들은 아직 오지 않은 ─그러나 머지않아 정치적인 급진화의 형태로 도래할지 모를─ '선언'이기도 할 것이다. 침묵해온 몸'들'의 재배치라는 당면 과제 앞에서 이서수는 경청의 장을 여는 일로 자기 몫을 넉넉히 보탰다. 그렇다면 이제 우리에겐 무엇이 남았을까.

그건 아마 이런 것들이겠다. 네가 그동안 해오지 못한 '그 말'을 내게 조금 더 해달라고 말하는 일. 나의 '몸'을 그 발화 장소로 내어주는 일. 목소리'들'의 재분배를 실천하는 '몸'-되기. 그러니 다시금 요청건대, 독자여, 단 한 번, 그리고 단 하나뿐인 이 고백에 경청을 요한다.

얼마 전 여러 기업들이 모여 자사 상품을 홍보하는 박람 회장에 우연히 가게 되었다. 새로운 IT 기술과 결합된 체험 기기를 둘러보던 중 마침 피부 타입을 측정해주는 기기 앞 이 비어 있어 일행과 거기에 앉았다. 기기에 내장된 카메라 가 촬영한 내 얼굴이 모니터에 크게 떠올랐다. 지시문에 따 라 분주히 화면을 터치하던 내 손이 일시적으로 멈추었다.

당신의 성별은 무엇입니까?

선택 항목은 (놀랍게도) 세 가지였다. ①여 ②남 ③논 바이너리

나는 짧은 고민 끝에 논바이너리를 택했다. 그러자 옆에 있던 일행이 나를 말렸다. "괜찮겠어? 네 얼굴이 찍혔잖아."

요즘 같은 시대에 체험 고객의 사진을 동의 없이 데이터

로 보관하진 않을 것 같았다. 일행이 염려했듯, 논바이너리를 택한 사용자의 얼굴만 별도 항목으로 분류해 분석 자료로 삼는 것도 이 시대에 일어날 법한 일은 아니라고 생각했다. 만에 하나 그런 일이 생기더라도 나에 대한 분석 자료는 무용하다. 왜냐하면 내가 논바이너리를 택한 이면엔 명확한 정체화가 아닌 여러 가지 복잡한 이유가 잠재되어 있기 때문이다. (그렇다. 이런 사람도 존재한다.)

이 책의 1부 격에 해당하는 「몸과 여자들」을 쓰기 시작했을 땐 이 세상에 여성의 섹슈얼리티에 대한 이야기가 좀 더 많아지길 원했다. 그러나 2부를 쓰는 동안 생각이 점점 바뀌었다. 특정한 성별에 대한 이야기가 아닐 수도 있겠다는 직감이 들었다.

나는 이태원 산동네에서 자랐고, 그 시절에 느꼈던 것들을 「몸과 무경계 지대」에 담았다. 당시엔 목욕탕에만 가면 의구심이 생겼다. 여탕과 남탕을 가르는 기준이 새삼 궁금해서였다. 내가 남자라고 느꼈던 건 아니다. 여자인지 남자인지를 누가 어떠한 목적으로 정해주는지가 궁금했다. 그걸 당사자인 내가 정하지 않았다는 게 영 이상했다. 학교에 들어가며 망각해버린 의문이 소설을 쓰는 동안 되살아났다.

그 아이는 어떤 생각으로 자신의 성별을 스스로 정하고 싶어 했을까?

어린 시절의 나는 그 작은 머리로 내가 살아가는 세계 바깥을 꿈꾸었던 것 같다. 그러나 어른이 되며 머리가 '굵어진' 나는 '체계'에 익숙해졌고, 누구보다 '분류'를 잘 따르는 사람이 되었다. 나를 정의하는 단어들을 순순히 받아들였으며, 그걸 근거 삼아 기회를 얻거나 박탈당했고 혜택을 얻거나 배제되었다.

이 연작소설의 각 장을 단순한 분류법에 따라 여러 가지 정체성으로 정의 내리려는 시도도 가능할 것이다. 그러나 그런 분류법이야말로 내가 하고 싶지 않은 일이었다. 물질과 비물질을 통틀어 명칭을 붙여주지 않고 그대로 놔둔 것이 없는 인간이라는 존재 밖으로 나 역시 벗어나지 못했지만, 그래도 꾸준히 노력해볼 생각이다. 명칭에 부여된 성질과 기능을 의심하면서. 이 책의 마지막 페이지에 언급한 생식기관의 기능에 대해서도 의심해볼 필요가 있다. 그것은 과연 퍼뜨리기 위해 존재하는가? 그리고 나에게 혼종은 왜 물리적 결합으로만 가시화되는가? 아직 생각해볼 지점들이 남아 있다.

이 책은 핀 시리즈로 출간했던 『몸과 여자들』, 『현대문학』에 발표했던 세 편의 소설, 그리고 「몸과 금기들」을 합쳐 완성했다. 현대문학의 제안이 없었더라면 이 연작소설집은 존재하지 않았을지도 모른다. 그 점에 마음 깊이 감사드린다.

덧붙여, 이 책에 몹시 따뜻하고 커다란 지지를 보내준 신소윤 편집자께도 큰 힘이 되었다는 말을 전하고 싶다.

　누군가에게 고백은 가장 큰 연대의 방식일 수 있음을 알기에, 고백을 마친 그들 모두가 부디 평안해지기를 기원한다.

당신의 몸이 당신의 굴레처럼 느껴진 적이 있다면. 몸이라는 거추장스러운 허울을 훌쩍 벗고 날아오르고 싶은 적이 있다면. 당신은 이서수 작가의 작품을 열렬히 사랑할 수밖에 없을 것이다. 언젠가 눈부신 해방의 도구가 될 우리들의 몸을 더 이상 증오하지 않게 되기를. 이서수의 사랑스럽고 신비로우며 매혹적인 주인공들과 함께, 마침내 사랑의 도구, 예술의 도구, 마침내 해방의 도구로 날아오를 우리들의 몸을 비로소 사랑할 수 있게 되기를.

정여울(작가)

몸과 고백들

지은이 이서수
펴낸이 김영정

초판 1쇄 펴낸날 2024년 11월 27일

펴낸곳 (주) 현대문학
등록번호 제1-452호
주소 06532 서울시 서초구 신반포로 321(잠원동, 미래엔)
전화 02-2017-0280
팩스 02-516-5433
홈페이지 www.hdmh.co.kr

ISBN 979-11-6790-275-7 (03810)

* 책값은 뒤표지에 있습니다.